リ文庫

魔術師を探せ！
〔新訳版〕

ランドル・ギャレット

公手成幸訳

早川書房

7643

THE EYES HAVE IT AND OTHER STORIES

by

Randall Garrett

1964, 1965

目次

魔術師を探せ！

〔新訳版〕

その眼は見た

The Eyes Have It

アンジュー家に端を発するプランタジネット朝の勲爵士《シュヴァリエ》、黄金豹の騎士《ナイト・オヴ・ザ・ゴールデンレパード》として、デヴルー伯爵の私設秘書を務めるサー・ピエール・モルレーが、袖口のレースをまくって腕時計に目をやる――七時三分前。お告げの祈り《アンジェラス》の鐘は、いつもどおり六時に鳴っており、わが主君デヴルー伯は、いつもどおり目覚めているはずだった。サー・ピエールの記憶にあるかぎりでは、少なくとも過去十七年、伯爵がアンジェラスの鐘で目覚めなかったときはない。思い起こせば、一度、教会堂の番人が鐘を鳴らすのを忘れたことがあり、そのときはまる一週間、伯爵は怒り狂っていた。教会堂の番人はデヴルー城の地下牢に閉じこめられ、ほかでもない主教の後押しを受けたブライト神父の取りなしで、ようやく解放されたのだった。

サー・ピエールは通廊に足を踏みだし、玉石の床に敷かれた絨毯の上を歩きながら、ぬかりなく周囲のようすを目で探っていった。こういう古城は清浄にしておくのがむずかしいものであり、わが主君である伯爵は壁石の継ぎ目に硝石がたまった程度のことでも口うるさく言いたてるのだ。すべてがきちんとなっているように見える。これは良いことだ。伯爵は、昨夜は遅くまで浮かれさわいでいたようだし、そういう場合、つねに翌朝はふだんより機嫌が悪い。アンジェラスの鐘で必ず目覚めはするが、目覚めたときにしらふになっているとはかぎらないのだ。

サー・ピエールは、彫刻が施されている磨きあげられた重々しいオーク材のドアの前で足をとめると、ベルトにつけている多数の鍵のなかから一本を選びだし、鍵穴にさしこんで、まわした。開いたエレベーターに乗りこむと、背後で自動的にドアが閉じた。スイッチを押し、辛抱強く沈黙を保って、伯爵の私的スイートがある四階へ運ばれていくのを待つ。

いまごろはもう、わが主君である伯爵は湯浴みとひげ剃りをすませて、服を着こんでいるはずだ。それだけでなく、気付けの朝酒として、フィーヌ・シャンパーニュのブランデーをウォーターグラスに半分ほど注いでもいるだろう。伯爵は八時になるまで朝食をとろうとはしないのだ。伯爵には、厳密な意味合いでの召使いはいない。それに相当する者がいるとすれば、サー・レジナルド・ボーヴェイだが、その彼にしても、伯爵が私的な部類に属する事柄をおこなうときに呼びつけられることはけっしてない。伯爵は、身支度をすっかり整えるまでは、だれにも見られたくない性分なのだ。

エレベーターがとまった。サー・ピエールは通廊に足を踏みだし、通廊のいちばん奥にあたるドアをめざして歩いていった。そして、時計がきっかり七時を指したとき、金色をまじえた多様な彩りでデヴルー家の紋章が浮き彫りにされている巨大な扉を闊達にたたいた。

この十七年間で初めて、応えが返ってこなかった。

サー・ピエールは、うなり声の応答がやってくるのを、まる一分間、自分の耳が信じきれない気分で待っていた。それからまた、おずおずとノックをした。

やはり、応えはない。

そこでサー・ピエールは、自分がまちがっていたら罵詈《ばり》雑言《ぞうごん》を浴びせられるだろうと気を引きしめつつ、伯爵の〝入れ〟のことばが聞こえたかのような調子で扉を開いた。

「おはようございます、伯爵閣下」この十七年間そうしてきたように、彼は声をかけた。

だが、部屋にはだれもおらず、なんの応えもない。

彼は広大な部屋を見まわした。朝の陽光が、放射状仕切り《マリオン》のある高い丸窓から射しこんで、反対側の壁面に菱形の模様をひろげ、あざやかな色彩で描かれた華々しい狩猟のタペストリーを浮かびあがらせている。

「閣下？」

応えはない。なんの物音もしない。

寝室に通じるドアが開いていた。サー・ピエールはそこへ歩いていき、戸口からなかをのぞきこんだ。

伯爵が応えなかった理由が、すぐにわかった。いまにかぎらず、伯爵が応えを返してくることは二度とないだろう。

伯爵は両手を大きくひろげ、天井を見つめて、仰向けに倒れていた。金色と緋色の夜会服姿のままだ。だが、その上着の胸に、布地の色合いとは異なる大きな緋色の染みがひろがり、その染みの真ん中に銃弾による穴があった。

サー・ピエールは長いあいだ身じろぎもせず、伯爵を見つめていた。それから、そのそばへ足を運んで、ひざまずき、手の甲を伯爵の片手にあてがってみた。ひどく冷たい。死後、何時間かたっているのだろう。

「遅かれ早かれ、だれかがこんなことをするだろうと予期しておりました、閣下」悔やむようにサー・ピエールは言った。

それから、ひざまずいていた身を起こし、主君の死体を一度も見返さずに寝室をあとにした。スイートを出て、扉に施錠し、鍵をポケットに入れて、エレベーターで階下へおりていく。

ダンカン夫人のメアリーが、窓の外の陽光をながめながら、どうしたものかと迷っていた。椅子にすわって途切れ途切れに眠っているうちに、アンジェラスの鐘で目覚めてしまったのだ。デヴルー城の客人である自分は、この朝もミサに出ることを期待されているだろう。だが、どうすれば、そんなことができるのか？　どうすれば、神父様に相まみえることが――のうのうと聖餐《せいさん》のパンをいただくなどということが、できるのか？

とはいえ、もしこの朝、ミサに姿を見せなかったら、かえって疑われることになってしまうだろう。ここを訪れてから最初の四日間は毎朝、レディ・アリスとともに必ずミサに出席するようにしてきたのだ。

彼女はこうべをめぐらして、鍵とかんぬきのかかっている寝室のドアを見やった。彼がいっしょに行ってくれることは期待できないだろう。夫のレアード・ダンカンは車椅子を口実にしているが、じつのところは、以前から黒魔術を趣味にしているために、教会に近づくのを恐れているのではないだろうか。

彼に嘘をついてさえいなければ！　とは思っても、どうして彼に真実を打ち明けることができただろう？　それをしたら、もっとまずい――どうしようもなくまずい――ことになっていただろう。そしていま、そんな嘘をついたせいで、彼は寝室に閉じこもり、神と悪魔のみの知る行為をなしているのだ。

彼があそこから出てきてくれたら。こんなに長い時間、なにをしているにせよ、それをやめて――せめて、かたをつけて――出てきてくれたら! そうしてくれたら、なにか言いわけを――なんでもいいから言いわけを――して、デヴルー城を立ち去ることができるだろう。どちらかが仮病をつかってもいい。フランスをあとにして、ドーヴァー海峡を渡り、自分たちが安全でいられるスコットランドに戻るためなら、どんな言いわけでもいい!

彼女は窓の外へ目を戻し、中庭の向こうに屹立《きつりつ》する巨大な天守の石壁を、そしてデヴルー伯エドワールのスイートに通じる開け放たれた高い窓を見つめた。

昨夜、彼女は夫を憎んだが、もうそんな感情は消え失せていた。いま、心のなかにあるのは恐怖のみだった。

彼女は両手で顔を覆って、おのれの愚かさをののしった。泣きたくても、もう涙は残っていない――長い夜が明けたいまはもう。

そのとき不意にドアの錠が解かれる音が背後から聞こえてきて、彼女はふりかえった。ダンカン家の当主、レアード・ダンカンがドアを開き、車椅子を押して出てくる。いままで彼がいた部屋のなかから、悪臭ふんぷんたる蒸気があとを追って吹きだしてきた。レディ・ダンカンは夫を凝視した。

やつれ、憔悴しきっていて、昨夜より年老いたように見え、その目のなかに、なにか好ましくないものが宿っていた。夫はちょっとの間、なにも言わずにいた。しばらくして、舌先で唇をなめた。そして、ぼうっとした声で話しだした。

「もはや、恐れることはなにもない」と彼は言った。「恐れることはなにもないんだ」

聖《サン・エスプリ》霊教会の尊師、ジェイムズ・ヴァロワ・ブライト神父は、デヴルー城に暮らす数百名の信徒を擁している。それゆえ、彼はこの伯爵家領地における最上位の――聖職位階制のではなく、社会的な意味合いでの――聖職者となっていた。といっても、司教とその聖堂参事会員たちは別にしての話だ。なんにせよ、最上位の聖職者であるという自覚は、神父の心の安らぎにはたいした助けにはならなかった。これほどの信徒がいても、ミサに参加する者の数が――とりわけ週日は――ひどく少ないのだ。もちろん、日曜ミサの出席率はよかった。デヴルー伯爵は毎日曜日、きっちり九時にミサに参加し、出席者の数を確認する習慣を持っている。だが、週日に姿を現わすことはけっしてなく、その節度のなさがもとで、下位の全階級の者たちまでが相当に節度を失っているというわけだ。

おおいなる慰めは、レディ・アリス・デヴルーの存在だった。彼女は飾り気のない素朴な女性で、伯爵である兄より二十歳近くも若く、あらゆる点で正反対という人柄だ。兄は騒々しいが、彼女は物静かであり、兄は派手好みだが、彼女は慎み深い。兄はふしだらだが――

ブライト神父は、そこでいっとき、思考を完全に停止した。自分にはその種の判断を下す権利はないのだ、とみずからに念押しする。つまるところ、自分はそのような立場ではまったくない。伯爵の聴聞司祭は司教なのだ。

それに、いまはひとえに祈りに心を向けておかなくてはいけない。

ひと息入れた神父は、自分がすでに祭服《アルブ》と肩衣《アミス》を着て、腰帯《ガードル》を巻いていること、そしてそれらを身につけながら祈りのことばを声に出さずに口にしていたことに気がついて、少なからず驚いた。

習慣というのは、と彼は思った。黙想という心の働きをぶち壊しにする力があるらしい。

彼は聖具室のなかを見まわした。神父の侍者を務める若者、いずれブルターニュの最重要州のどれかの知事に王によって任命される日に備えて、紳士としての教育を修了するためにここに送られてきた、サン・ブリュー伯爵の若き息子が、短白衣《サープリス》を頭からかぶっているところだった。時計は七時十一分を指していた。

ブライト神父は心を天に向け、さきほど身支度をしながら無意識に口を動かして紡いでいた祈りの文句を、こんどは全霊をこめてくりかえした。それから、わが思考がかくもうつろいやすいことを許したまえ、と胸のなかで短く神に祈った。

目を開けて、上祭服《カズラ》に手をのばしたとき、聖具室のドアが開き、伯爵の私設秘書を務めるサー・ピエールが入ってきた。

「お話ししなくてはならないことがございまして、神父様」低い声で彼が言い、若きド・

サン・ブリューをちらっと見て、ことばを足す。「ふたりきりで」

通常なら、ブライト神父は、ミサの身支度をしているときにあつかましく聖具室に入ってくる人間は、それがだれであれ叱責するところだが、サー・ピエールはたいした理由もなく割りこんでくるような男ではないことがわかっていた。神父はうなずき、祭壇へとつづく通廊に出た。

「どういうことでしょう、ピエール?」彼は問いかけた。

「わが主君、伯爵が亡くなりました。殺害されて」

最初は衝撃を受けたが、ブライト神父はすぐ、この知らせは、つまるところ、それほど意外なものではないのだと納得した。伯爵はいつか、放蕩《ほうとう》で身を滅ぼす前に非業《ひごう》の死を遂げるだろうと、以前から心の奥のどこかで予期していたような気がする。

「詳しく話してください」穏やかに神父は言った。

サー・ピエールが、自分のしたことと見たことを正確に伝える。

「そのあと、わたしは扉に鍵をかけ、まっすぐここに来たというわけです」彼はそう締めくくった。

「ほかにだれか、伯爵のスイートの鍵を持っている者は?」ブライト神父は尋ねた。

「伯爵自身以外にはだれもおりません」サー・ピエールが答えた。「少なくとも、わたしの知るかぎりでは」

「伯爵の鍵はどこに？」

「いまも、伯爵のベルトのリングにはまったままです。その点はきちんと目に留めておきました」

「けっこう。鍵がかかったままにしておきましょう。伯爵のお体が冷たかったことはたしかですか？」

「冷たく、青白かったです、神父様」

「では、何時間も前に亡くなったということですね」

「レディ・アリスにお知らせしなくてはならないでしょう」サー・ピエールが言った。

ブライト神父はうなずいた。

「しかり。伯爵位を受け継いで、デヴルー女伯爵となられることをお伝えしなくてはなりません」

サー・ピエールが一瞬、呆然とした顔になったことから、神父は、この私設秘書が伯爵の死の意味するところを完全には認識していなかったことを察知した。

「彼女には、わたしからお話ししましょう、ピエール。いまごろはもう、会衆席についていらっしゃるはずです。ちょっと教会に入り、お話ししたいことがあるというわたしのことばを、穏やかに伝えてください。それ以外はなにも言わないように」

「わかりました、神父様」サー・ピエールが言った。

会衆席についている信徒の数はほんの二十五人か三十人ほどで――その大半が女性だったが、女伯爵となったアリスの姿はなかった。サー・ピエールはわきの通路を静かに通りぬけて、玄関の間《ナルテックス》に出た。表の扉のすぐ内側のところに、彼女が立っていた。いま外から入ってきたばかりのように、頭にかぶっている黒いレースのヴェール《マンティラ》のぐあいを直している。そのとき、サー・ピエールはふと、悪い知らせを伝えるのが自分のお役目でなくてほんとうによかったと思った。

アリスはいつものように、いくぶん悲しげで、その平凡な顔に笑みは浮かんでいなかった。彼女の姿はすばらしいのだが、突きだした鼻と角張った顎のせいで、兄の伯爵に似た負けん気の強いハンサムな男のような顔立ちになっていて、ひどくいかめしい、どちらかというと中性的な人物にしか見えなかった。

「マイ・レディ」サー・ピエールは声をかけて、そばに近寄った。「尊師が、ミサの前にお話ししたいことがあるとのことでして。聖具室のドアのところでお待ちになっています」

アリスが胸の前のロザリオを強く握りしめて、息をのむ。それから、口を開いた。

「あ、サー・ピエール。ごめんなさい、ひどく驚いてしまって。あなたが見えていなかったから」

「申しわけございません、マイ・レディ」

「いいのよ。考えごとをしていただけのこと。神父様のところへ案内してくださる？」

ブライト神父が、通廊を近づいてくる足音を聞きつけ、まもなくふたりの姿を目に留める。すでにミサの刻限が一分遅れになっているとあって、神父はいささかそわそわしていた。ミサはきっちり七時十五分に始めなくてはいけないというのに。

デヴルーの伯爵位を継ぐことになった女性は、彼が予想していたように、冷静にその知らせを受けとめた。ひとしきりののち、彼女は十字を切って、言った。

「兄の魂が安らかでありますように。万事あなたがたにお任せします、神父、サー・ピエール。このあとどうすればよろしい？」

「ピエールはただちにルーアンにテレソンをかけて、閣下にこの事案の報告をしなくてはいけない。わたしは、御尊兄の死をみなに知らせ、その魂のために祈りをささげねばなりませんが――その死の様相についてはなにも言う必要はないと存じます。無用な憶測をかきたてたり騒動を引き起こしたりすることは避けたいので」

「それがよろしいでしょう」と女伯爵。「さて、サー・ピエール、わがいとこの公爵閣下には、わたくし自身がお伝えすることにします」

「はい、マイ・レディ」

ブライト神父は聖具室にひきかえし、祈禱書を開いて、別のページに栞《しおり》をはさみなおした。きょうは平日。礼拝規定は葬送のための随意ミサを禁じてはいない。時計が七時十七分を指していた。彼は、慎ましく待っていた若きド・サン・ブリューのほうに向きなおった。

「若者よ、取り急ぎ——無漂白の蜜蠟キャンドルを出して、祭壇に置いてくるように。そのすべてに火をつけてから、白のキャンドルを消すようにしなさい。さあ、急いで。きみがひきかえしてくるときまでに、わたしは準備をすませておこう。あ、そうそう——祭壇の正面掛け布を取り替えておいてくれ。黒いのを掛けておくように」

「はい、神父様」若者が部屋を出ていく。

ブライト神父は緑色のカズラをたたんで、抽斗《ひきだし》に戻してから、黒のカズラを取りだした。〝信仰を持って逝った人全て〟のための鎮魂《レクイエム》ミサを執りおこなうことにしよう——願わくは、あの伯爵もそのうちのひとりであれかし。

ノルマンディ公爵閣下が、いま秘書官がタイプ打ちを終えたばかりの手紙に目を通す。宛名はこうなっていた——Serenissimo Domino Nostro Iohanni Quarto, Dei Gratia, Angliae, Franciae, Scotiae, Hiberniae, Novae Angliae et Novae Franciae, Rex, Imperatore, Fidei Defensor——イングランド、フランス、スコットランド、アイルランド、ニュー・イングランドおよびニュー・フランス帝国の神聖なる王にして、信仰の擁護者、至高の君主たるジョン四世。

兄にあたる王へ、陛下の忠実な僕《しもべ》であるデヴルー伯エドワールが逝去したことを伝え、陛下に対し、デヴルーの伯爵位を法定相続人のアリスに継がせる認可を求める、日常業務のひとつとしての手紙だった。

読み終えると、閣下はうなずき、文面の下に、Ricardus Dux Normaniae――ノルマンディ公爵リチャード――と署名をした。

そのあと、別の便箋にみずからこうしたためる。

〝親愛なるジョン、この件についてはしばらく保留してもらえないだろうか？　エドワールは色好みのふしだらな男だったので、これが自業自得の結末であることは疑いの余地がないが、だれが彼を殺害したかに関してはまだなにも判明していないのだ。その一方、なんらかの証拠が出てくれば、引き金を引いたのはアリスであったということになるかもしれない。証拠が得られしだい、その完全な細目をお伝えしよう。愛をこめて、弟にして忠実なる僕、リチャード〟

用意された封筒に二通の手紙をまとめて入れ、封をする。テレソンで王に通話ができればいいのだが、まだドーヴァー海峡を越えて通信線を敷設する方法を考案した者はいないのだ。

封をした封筒を、彼はぼんやりと見つめた。金髪《ブロンド》のハンサムな顔に考えこむような表情が浮かぶ。プランタジネット朝は、これまで八世紀ものあいだ存続しており、その源流であるアンジュー家のアンリ――のちのイングランド王ヘンリー二世――の血は彼の血管にも流れていたが、ノルマンの血脈もまた色濃く引き継がれていた。ノルウェーやデンマークの王女たちの血が、何世紀にもわたって補給されてきたからだ。リチャードの母であり、故チャールズ三世陛下の妻であったヘルガ女王は、ごくまれにしか英仏語《アングロ・フレンチ》はしゃべらず、そのアングロ・フレンチ語はノルウェーのなまりが強かった。

　ではあっても、ノルマンディ公リチャードには、言語においても作法やふるまいにおいても、スカンディナヴィア的なところは皆無だった。彼はヨーロッパでもっとも古く、もっとも有力な家系の一員であるだけでなく、その家系のなかでも特異な部類に属するクリスチャン・ネームを持っている。これまでに帝国の七名の王たちがその名を名乗り、その大半が善王だった――〝善〟の語には〝お上品〟の意味合いが含まれると見なせば、必ずしも〝善王〟だったとはならないだろうが。リチャード公が戴冠して、リチャード王となる見込みもあるにはある。だが、法によれば、現在の君主が逝去した場合、議会はプランタジネット家のだれかひとりを王に選出せねばならず、その投票で選ばれるのは、リチャードよりも、王のふたりの息子たち、英国皇太子かランカスター公爵のどちらかになる可能性のほうがはるかに高い。ただし、リチャードが王位継承権を失っていないのはたしかだった。

それだけでなく、彼はノルマンディ公の称号も手中にしていた。

殺人がなされた。ならば、正義がなされねばならない。デヴルー伯は放蕩者として知られていたが、その一方、厳格で公正な正義漢としても知られていた。その放縦さに限度というものがなかったのと同様、正義をなすのに慈悲の手加減をすることもなかったのだ。彼を殺したのがだれであるにせよ、その人間には正義と慈悲の両方がなされるように計らおう――ノルマンディ公リチャードとしての力のおよぶ範囲で、その両方を与えるのだ。

あれこれとことばを並べて考えをまとめたのではなく、頭を絞ったわけでもなかったが、リチャードは、致命傷となる銃弾を放ったのは、誘いこまれた女か妻を寝取られた男のどちらかだろうと見なしていた。そのために、事件の実態をなにひとつ知りもしないうちに、われ知らず、心が慈悲に傾いていたのだった。

リチャードは、手に持っていた封筒を特別郵袋のなかに落としこんだ。郵袋は、この夕方、海峡横断郵便船に積まれることになるだろう。そのあと、リチャードは椅子をまわし、部屋の向こう側のデスクについて仕事をしている痩せた中年男に目を向けた。

「侯爵」気をつかいながら、彼は声をかけた。

「はい、閣下?」ルーアン侯爵が顔をあげる。

「亡くなった伯爵に関するさまざまな噂話は、どこまでが真実なんだろう?」

「真実、とお尋ねで?」考えこむように侯爵が言う。「その割合を見積もるのは、ためらわれるところです。いったん、ある人間にそういった評判が立つと、噂があっという間にひろがって、評判のもととなったものよりはるかに多数の罪がなされたことになってしまうものです。だれかが耳にした噂話の多くがまったくのでたらめであることは、疑いの余地がないでしょう。それ以外のものも、事実の一片が混じっているにすぎません。その一方、だれも耳にしていなかった事実が数多くあるということもおおいにありえます。なにはともあれ、彼は私生児として生まれた七人の男子を息子として認知していましたが、どうやら二、三人の女子については無視していたようで——付け加えるならば、そのすべてが未婚の女たちとのあいだの子なのです。彼の不義を立証するのはかなりむずかしいでしょうが、閣下におかれましては、そのような非常識な行為もさして珍しくはないとお受けとめになることもできますでしょう」

咳払いをして、あとをつづける。

「閣下が動機を追求なさるおつもりだとすれば、あいにく、動機を持つ者はあまりに多いときておりまして」

「なるほど」公爵は言った。「では、ダーシー卿がどのような情報を探りだすか、それを待つことにしよう」時計に目をやる。「いまごろはもう、あちらに着いているだろう」

そう言うと、リチャードは、これ以上その問題に考えをめぐらすのはやめようといった感じで職務を再開し、デスクから新たな書類の束を取りあげた。

侯爵がちょっと彼を見つめて、ひとり笑みを浮かべる。若き公爵はまじめに職務に取り組んでらっしゃるが、のめりこまず、うまくバランスをとっておられる。ロマンティックな傾向が多少はあるが――われわれ男はみな、いつまでたっても十九歳の少年のようなものではないか？　彼の能力、そしてまたその気高さについては、疑問の余地はない。イングランド王家の血は連綿と受け継がれているのだ。

「マイ・レディ」サー・ピエールがやさしく声をかけた。

「公爵閣下の捜査官がご到着です」

女伯爵アリスは、大広間《グレートホール》に隣接する小さな応接室の、金襴《きんらん》で飾られた椅子に腰かけていた。そのかたわらに、ひどくいかめしい顔をしたブライト神父が立っている。部屋の壁の彩りがあざやかなせいで、ふたりがインクの染みのように見えた。ブライト神父は、襟と袖口に純白のレースがあるだけで、目立った部分はなにもない、日常用の黒い祭服を着ている。女伯爵は、婦人服の仕立屋に急いで仕立てなおさせた、簡素な黒のヴェルヴェット・ドレスという姿だ。彼女は以前から黒が嫌いで、喪服は八年前に母が逝去したときにつくらせたものしか持っていなかったのだ。ふたりが陰気な顔をしているせいで、服地の黒がいっそう黒く見えた。

「こちらにお通ししなさい、サー・ピエール」穏やかに女伯爵が言った。

サー・ピエールがドアをさらに大きく開き、三人の男が入室する。ひとりは、良家の生まれであるような身なりだった。あとのふたりは、ノルマンディ公爵家の仕着せ《リヴァリー》を着ている。

紳士がおじぎをした。

「わたしはロード・ダーシー。公爵閣下の主任捜査官であり、あなたの僕であります、マイ・レディ」

背が高く、髪は茶色で細面《ほそおもて》の、ハンサムと言っていい男だった。イギリスなまりの強いアングロ・フレンチ語を話していた。

「ようこそ、ダーシー卿」女伯爵が言った。「こちらはこの教会区の司祭、ブライト神父です」

「初めまして、尊師」

そう応じたあと、ダーシーは同行のふたりを紹介した。ひとりめは、金縁の鼻眼鏡をかけた、白髪頭になりかけている学者風の男で、外科医のパトリーという。ふたりめは、赤ら顔のずんぐりした小男で、上級魔術師《マスター》のショーン・オロックリンだった。

紹介がすむとすぐ、マスター・ショーンがベルトのパウチから小さな革装の書類入れ《フォルダー》を取りだし、神父に提示した。

「わたしの許可証です、神父様」

ブライト神父がそれを受けとって、一瞥する。ルーアンの大司教の署名と璽《じ》のある、通常の許可証だった。この点に関しては、法がかなり厳しく規定をしている。教会の許可がなければ、魔術師は術を行使できず、許可証は、正統的信仰に基づいておこなわれることが厳密に審査されたのちに、初めて与えられるのだ。

「まちがいなく正規のものであるようです、マスター・ショーン」と神父が言って、フォルダーを返す。

ずんぐりした小柄な魔術師がおじぎをして謝意を示し、ベルトのパウチにフォルダーをしまいなおした。

ダーシー卿は手帳を片手に持った。

「さて、ご不快ではありましょうが、いくつかの事実を確認しなくてはいけません」手帳の書きこみを調べてから、顔をあげて、サー・ピエールを見た。「死体を発見したのは、あなたですね？」

「そのとおりです、ダーシー卿」

「それはいつごろのことでしょう？」

サー・ピエールが腕時計をちらっと見る。九時五十五分。

「まだ三時間とたっておりません」

「正確には何時でした？」

「七時きっちりに扉をノックし、その一、二分後——七時一分か二分に、部屋に入りました」

「どうして、そんなに正確に時刻を憶えているのです？」

「伯爵は」ちょっと身をこわばらせて、サー・ピエールが言う。「時間厳守に固執されておられまして。それで、わたしはきちんと腕時計で時刻を確認する習慣がついたというわけです」

「なるほど。よくわかりました。では、そのとき、あなたはどうしました？」

　サー・ピエールが自分の行動を手短に説明する。

「そのとき、彼のスイートの扉に鍵はかかっていなかったと？」

「はい、そうです」

「鍵がかかっているとは予想しなかった？」

「はい。過去十七年間、鍵がかかっていることはなかったので」

　ダーシーは片方の眉をあげて、慇懃に疑念を示した。

「一度も？」

「七時には鍵がかかっていなかったということです。伯爵はいつも、六時きっかりに起床され、七時になる前に扉の錠を解いておられました」

「では、夜間は鍵をかけておられた？」

「はい、そうです」

ダーシー卿は考えこむような顔つきになって、メモをとっただけで、その件についてはもうなにも言わなかった。

「部屋を出たときに、扉に鍵をかけたのですね？」

「そのとおりです」

「そして、それ以後はずっと錠がかかったままになっている？」

サー・ピエールが口ごもり、ブライト神父をちらっと見た。神父が口を開く。

「八時十五分に、サー・ピエールとわたしが入室しました。この目でご遺体を見ておきたかったので。ふたりとも、なににも触れていません。八時二十分に部屋を出ました」

マスター・ショーン・オロックリンが、興奮したようすをみせる。

「あの……失礼ですが、尊師。聖油を塗るということはなさらなかったのでしょうね？」

「はい」とブライト神父。「それをするのは、当局が……えー……犯罪の現場をご覧になるまで、待つほうがよろしかろうと考えましてね。証拠の収集を無用にむずかしくするのは避けたかったのです」

「正しい判断でした」ダーシー卿はつぶやいた。

「祈禱はなさらなかったのですね、尊師？」マスター・ショーンがしつこく尋ねる。「悪魔払いも――」

「なにもしていません」ブライト神父がいくぶん不機嫌になって、さえぎる。「ご遺体を目にしたときに、自分に十字を切っただけです」

「あなたご自身に十字を切ったということですね。ほかにはなにも？」

「はい」

「それならけっこうです。しつこくお尋ねして、すみませんでした、尊師。ただ、死体の周辺に残された悪の毒気は重要な手がかりになりますし、調べがすむまで、それが散らされないようにしておかなくてはいけないのです」

「悪？」女伯爵が愕然とした顔になった。

「失礼しました、マイ・レディ。ただ――」マスター・ショーンが言いわけを述べようとする。

が、ブライト神父がそれをさえぎって、女伯爵に話しかけた。

「お気になさらないように。この者たちは職務を果たそうとしているだけのことなのです」

「もちろん、それは理解しています。ただ、あんなことばを聞いたもので――」彼女はかすかに身を震わせた。

ダーシー卿は、注意するようにとマスター・ショーンに目配せをしてから、丁寧に問いかけた。

「マイ・レディはご遺体をご覧になりましたか？」

「いいえ」と女伯爵。「でも、お望みであれば、そうしますが」

「いや、どうでしょう」ダーシー卿は言った。「たぶん、その必要はないでしょうね。そろそろ、そのスイートを調べさせていただきましょうか？」

「どうぞ」と女伯爵が応じた。「サー・ピエール、あなたにお任せしてよろしい？」

「はい、マイ・レディ」

サー・ピエールが紋章の刻まれた扉の鍵を解いたところで、ダーシー卿は尋ねた。

「ほかにだれか、この階で就寝する方は？」

「ほかにはだれもおりません、卿」とサー・ピエール。「この階はすべて、伯爵閣下のものです……いや……でした」

「ここにのぼってくるのに、エレベーター以外の手段はありますか？」

サー・ピエールが向きを変え、短い廊下の反対側の端を指さす。

「あそこに階段があります」大きなオーク材のドアを指さしながら言った。「しかし、あのドアはつねに鍵がかかっています。それに、ご覧のとおり、太いかんぬきもかけられています。家具の出し入れとかのとき以外に、あの階段が用いられることはありません」

「では、上り下りの手段はほかにはなにもない？」

サー・ピエールがためらいをみせる。

「それがその、ほかにもありましてね。ご覧に入れましょう」

「秘密階段？」

「はい、そうです」

「いや、いまはけっこう。遺体を見たあと、拝見させてもらいましょう」

ルーアンから鉄路で一時間をかけてやってきたダーシー卿は、ようやく死因を調べられるということでうずうずしていたのだ。

遺体は、サー・ピエールとブライト神父が立ち去ったときのままの状態で、寝室に横たわっていた。

「検分をお願いします、パトリー博士」ダーシー卿は言った。

ダーシー卿が遺体の片側に膝をついて、注意深く観察し、パトリーが反対側に膝をついて、死者の顔をのぞきこむ。そのあと、博士が遺体の片手に触れて、腕を動かしてみた。

「硬直が始まり――指までそれが進んでいる。銃弾の射入口はひとつ。口径は、どちらかというと小さく――二八か三四口径だろうが――弾丸を取りださないかぎり、断言するのはむずかしい。弾丸は心臓を撃ちぬいているように見えるが、火薬による火傷についてはなんとも言えない。血が着衣に染みこんで、乾いている。ただし、これらの斑点は……うーん。そうか。うーん」

ダーシー卿はあらゆる部分に目を向けていたが、死体そのものから見てとれるものはろくになかった。と、そのとき、彼の目が、金色の輝きを放っているなにかをとらえた。立ちあがって、大きな天蓋のある四柱式ベッドのそばへ歩いていき、ふたたび膝をついて、その下をのぞきこむ。硬貨か？　ちがう。

彼は慎重にそれを拾いあげて、じっくりと見た。ボタンだ。金色で、精妙なアラベスク模様が彫られていて、真ん中に一個、ダイヤモンドがはめこまれている。いつごろからここにあったのか？　もともとはなににについていたのか？　伯爵の服のボタンはもっと小さく、紋章が刻まれていて、宝石ははめこまれていないから、伯爵のものではない。これを落としたのは、男なのか女なのか？　いまの段階ではそれを知るすべはなかった。

ダーシーはサー・ピエールのほうへ顔を向けた。

「この部屋が最後に掃除されたのはいつですか？」

「昨晩です、卿」秘書が即答した。「伯爵はつねに、そのことを口やかましく言っておられました。このスイートはいつも、夕食時間のあいだに掃除と整頓がなされていたのです」

「それなら、これは夕食後のいつかの時点で、ベッドの下に転がりこんだのにちがいない。これに見覚えはありますか？　デザインが特殊なのですが」

私設秘書が、ダーシー卿の掌《てのひら》に置かれたボタンを、さわらないようにしながらまじまじと見る。

「な……なんと申しましょうか」ようやく彼が口を開いた。「見たところでは、それは……ただ、確信が――」

「さあ、さあ、シュヴァリエ！　これを、どこで見たような気がするとお思いなのでしょう？　あるいは、これに似たボタンを」声が鋭くなっていた。

「隠し立てするつもりはありません」やはり鋭い声になって、サー・ピエールが言った。「確信がないと言いたかったのです。いまも確信はないのですが、たしかめてみることはかんたんにできます。卿の許可がいただければ――」

サー・ピエールが向きを変え、まだ遺体のそばに膝をついているパトリー博士に声をかける。

「伯爵の鍵束をこちらにお渡しいただけますか、先生？」

パトリーが顔をあげて、ダーシー卿を見る。ダーシーがうなずくと、外科医は伯爵のベルトから鍵束を外して、サー・ピエールに手渡した。

私設秘書はちょっと鍵束をながめたあと、小さな金色の鍵を見つけだした。

「これです」と言って、リングにかけられているほかの鍵からそれを選り分ける。「ついてきてください、卿」

ダーシーは彼につづいて部屋を横切り、十六世紀のものにちがいない大きなタペストリーがかけられている広大な壁の前に行った。サー・ピエールがタペストリーの裏側へ手をさしこんで、紐をひっぱる。タペストリー全体が、一枚板のように横滑りした。床から十フィートほどのところにあるレールに取りつけられて動くようになっているのを、ダーシー卿は見てとった。その背後にあるのは、一見したところ、ありふれたオーク材の壁板でしかないように思えたが、サー・ピエールが小さな鍵をそこの目立たない穴にさしこんで、まわした。というか、まわそうとした。

「おかしい」とサー・ピエール。「鍵がかかっていない！」

鍵を抜き、片手で壁板を押さえて、横手へ滑らせていく。壁板が開いて、クローゼットが現われた。

クローゼットには、ありとあらゆる種類とスタイルの婦人服が詰まっていた。

ダーシー卿は胸のなかで口笛を吹いた。

「あのブルーのローブを調べてみてください、卿」私設秘書が言った。「あそこにある――そう、そのローブです」

ダーシー卿はそれをハンガーから外した。同じボタンがついていた。ぴったり同じボタンが。しかも、胸のボタンのひとつがなくなっている！　もぎとられているのだ！

「マスター・ショーン！」向きを変えずに、彼は呼びかけた。

マスター・ショーンが太った身を揺すりながら歩いてきた。妙なかたちをしたブロンズ製のものを手に持っていたが、それがなんであるかはサー・ピエールにはさっぱりわからなかった。魔術師がつぶやく。

「悪が、ここに悪がある！　信仰が、そして霊気が、部屋全体に満ちている。はい、ダーシー卿？」

「手が空《あ》いたときに、このローブとボタンを調べてくれ。このふたつがいつ別れ別れになったかを知りたいんだ」

「承知しました」魔術師がローブを片腕にかけ、ボタンをベルトのパウチに落としこむ。「ひとつ、明言できることがあります。悪の毒気です。それがこの部屋に満ちています！」手に持った物体をかざしてみせた。「ここには、過去の〝気〟が層を成しており――それは長年にわたって染みこんできたものです。しかし、その上に、凶悪きわまる大きな毒気が積み重なっています。ごく新しい、きわめて強い毒気が」

「それはべつに意外なことではないだろう。ここで昨夜――あるいはこの未明に――殺人がおこなわれたことを考えれば」

「うーん、はい、そうですね、卿。ここには死があります――ただ、ほかにもなにかがあります。こうと特定できない、なにかが」

「ブロンズの十字架を手に持つだけで、そのようなことがわかるのですか？」サー・ピエールが興味津々に問いかけた。

マスター・ショーンが悪意のないしかめ面をしてみせる。

「これは十字架とはちょっとちがっておりましてね。〝クラックス・アンサタ〟として知られているものです。古代のエジプト人は〝アンク〟と呼んでいました。上部が、通常の十字架のようにまっすぐではなく、ループ状になっていることにお気づきでしょう。通常の十字架は――しかるべく賦活《ふかつ》され、清められておればの話ですが――悪を退散させる働きを持ちます。しかし、このアンクは、上部が閉じたループになって、反射回路を形成することによって、悪に感応するというだけのものです。また、これは清めによって賦活されることもありませんが、別の……その……呪術によってであれば――」

「マスター・ショーン、われわれは殺人事件の捜査をしているんだぞ」

その声の響きを魔術師が聞きとり、あわててうなずく。

「はい、わかりました」そう言うと、彼は身を揺すって歩み去った。

「さてと、さっきおっしゃった秘密階段はどこにあるのでしょう、サー・ピエール？」ダーシー卿は問いかけた。

「こちらです、卿」

彼が外壁と直角を成す壁のところへダーシー卿を案内し、また別のタペストリーを横滑りさせる。

「なんとね」ダーシー卿はつぶやいた。「伯爵は城のなかのありとあらゆる壁掛けの後ろに、なにかを隠していたということか？」

　もちろん、私設秘書に聞きつけられるほどの大声でそう言ったわけではなかった。

　こんど、ふたりを迎えたのは、堅固そうに見える石壁だった。が、サー・ピエールがひとつの小さな石を押すと、壁の一部が後退して、階段が出現した。

「あ、なるほど」ダーシー卿は言った。「そういうことか。これは、天守の内側をぐるりとめぐっている古い螺旋階段ですね。階段の基部に、戸口がふたつある。ひとつは中庭に通じ、もうひとつは幕壁《カーテンウォール》（城壁の外側に張りめぐらされる防御壁）を経由して裏口に通じている——ただし、裏口は十六世紀に封鎖されたので、いまは中庭に通じるほうの出口しか残っていない」

「では、卿はデヴルー城をよく知っておいでで？」サー・ピエールが言った。サー・ピエールには、ダーシーがこの城を以前に訪れた記憶はないのだが。

「王立公文書館で設計図を拝見しただけです。それでも、要所を頭に入れておくことは——」そこで彼は、「ちょっと待った」とやんわり自分の口を封じて、問いかけた。「あれはなんでしょう？」

〝あれ〟とは、そのときサー・ピエールが壁掛けをわきへ引くまで、その裏側に隠れていたもので、いまもまだ一部分が姿を見せているだけだった。それが、秘密のドアから一フィートほど離れた床に転がっていたのだ。

ダーシーはひざまずき、その物体を隠している壁掛けを引きはがした。

「ほう、なんと、二八口径の二連発ポケット拳銃ではないか。金の浮き彫りがある。美しい彫刻だ。銃把《じゅうは》に真珠《マザー・オヴ・パール》貝が埋めこまれている。この部分によく用いられる宝石だ」それを拾いあげて、吟味する。「一発、撃たれている」

彼は立ちあがり、それをサー・ピエールに見せた。

「以前に目にしたことは？」

私設秘書が銃をまじまじと見つめる。しばらくして、首をふった。

「見覚えがないですな。伯爵の銃でないことはたしかです」

「その確信がおありだと？」

「たしかもたしかです、卿。お望みなら、伯爵の銃器コレクションをお見せしましょう。伯爵はこういう小さな銃はお好きではなく、大口径のものを愛好しておられました。おもちゃのように思えるものを所有しようとお考えになることはけっしてなかったでしょう」

「ではあっても、われわれとしては詳しく調べなくてはなりませんのでね」ダーシーはまたマスター・ショーンを呼んで、彼に銃を預けた。「それと、ほかにもなにか興味を引くものがないか、よく目を光らせておくように、マスター・ショーン。これまでのところ、興味深いものは、伯爵の遺体以外はどれもこれも、ベッドの下とか壁掛けの裏とかに隠れていたからね。あらゆるものに目を光らせるように。サー・ピエールとわたしは、いまからこの階段をくだって、調べてみる」

　階段は薄暗かったが、外壁のところどころにしつらえられた矢狭間《やざま》から射しこむ陽光が、内部をかなり明るく照らしていた。大天守の内壁と外壁のあいだを螺旋状にくだって、完全に四回転したところで、地上に達するという構造だ。ダーシー卿はその段と壁に、そして頭上につづく低いアーチ状の天井にも注意深く目を向けながら、サー・ピエールとともに階段をくだり始めた。

　一周して、伯爵のスイートのすぐ下にあたる階に達したところで、足をとめる。

「ここにドアがあったようだ」ダーシー卿はそう言って、内壁の一部を成す長方形の部分を指さした。

「はい、そうです。以前は各階に出入口が設けられていましたが、いまはそのすべてが封じられておりまして。ご覧のとおり、しっかりと固められています」

「もしそれを開けられたら、どこに通じている？」

「伯爵領を管理するための、さまざまなオフィスに。わたしのオフィス、事務官たちそれぞれのオフィス、そして、一階には衛兵詰所が設置されています。その下が地下牢というわけで。この天守にお住まいなのは、伯爵のみでした。ご家族の皆様は、グレートホールのある本館の上階にお住まいになっておられます」

「客人はどこに？」

「東棟に逗留なさるのが通常です。現在は、お客様はふたりだけでして。四日前から、レアード・ダンカン様とその奥方様がご滞在です」

「わかりました」さらに四段ほど階段をくだったとき、ダーシー卿は穏やかに問いかけた。

「ところで、サー・ピエール、あなたは私設秘書として、デヴルー伯爵のすべての事柄に通じておられた？」

また四段ほど階段をくだったところで、サー・ピエールがそれに答えた。

「卿がなにをおっしゃりたいかは理解できます」

さらに二段くだってから、彼がことばをつづけた。

「いえ、そうではありません。伯爵が異性の方々と……なんと申しましょうか……えー……密通なさっていたことは承知しています。しかしながら――」

サー・ピエールが口をつぐんだ。その唇が引き結ばれているのを、ダーシー卿は見てとった。

「しかしながら」サー・ピエールがつづける。「お尋ねの意図が、伯爵のために手引きをしたのかということであれば、それは否定します。わたしは女衒《ぜげん》ではないのです。そのようなまねは一度もしたことがありません」

「いや、そんなつもりは毛頭なかったのです、善良なる騎士殿」ダーシー卿は、そのような意図はまったく頭になかったことを強く示す口調で言った。「これっぽっちもです。と

にかく、〝幇助《ほうじょ》〟と、たんになにが起こっているかを知ることとは、明白に異なっている
わけですから」

「ええ、はい。そう、もちろんです。もちろん、十七年間も伯爵のような方の私設秘書を務めて、なにが起こっているかを知りもしなかったなどということがあるはずはない。あなたのおっしゃるとおりです。ええ、はい。うーん――」

ダーシー卿は胸の内でほほえんだ。この瞬間まで、サー・ピエールは自分が実際にどれほどよく知っていたかを認識していなかったらしい。主君への忠誠心のために、彼は十七年間、まさしく目をつむりとおしてきたのだ。

「よくわかります」よどみなくダーシー卿は言った。「紳士は、正当な理由もなく軽率にご婦人を巻きこんだり、ほかの紳士の名声を傷つけたりといったようなことはしないものです。しかしながら――」さっき騎士がそうしたように、自分もちょっと間をおいてから、ことばをつづける。「伯爵は慎みがなかったことはわれわれも知っていますが、彼は好みにうるさかったのでしょうか？」

「良家の方々のみに関心が向けられていたのかという意味であれば、そうではなかったと申しあげてよかろうかと。女性全般に関心が向けられていたのかという意味であれば、自分の知るかぎりでは、そうであったと申しあげてよろしいでしょう」

「なるほど。それなら、クローゼットに衣服がぎっしり詰まっていたことの説明がつきま

すね」

「どういうことでしょう？」

「下層階級の少女や婦人を連れこむとするならば、彼女たちに着せるためのしかるべき衣服が必要になっただろうという意味です」

「ごもっともです、卿。そういえば、伯爵はなによりも衣服に口やかましかった。だらしない身なりや貧しい身なりの女性には、我慢がならなかったのです」

「では、そういう場合はどのように？」

「それはその、一例を思い起こすなら、伯爵がたいそうかわいい農家の少女に目をつけたことがありました。もちろん、その娘はごくふつうの身なりではありましたが、こざっぱりとかわいらしく装っていました。伯爵はその娘がお気に召し、〝着こなしをよく心得た娘がいる。この娘に上品な衣服を着せてやれば、プリンセスとして通るだろう〟とおっしゃいました。ですが、顔がかわいく、姿がよい娘であっても、その娘がじょうずに服を着こなしていないかぎり、伯爵の気を惹くことはなかった。わたしの言わんとするところはおわかりですな、ダーシー卿？」

「伯爵がだらしなく服を着ている娘をお気に召すことはけっしてなかったということ？」

ダーシー卿は尋ねた。

「良家の方々に関しては、そうとはかぎらなかったですね」とサー・ピエール。「伯爵はよく、〝あのレディ・だれそれを見ろ！　着こなしのやりかたをおれが教えてやれば、いい女になるだろうに〟とおっしゃっていました。ことによると、卿は、女の服装には世間並みかだらしないか、そのどちらかしかないとおっしゃりたいのかもしれませんが」

「あのクローゼットの中身から判断するに」ダーシー卿は言った。「伯爵は女性の衣服に関して極上の趣味をお持ちだったように思えますね」

サー・ピエールが考えこむ。

「うーん。そうとは言いきれませんでしょうな。たしかに、伯爵は服の着こなしかたについてはよくご存じでした。しかし、みずからの判断でご婦人の服を選ぶことはできませんでした。ご自分の服装に関しては非の打ちどころのない趣味をお持ちでしたが、婦人服のデザインに関する知識はお持ちでなかったのです」

「では、どのようにしてクローゼットがいっぱいになるほどたくさんの服を集めたのでしょう？」ダーシー卿は困惑して、問いかけた。

サー・ピエールがくくっと笑う。

「単純至極な話です、卿。伯爵は、レディ・アリスがよい趣味をお持ちなのをご存じだったので、レディ・アリスが服をお仕立てになるつど、ひそかに複製をつくらせておられたのです。もちろん、多少は仕立てを変えてです。もしマイ・レディがそのことをお知りになったら、快く思われないのはたしかでしょうし」

「それはそうでしょうね」愛想よくダーシー卿は言った。

「こちらに、中庭に通じるドアがございます」とサー・ピエール。「真っ昼間に開かれることは、もう何年もなかったでしょうが」

彼は伯爵の鍵束から一本を選びだして、鍵穴にさしこんだ。ドアが手前に開き、その外側の面に取りつけられている大きな十字架像が見えてくる。ダーシー卿は十字を切った。

「ほほう」小声で彼は言った。「これはどういうこと？」

ドアの外を見ると、こぢんまりした聖堂になっていたのだ。壁で中庭と仕切られていて、この戸口から十フィートほど先に小さな出入口がある。出入口の手前に、祈禱台《プリーデュア》——膝をついて祈るための小さな台——が四つ置かれていた。

「ご説明申しあげようかと——」サー・ピエールが切りだす。

「いや、説明はご無用」固い声でダーシー卿は言った。「見れば、だいたいのところはわかります。伯爵はなかなか機知に富むお方だったようですね。これは、かなり近年になって造られた小聖堂ですから。四方が壁で囲まれ、城に通じるドアには十字架像が取りつけられている。昼であれ夜であれ、だれかがここに入ってきたとしたら、それは祈るためと見なされるだけで、怪しまれることはないでしょう」

彼は小聖堂に入りこみ、ふりかえって、城に通じるドアを見た。

「しかも、あのドアが閉じられていれば、十字架像の後ろにドアがあることはまったくわからない。女性がここに入ってきても、それは祈るためだと思われるでしょう。しかし、その女性があのドアのことを知っていたら——」声が徐々に小さくなった。「賛同はできませんでしたが、反対できる立場ではございませんでしたので」

「仰せのとおりです」サー・ピエールが言った。

「わかります」とダーシー卿は言い、小聖堂の出入口から外に出て、周囲にざっと目を走らせた。「そうか、城壁の内部にいる人間はだれでも小聖堂に入れたということだ」

「はい、そのとおりです」

「よろしい。では、上に戻るとしましょう」


捜査が進められるあいだ、ダーシー卿とその補佐たちには、小さなオフィスがあてがわれることになった。いまそのオフィスのなかで、三人の男たちが、もうひとりの男が室内の中央に置かれたテーブルの上で実験をおこなうようすをながめていた。

その男、マスター・ショーンが、精妙なアラベスク模様が彫られて、真ん中にダイヤモンドがはまっている金色のボタンを掲げてみせる。

そして、三人の男たちに目を向けた。

「では、尊師、そしてわが同僚の博士、このボタンにご注目あれ」

パトリー博士がほほえみ、ブライト神父がいかめしい顔になる。ダーシー卿は、煙草の葉を——ニュー・イングランド南部の大きな湾に面する州から輸入された煙草の葉を——ドイツ製の陶器パイプに黙々と詰めこんでいるだけだった。彼は、マスター・ショーンがこれ見よがしの実験をするのを許可していた。優秀な魔術師を手に入れるのはむずかしいことなのだ。

「ローブを持ってもらえますか、パトリー博士？　ありがとう。では、おさがりを。そう、そこでけっこう。ありがとう。さて、ボタンをこのテーブルの上、ローブからたっぷり十フィート離れたところに置きます」口のなかでなにかをつぶやき、ボタンに粉のようなものをちょっとふりかけた。ボタンの上で両手を二、三度行き来させ、手をとめて、ブライト神父を見やる。「よろしいですか、尊師？」

ブライト神父が厳かに片手をあげて、十字を切り、口を開く。

「神よ、この実演が厳密に真理に適っておりますように。そして、それを目撃するわれわれが邪悪なるものに欺かれることがありませんように。父と子と聖霊の御名において、アーメン」

「アーメン」ほかの三人がそれに和した。

マスター・ショーンが自分に十字を切ってから、口のなかでなにかをつぶやく。

ボタンがテーブルから跳ねあがって、パトリー博士が体の前に掲げ持っているローブにぶつかり、熟練の裁縫師の手で縫いつけられたかのように、そこにへばりついた。

「あはっ！」マスター・ショーンが言った。「思ったとおりだ！」晴れ晴れとした笑みを三人に向ける。「このふたつがつながっていたのはたしかです！」

ダーシー卿は退屈そうな顔をして、

「離れたのはいつ？」と問いかけた。

「しばし――」弁解がましい口調で、マスター・ショーンが言う。「しばし、お待ちを」

三人が見守るなか、魔術師がボタンとローブにさらなる呪文をかけていったが、最初の実演ほどめざましいできごとは起こらなかった。ようやく、魔術師が口を開く。

「このふたつが引き離されたのは、昨夜の十一時三十分前後です、卿。これは十一時から午前零時のあいだのいつかということであって、それ以上に明確に申しあげることはできません。ただ、元の場所にあれほど速く戻ったことからして、ボタンがひどく急激にもぎとられたことは明らかです」

「よろしい」ダーシー卿は言った。「では、弾丸のほうに進めてもらえるかね」

「はい、承知しました。これはいくぶん異なったものになるでしょう」マスター・ショーンが、シンボルの刻まれた大きな旅行鞄《カーペットバッグ》から、またなにかの道具類を取りだす。「〝感応の原理〟というのは、紳士の皆様、対処がむずかしいものでして。扱いかたを心得ていないと、自分が命を失うおそれがあります。以前、コークの魔術師ギルドに属する、いずれは立派な魔術師になるであろうと思われる中堅魔術師がおりました。彼は〝タレント〟

を備えていましたが、不幸にも、これに対処する感覚が欠けていたのです。〝感応の原理〟によれば、接触していたふたつの物体は、たがいに対して親和性を持つようになり、その親和性は、直接的関連性の強さと両者の接触継続時間に正比例し、接触が分断されてからの経過時間に反比例します」笑みを浮かべて神父をちらっと見る。「これは聖遺物に関しては厳密に適合するわけではありません、尊師。ご承知のように、その場合は別の要素が入りこんできますので」

しゃべりながら、魔術師は小さな拳銃を当て布のついた万力にはさみ、銃身がテーブルの面と平行になるようにして慎重に締めつけていった。

「それはともかく」と魔術師がつづける。「その中堅魔術師は、完全に独力で、自宅のゴキブリを退治しようと決意しました――やりかたを心得ていれば、しごくかんたんなことです。そこで、彼はあちこちの割れ目や隙間から埃を集めた。もちろん、そのなかにはゴキブリの糞も混じっている。彼は、その埃にある種の成分を加えて鍋に入れ、しかるべき呪文を唱えて煮立てた。それはうまくいき、ゴキブリはすべて高熱に襲われて死んだ。が、不幸にも、その若者は実験の技法をじゅうぶんに習得していなかった。実験をしているあいだに、自分の汗を三滴、湯気を立てる鍋のなかに落としてしまい、その結果、彼自身も発熱して死んでしまったのです」

魔術師はそのころにはもう、パトリー博士が伯爵の遺体から取りだした弾丸を、その向きが拳銃の銃口の向きときっちり一致するようにして、小さな台の上に置いていた。

「では、始めましょう」小声で彼が言った。

さっきの呪文をくりかえし、ボタンに用いたのと同じ粉末をふりかける。その口が呪文の最後の音節を発し終えたとき、弾丸がピシッと音を立てて消えた。万力にはさまれている小型拳銃が震える。

「あはっ！」とマスター・ショーン。「疑問の余地がないのでは？　まちがいなく、これが凶器です。発砲されたのは、ボタンがもぎとられたのとほぼ同じ時刻、もぎとられてから二、三秒とたっていない時でしょう。つじつまが合うんじゃないですか、卿？　伯爵が娘のローブからボタンを引きちぎり、彼女が銃を抜いて、彼を撃った」

ダーシー卿はハンサムな顔をしかめた。

「軽々しく結論に飛びつくのはよそう、ショーン。彼が女に殺されたことを示す証拠はなにもないんだ」

「男がこんなローブを着るものですか？」

「ことによるとね」ダーシー卿は言った。「それより、ボタンが取れたときに、だれかがこのローブを着ていたと断言していいのか？」

「おっと」マスター・ショーンは黙りこみ、短い槊杖《ラムロッド》を使って、小型拳銃の薬室から弾丸をほじくりだした。

「ブライト神父」ダーシー卿は声をかけた。「女伯爵はこの午後、ティーを供してくださるおつもりでしょうか？」

神父がはっとして、痛恨の顔になる。

「申しわけない！　あなたがたはまだなにも口にされておられないのだった！　いますぐ、なにか持ってこさせましょう。この混乱のために——」

ダーシー卿は片手をあげて、制した。

「いや、失礼しました、神父。そういう意味ではないのです。もちろん、そうしてくだされば、マスター・ショーンとパトリー博士はありがたくいただくでしょうが、わたしはティー・タイムまで待てます。わたしの念頭にあったのは、女伯爵が滞在中の客人をティーにお招きになってはどうかということです。彼女はレアード・ダンカンとその奥方を、こんな午後でも、同情を寄せてくれる存在として招待してもいいと思うほどよくご存じなのではありませんか？」

ブライト神父がかすかに目を細める。

「その手はずはつけられるでしょうな。略式のティー・タイムということなら、べつに問題はなさそうです」

神父は腕時計をちらっと見た。

「四時ということで？」

「それでよかろうと存じます」ダーシー卿は言った。

ブライト神父が無言でうなずき、部屋を出ていく。

パトリー博士が鼻眼鏡を外し、シルクのハンカチでレンズを丁寧にぬぐった。

「きみの呪文によって、遺体はどれくらいの時間、腐敗せずにいるのかね、マスター・ショーン？」彼が尋ねた。

「直接的関連性がある期間は、です。事件が解決するか、事件を解決するに足るデータが集まるか——もしかして、ヘッへ、迷宮入りするか——すれば、すぐさま腐敗が始まるでしょう。わたしは聖者ではありませんのでね。何年ものあいだ遺体を腐敗させずにおくには、強い動機づけが必要なんですよ」

サー・ピエールは、パトリーがテーブルに置いたローブを見つめていた。あのボタンがいまも、磁力が働いているかのように、くっついたままになっている。彼はそれに触れずに、問いかけた。

「マスター・ショーン、魔術のことはよく知りませんが、さっきボタンがこのローブについていたことをあっさりと解明されたように、これを着ていた人間を突きとめることはできないのですか？」

マスター・ショーンが首を左右にふって、きっぱりと否定する。

「それはできません。直接的関連性がないからです。統合されてひとつの物となった服は、各パーツ間にとても強い直接的関連性を有します。また、服をつくった裁縫師や仕立屋、そしてその布地をつくった職工との関連性も強力です。しかし、特殊な状況を除いて、服を着ていた人間と服そのものとの直接的関連性は、わずかなものでしかないのです」

「残念ながら、よく理解できません」困惑顔でサー・ピエールが言った。

「こんなふうに考えてください。このローブは、職工がそのひと特有のやりかたで布地を織ったのでなければ、いまのこのような姿にはならなかったでしょう。裁縫師がそのひと特有のやりかたで裁断と縫製をしていなければ、このようにはならなかったでしょう。おわかりいただけましたね？　つまり、服と職工、服と裁縫師の直接的関連性は強力というわけです。そして、このローブは、あまり着用されることなく、ずっとクローゼットのなかに収納されていたとすれば、それらの関連性をいまも強く残しているでしょう。着用者との直接的関連性は希薄です。ただし、着古された服――つまりその、同じひとがいつも着ていた服となれば、事情は変わってきます。その場合、服そのものが、つねに着用されることによって、着用者と直接的関連性を持つようになるというわけです」

魔術師は、まだ自分の手のなかにある小型拳銃を指さした。

「さてと、このあなたの銃を持っておいていただけますか。これは――」

「それはわたしの銃ではない」サー・ピエールが断固としてさえぎった。

「たんなることばの綾ですよ、騎士殿」辛抱強くマスター・ショーンが言う。「この銃であれ、ほかのどの銃であれ、あなたが持てばあなたの銃、というわけです。おわかりですね。銃の持ち主を定めるのは、服の場合よりずっとむずかしいと言いたかったのです。銃の損耗の大半は、純粋に機械的なものでしてね。だれが引き金を引いたかは重要な問題ではないということです。薬室で生じた硝煙による腐食や、銃身を通過した弾丸による損耗も同様です。おわかりですね。だれが引き金を引いたかとか、なにを狙って発砲されたかは、銃自体との直接的関連性を持たないのです。ただ、弾丸の場合は、いささか事情が異なります。弾丸と、それがどの銃から発砲されて、なにに当たったかは、直接的関連性を持ちます。このような事柄をすべて、しっかり頭に入れておいてください、サー・ピエール」

「わかりました」騎士が言った。「たいそう興味深いお話でした、マスター・ショーン」ダーシー卿のほうをふりかえる。「ほかになにか御用はございますか？　処理すべき州の業務が山ほどありましてね」

　ダーシー卿は片手をふってみせた。

「当面はなにもないです、サー・ピエール。州の行政がたいへんなことは理解しておりますよ。どうぞ、お仕事をなさってください」

「ありがとうございます、卿。もしまたなにか用向きがございましたら、わたしはオフィスにおりますので」

サー・ピエールが退出して、ドアを閉じるなり、ダーシー卿は魔術師のほうへ片手をのばした。

「マスター・ショーン、その銃をこちらに」

マスター・ショーンがそれを彼に手渡す。

「こういうのを前に見たことはあるか？」銃を両手で持って、彼は問いかけた。

「それとまったく同じものを見たことは、ないですね」

「おいおい、ショーン。そんなに用心深くなることはない。わたしは魔術師ではないが、〝相似の法則〟を知らなくても、明らかな類似性を見分けることはできるぞ」

「エディンバラ」さらりとマスター・ショーンが言った。

「そのとおり。スコットランド人の仕事だ。スコットランド人ならではの金細工が施されている。きわだって美しい。そして、その撃発機構を見るがいい。ありとあらゆるところに〝スコットランド製〟と書いてあるようなものだ。それも、きみが言ったように、〝エディンバラ製〟と」

パトリー博士が丁寧にぬぐった眼鏡をかけなおし、身をのりだして、ダーシー卿の手のなかにある銃をのぞきこむ。

「イタリア製ということはありえませんか、卿？　あるいはムーア製とか？　ムーア系イタリア人は、こういう仕事をしますので」

「ムーア系の銃器工は、銃把に狩猟の光景を刻んだりはしない」さらりとダーシー卿は言ってのけた。「それに、イタリア人は、狩人の周囲の平原にヒースやアザミをあしらいはしないだろう」

「しかし、銃身にＦｄＭの文字が彫りこまれていますが」

「ミラノのフェラーリということだ」ダーシー卿は言った。「だが、銃身は、ほかの部分よりずっと新しい。薬室もそうだ。銃そのものはかなり古く――そうだな、五十年ほど前の製造だろう。撃発機構と銃把はいまも良好な状態で、これはよく手入れがなされていたことを示しているが、銃身は頻繁な使用で――あるいは、たった一度の故障で――傷んでしまい、持ち主が交換せざるをえなくなった。で、フェラーリの銃器工によって交換されたということだ」

「わかりました」いささかへりくだって、パトリー博士が言った。

「撃発機構を開いてみれば……マスター・ショーン、きみの小さなねじ回しをよこしてくれ。ありがとう。撃発機構を開いてみれば、半世紀前にこれをつくった最高の銃器工の名が見つかるだろう――その男の名は、まだ忘れられてはいないはずだ――エディンバラのヘイミッシュ・グロー。おお！　これだ！　見えるだろう？」

ふたりにもそれが見てとれた。

その点を確認して満足したところで、ダーシーはふたたび撃発機構を閉じた。

「これで、銃の出どころはつかめた。そして、まさにこの城にダンカン家のレアード・ダンカンが滞在していることもわかっている。ダンカン家のダンカンとは、十五年前、国王陛下の全権大使としてミラノ公国に遣わされた男にほかならない。レアード・ダンカンとこの銃になんのつながりもないとしたら、むしろ奇妙なことのように思える。そうではないか？」

「おいおい、マスター・ショーン」もどかしさを募らせて、ダーシー卿は言った。「時間がいくらでもあるわけじゃないんだぞ」

「辛抱、辛抱、ダーシー卿」小柄な魔術師が穏やかに言いかえす。「この種の事柄は、急《せ》いてはいけないんですよ」

魔術師は、ダンカン夫妻が現在使っている宿泊棟の寝室で、大きくて重いトランクの前に膝をつき、その錠《ロック》と格闘しているところだった。

「ロックはどの位置でかかっていても鍵との直接的関連性は同じなので、ロックの舌《ボルト》をいじったところでどうにもなりません。ですが、シリンダーの内部のピン・タンブラーについては、話が別です。ロックというのは、鍵が抜かれているときは、タンブラーの刻みと関連性を持たないが、鍵が入ると、関連性を持つようになる構造なので、その直接的関連性を利用してやれば――あはっ！」

　カチッと音を立てて、ロックが解かれた。

　ダーシー卿はそろそろと蓋を持ちあげようとした。

「ご注意、ダーシー卿！」戒めるような声で、マスター・ショーンが言った。「彼はこのしろものに呪文をかけています！　わたしにお任せを」

　ダーシー卿をさがらせておいて、自分で重いトランクの蓋を持ちあげる。蝶番《ちょうつがい》がまわって蓋が大きく開き、それを壁にもたせかけると、マスター・ショーンは、トランクとその蓋を、どちらにも触れないようにしながら長いあいだ見つめていた。トランクのなかに、もうひとつの蓋があった。単純なボルトがかかっているだけの、薄い蓋だ。

　マスター・ショーンが魔術の道具を取りだす。魔除《まよ》けの木とも呼ばれる、ナナカマドの木からつくられた太い棒だった。それを内蓋に触れさせる。なにも起こらない。ボルトに触れさせる。なにも起こらない。

「うーん」マスター・ショーンは考えこむようにつぶやき、部屋のなかを見まわして、重そうな石の戸止めに目を留めた。「あれがよさそうだ」

　そこへ足を運び、石を持ちあげて、ひきかえしてくる。そして、その戸止めの石をトランクの縁、もし外蓋が落ちてきてもそこでとまるような位置に、置いた。

　それから、内蓋を持ちあげようとするように、片手をトランクのなかに差し入れる。

重い外蓋がひとりでに、目にもとまらぬ速さで手前に倒れてきて、勢いよく戸止めにぶつかった。

ダーシー卿は、自分の右手首が外蓋に打たれたような気分になって、そこをそっとさすった。もし自分が内蓋を開こうとしていたら、そうなっていたところなのだ。

「人間が手をつっこむと、それが引き金となってバタンと閉じるようになっているんだな？」

「頭でも同じですよ。どこに目をつければいいかがわかっている人間には、それほど効果的ではないです。物を守るための呪文は、もっといいのがいろいろとあるんですよ。では、彼が許可なしで魔術をおこなって、必死に守ろうとしたのはなんだったのか、それをたしかめてみましょう」外蓋をふたたび大きく開いてから、内蓋を開く。「もう安全です、卿。いいい、これをご覧あれ！」

とうにダーシー卿もそれを見ていた。ふたりはしばし無言のまま、トランクの最初の仕切り板に並んでいる物品を見つめた。マスター・ショーンの指があわただしく動いて、それらの物品を包んでいる薄紙をはがしていく。

「人間の頭蓋骨がひとつ」彼が言った。「墓地の土を詰めた瓶がいくつか。うーん――これには〝処女の血〟とラベルが貼られている。そして、これは！　盗賊のお守り《ハンド・オヴ・グローリー》だ！」

それは、ミイラ化した人間の手だった。干からびて茶色くなり、指はどれも、直径三インチほどの目に見えないボールを握っているかのように、途中で曲がっている。それぞれの指先が、短い蠟燭立てになっていた。手の甲を下にして置くと、全体が燭台になるのだろう。

「これは、事件の解決におおいに役立つんじゃないか、マスター・ショーン？」ダーシー卿は言った。

「同感ですね。少なくとも、このような物を所持していたということで彼を逮捕できます。黒魔術は象徴主義《シンボリズム》と意志によっておこなわれるものなので」

「よし。このトランクの中身の完全なリストがほしい。そのあと、すべての物をもとどおりにし、トランクの錠をかけなおしておくように」彼は考えこむように耳たぶをつまんだ。「ところで、レアード・ダンカンは〝タレント〟を備えているんだろうか？　興味を引くほどの」

「はい。でも、意外なことではありません」作業から目をあげず、マスター・ショーンが答えた。「そういう血筋でして。そのいくぶんかは、三千年前、アイルランドを征服する際にスコットランドを通過したと言われるデ・ダナーン族（ケルト神話に出てくる、アイルランドに上陸した四番めの種族）に由来しているのかもしれません。まあ、それはさておき、この種の〝タレント〟がゲール人の子孫に脈々と受け継がれているのはたしかですね。それが悪用されたのを見ると、はらわたが煮えくりかえりそうな気分になります」

マスター・ショーンがしゃべっているあいだ、ダーシー卿は室内を歩きまわっていた。その姿は、どこかに鼠が隠れているにちがいないと思っている痩せた雄猫を彷彿させるものだった。

「レアード・ダンカンが黒魔術をやめなければ、彼のはらわたが現実に煮えくりかえることになるんじゃないか?」訊くともなくダーシー卿はつぶやいた。

「はい、そうですね」とマスター・ショーン。「黒魔術にその〝タレント〟を用いるのに必要な精神状態は、それを用いた者を破壊せずにはおかないようなものでして——ただし、もし彼がやりかたを心得たうえでやっているとしたら、最終的に自分がだめになる前に、おおぜいの人間に害をなすことができるでしょう」

ダーシー卿は、ドレッサーの上に置かれている宝石箱を開いた。ありふれた旅装用宝石類が入っていた——かなりの数だが、大量というほどではない。

「ひとの心は、憎悪や復讐心をいだくと、ひとりでにねじ曲がるものです」マスター・ショーンが淡々とことばをつづける。「あるいはまた、その人間が、他人の苦しみを見るのを楽しむタイプであったり、おのれの利益のためならどんなことでもやろうとするタイプであったら、その心はすでにゆがんでいて、〝タレント〟の悪用によって、その状態がさらに悪化することになります」

ダーシー卿は、探していたものを衣装戸棚のなかに見つけだした。きちんとたたまれた数点のランジェリーの下にあったのだ。フィレンツェ革でつくられ、金箔と装飾が施された、美しい小ぶりの拳銃ホルスター。マスター・ショーンの魔術に頼らずとも、これとあの小型拳銃が、手袋と手のようにぴったり合うことがはっきりとわかった。

ブライト神父は、何時間も綱渡りをしているような気分だった。ダンカン夫妻が声を低めて慎ましく語りあっていたが、それでも内心の動揺は隠しきれておらず、ブライト神父は、自分と女伯爵も彼らと同じことをしているのだと気がついた。さきほどダンカン家のダンカンは、伯爵の死に対して、悲しみを抑えた控えめなようすで弔意を示し、ダンカン夫人のメアリーもそうした。女伯爵は厳粛に、謝意をこめて、それを受けた。だが、ブライト神父は、この部屋のだれひとりとして――おそらくは、世界中のだれひとりとしてだろう――伯爵の逝去を悼んではいないにちがいないと思っていた。

レアード・ダンカンは車椅子にすわっている。そのスコットランド人らしい鋭い顔には悲しげな笑みが浮かんでいて、悲嘆が重くのしかかっているときでも愛想よくしていようという気持ちが表れていた。それを察したブライト神父は、自分も同じような表情をしていることに気がついた。他人をあざけろうとする者は、ひとりもいない。それはまちがいない、と神父は思った――が、考えてみれば、このような場で他人をあざけるのはきわめつきのエティケット違反になることぐらいは、だれもが認識しているだろう。それはともかく、レアードが実際の歳よりも老けこんで見えるほど憔悴した顔をしていることが、ブライト神父には気に入らなかった。聖職者としての直感が、このスコットランド男の心が乱れていることを……そして、その乱れを表すのは悪の一語しかないことを、はっきりと告げていたのだ。

レディ・ダンカンは、ほぼずっと無言を通していた。夫とともにこの略式のティーの場を訪れてから十五分がたつが、彼女が口にしたのは十語程度のものだ。顔は仮面のようだが、その目には夫の顔と同様、憔悴の色があった。だが、神父の感性は、そこに浮かんでいる感情はまぎれもない恐怖でしかないと告げていた。彼はその鋭い観察眼で、彼女の化粧が濃すぎることも見抜いていた。その化粧は、右の頬にできたかすかな傷を隠すことにほぼ成功していたが、完全にではなかった。

デヴルー女伯爵は悲嘆して、不幸のどん底にあるように見えたが、恐怖や悪の存在は感じとれなかった。品よくほほえみ、穏やかに語っている。ブライト神父は、自分を含め、いまここにいる四人はだれひとりとして、このときになにが語られたかを、あとになって、ただの一語すら思いだすことができないにちがいないと思った。

ブライト神父は、開かれた戸口と、大天守につづく長い廊下に目を配れる位置に椅子を置いて、すわっていた。ダーシー卿が急いでことをすませてくれれば、と彼は願った。滞在客のふたりはどちらも、公爵の捜査官がここに来ていることを知らされていないとあって、ブライト神父はこの会合に多少の懸念を覚えていた。ダンカン夫妻にはまだ、伯爵の死は殺人によるものであることは伝えられていないが、どちらもすでにその事実を知っているにちがいなかった。

そのときブライト神父は、ダーシー卿が廊下の突き当たりにあるドアを通りぬけてくるのを目に留めた。慎ましく言いわけのことばを述べて、立ちあがる。ほかの三人はやはり慎ましくその言いわけを受けとめて、語らいをつづけた。ブライト神父は廊下に出て、ダーシー卿を迎えた。

「お探しのものは見つかりましたか？」小声で神父は問いかけた。

「はい」とダーシー卿。「残念ながら、レアード・ダンカンを逮捕しなくてはならないようです」

「殺人の咎《とが》で？」

「ことによると。その点については、まだ確証がないのです。ただ、黒魔術使用の容疑で逮捕することはできるでしょう。彼は部屋に置いたトランクのなかに、それ用の物品をいろいろと入れていました。マスター・ショーンによれば、昨夜、あの寝室である儀式がおこなわれたとのことです。もちろん、それはわたしの権限外のことでして。〈教会〉の代表として、あなたに告発の執行官を務めていただかねばならないでしょう」

ダーシー卿がちょっと間をおいて、尋ねる。

「驚いてはおられないように見えますが、尊師？」

「驚きはしません」ブライト神父は認めた。「そんな気がしていましたので。その前にあなたとマスター・ショーンが宣誓証言をして、わたしが職務を執行できるようにしていただかなくてはいけません」

「承知しました。ひとつ、お力を貸していただけますか？」

「わたしにできることでしたら」

「なにか口実のようなものをつくって、女伯爵を部屋から連れだしていただきたい。わたしと客たちだけになるようにです。これ以上、女伯爵を不必要に動揺させたくはありませんので」

「それならできると思います。いまから、いっしょに入室されますか？」

「そうしましょうか。ただ、わたしがここに来ている理由はおっしゃらないように。彼らには、わたしもただの客のひとりと思わせるようにしておきましょう」

「わかりました」


ブライト神父とダーシー卿が入っていくと、部屋にいる三人がそろって目をあげた。紹介がなされ、ダーシー卿が慎ましく、ティーの時間に遅れたことをもてなし役である女伯爵に詫びる。ブライト神父は、ダーシー卿のハンサムな顔に、ほかの面々と同じような悲しげな笑みが浮かんでいることに気がついた。

ダーシー卿がビュッフェ・テーブルに並べられている菓子を自分で取ってくると、女伯爵が大ぶりのカップにティーを注いでくれた。彼は、伯爵の死についてはなにも言わず、スコットランドの自然の美しさと、そこでの雷鳥狩りのすばらしさに話題を持っていった。

ブライト神父は椅子にすわりなおそうとはせず、ふたたび部屋を出ていった。しばらくして戻ってくると、まっすぐ女伯爵のそばに行って、低いが、はっきりと聞きとれる声で話しかけた。

「マイ・レディ、サー・ピエール・モルレーが、至急のご処置が必要な事柄がいくつかあると知らせてまいりました。ほんの数分でかたづくだろうとのことです」

女伯爵はためらわず腰をあげたが、それでもすぐ、ティーの席を離れる詫びのことばを述べた。

「どうぞ、ティーをおつづけください」と彼女が付け足す。「わたしの用件は長くはかからないでしょう」

神父は嘘をついたのではないようだ、とダーシー卿は思った。サー・ピエールとどんな段取りをつけてきたものやら。なんでもかまわないが、とにかく、少なくとも十分は女伯爵の手をわずらわせるようなものであってほしいものだ。

会話は一時的に中断されただけで、すぐにまた雷鳥の話題に戻った。

「わたしは事故に遭って以来、狩りはしていないが」レアード・ダンカンが言った。「以前はおおいに楽しんでいたね。いまも毎年、狩りのシーズンになると、友人たちを招くんだ」

「雷鳥狩りにはどんな銃がお好みで？」ダーシー卿は尋ねた。

「一インチ口径の、半絞り《モディファイド・チョーク》散弾銃」とスコットランド男。「愛用のが二挺ある。どちらもすばらしい銃だよ」

「スコットランド製の？」

「いや、ちがう。イングランド製だ。こと散弾銃に関しては、ロンドンの銃器工をしのぐ者はいないね」

「ははあ。あなたはすべての銃をスコットランドでつくらせておられるものと考えていたんですが」しゃべりながら、ダーシー卿は上着のポケットからあの小型拳銃を取りだして、そっとテーブルの上に置いた。

一瞬、沈黙が降り、しばらくして、レアード・ダンカンが怒りのこもった声で言う。

「これはなんだ？　どこで見つけたんだ？」

ダーシー卿がレディ・ダンカンにちらっと目をやると、彼女が突然、真っ青になったのが見えた。

「たぶん」冷ややかに彼は言った。「奥方様が教えてくださるでしょう」

彼女がはっと息をのんで、首をふる。しばらく、ことばを紡ぐことも声を出すこともできないようだった。ようやく、彼女が口を開く。

「いいえ、いいえ。なにも知りません。なにも」

だが、レアード・ダンカンは妙な目で彼女を見つめた。

「これがあなたの銃であることを否定はなさらないでしょうね？」ダーシー卿は問いかけた。「ことによると、奥方様の銃かもしれませんが」

「どこでこいつを見つけたんだ？」スコットランド人の声には険悪な響きがあった。

以前の彼は力の強い男だった。その肩の筋肉が盛りあがるのを、ダーシー卿は目に留めた。

「故人となったデヴルー伯の寝室で」

「そこで、この銃がなにをやらかしたと？」

嚙みつくような口調でスコットランド男が言ったが、ダーシー卿は、その問いは、自分に対してだけでなく、レディ・ダンカンに対しても向けられたものであるように感じた。

「そこでこれがやらかしたことのひとつは、デヴルー伯爵の心臓を撃ちぬくというものです」

レディ・ダンカンが気を失って、前のめりに倒れ、ティーカップがひっくりかえった。レアード・ダンカンが妻に目もくれず、銃をつかみとろうとする。ダーシー卿は、スコットランド男が銃に触れる前にさっと手をのばして、それを取りあげた。

「いけませんな」やんわりと彼は言った。「これは殺人事件の証拠品です。王のものである証拠の品に、みだりに手を触れてはなりません」

つぎに起こった事態は、予想外のことだった。レアード・ダンカンが、スコットランドで使われているゲール語でなにやら悪態をわめきたてて、両手を車椅子のアームにかけ、その強力な腕と肩にものをいわせて身を持ちあげ、テーブルごしにダーシー卿のほうへのりだしてきたのだ。その勢いを借りて、両腕をふりあげ、捜査官であるダーシー卿の喉もとへ手をのばしてくる。

足が弱っていなければ、手が届いていたかもしれない。だが、腰が巨大なオーク材のテーブルの縁にぶつかって、その勢いは失われた。彼は前のめりにつっぷしたが、その両手はまだ、不意を衝かれたイングランド人のほうへのばされていた。顎がテーブルトップに激突した。体がずるずると後退し、テーブルクロスと陶器や銀器を道連れに崩れ落ちる。そして、床に倒れこんで、動かなくなった。その夫人は、テーブルクロスが頭にひっかかったときにびくんとしただけで、気を失ったままだった。

ダーシー卿は椅子を後ろへひっくりかえして、飛びのいていた。その場に立ちつくし、意識を失ったふたつの体を見つめる。自分がマクベス王のように見えていなければいいのだが、と彼は思っていた。

「おふたりとも、後遺症となるような損傷はこうむっておられないでしょう」一時間後、パトリー博士が言った。「レディ・ダンカンは、もちろんショック症状を発症されたのですが、ブライト神父がすばやく正気づかせてくださいました。思うに、彼女は信仰に篤い女性なので、たとえ罪深い方であっても、すぐに回復なさったのでしょう」

「レアード・ダンカンのほうは？」ダーシー卿は尋ねた。

「まあ、そちらは事情が異なります。残念ながら、背中の損傷が激しく、下顎骨のひびのぐあいも思わしくない。ブライト神父が彼の助けになれるかどうかは、わたしにはわかりません。傷の治癒には、患者の協力が必要になります。できるかぎりの処置はしましたが、わたしはただの外科医であって、治療術《ヒーリング》の実践士ではありませんのでね。しかしながら、ブライト神父はその方面ではきわめて評判のよい方ですので、その能力のなにがしかを発揮してくださるでしょう」

マスター・ショーンが悲しげに首をふる。

「たしかに、尊師はその〝タレント〟をお持ちですが、彼はいま、そのようなものを持つもうひとりの男――最終的には自己破壊をもたらすほうに心がゆがんだ男を、相手にすることになるのですよ」

「まあ、そちらはわたしの職分ではないので」とパトリー博士。「わたしは一介の臨床医にすぎない。ヒーリングについては、それを管轄している〈教会〉にお任せしましょう」

「マスター・ショーン」ダーシー卿は言った。「まだひとつ、謎が残っている。さらなる証拠が必要だ。眼球検査《アイ・テスト》をやってみては？」

　マスター・ショーンが目をしばたく。

「画像検査のことですか、卿？」

「そうとも」

「あれは法廷では証拠として採用されないでしょう」と魔術師。

「そんなことはわかっている」ダーシー卿はいらだちをあらわにした。

「アイ・テスト？」ぽかんとした顔でパトリー博士が問いかけた。「どうも、自分にはよく理解できないような」

「頻繁に使われるものではありませんのでね」とマスター・ショーン。「死の間際――とりわけ激烈な死の間際に、たまに生じる心霊現象を調べるものでして。激情のストレスは、この意味がおわかりかどうかはわかりませんが、ある種の逆流を心に引き起こす。その結果、死にゆく人間の心にあるイメージが網膜に反映される。しかるべき魔術を使うことによって、そのイメージを浮かびあがらせ、死者が最後に見たものを引きだすことができるというわけです。

　とはいえ、これは最良の状況であっても困難なことであり、通常はよき状況とはなりません。第一に、この現象はつねに生じるものではない。たとえば、攻撃を予期していた人間の場合は、けっして生じません。決闘で殺された男とか、撃たれる前に何秒か銃を見ていた者とかには、状況に順応するための時間があったからです。また、ほぼ瞬時に生じた死でなくてはなりません。死ぬまでに時間がかかった場合は、それがほんの数分であれ、この現象は生じない。そしてまた、当然のこととして、その人間の目が死の間際に閉じられていたら、なにも現われてはこないのです」

「デヴルー伯の目は開いていた」とパトリー博士。「われわれが見たときは、開いていた。そのイメージは、死後どれくらいのあいだ残っているんだ？」

「網膜細胞が死んで、用をなさなくなるまで。二十四時間以上残ることはまれで、たいていはそれまでに消えてしまいます」

「まだ二十四時間はたっていない」ダーシー卿は言った。「それに、伯爵は完全に不意を衝かれたという可能性もある」

「それは認めざるをえませんね」考えながらマスター・ショーンが言った。「有望な状況であるように思われます。やってみましょう。ただ、期待はなさらないように」

「期待はしない。とにかく最善を尽くしてくれ、マスター・ショーン。やってのけられる魔術師がいるとしたら、それはきみなんだ」

「ありがとうございます。ただちに取りかかりましょう」誇らしい気持ちを抑えながら、魔術師が言った。

二時間後、ダーシー卿はグレートホールからのびる廊下を歩いていた。マスター・ショーンが、片手にローワンの木の樹皮でつくられた物、片手に大きな旅行鞄を持って、そのあとを追う。ブライト神父とデヴルー女伯爵には、小さな客室で待っていてくれるようにと頼んであったのだが、女伯爵が廊下に出て、ふたりを迎えてくれた。

「ダーシー卿」と彼女が呼びかけた。平凡な顔に不安の色が浮かんでいて、悲しげに見える。「ダンカン夫妻にこの殺人事件の容疑をかけてらっしゃるというのはほんとうですか？　もしそうなら、わたくしはどうしても――」

「いまはそうではありません、マイ・レディ」すばやくそれをさえぎって、ダーシー卿は言った。「おふたりとも、殺人事件に関しては有罪でないことを証明できると考えています――ただし、もちろん、レアード・ダンカンには黒魔術使用の容疑が残るにちがいないですが」

「わかりました」と女伯爵。「でも――」

「お願いです、マイ・レディ」ダーシー卿はまた、ことばをさえぎった。「わたしに一部始終を説明させてください。さあ」

彼女はもうなにも言わずに身を転じ、先に立って、ブライト神父の待つ部屋へ入っていった。

神父がそこに立ち、緊張した面持ちで待ち受けていた。

「どうか」ダーシー卿は言った。「おふたかた、おすわりを。長くはかかりません。マイ・レディ、あちらのテーブルをマスター・ショーンに使わせてもよろしいでしょうか？」

「かまいません、卿」穏やかに女伯爵が応じた。「どうぞ」

「ありがとうございます。どうぞ――おすわりくださいますか。長くはかかりません。どうぞ、おすわりを」

気が進まないようすをあらわにしながら、ブライト神父と女伯爵がダーシー卿に向かいあう椅子にすわる。どちらも、マスター・ショーン・オロックリンがやっていることにはろくに注意をはらわず、ダーシー卿に目を向けていた。

「この種の捜査をおこなうのは容易なことではありません」慎重にダーシー卿は切りだした。「殺人事件の大半は、あなたの憲兵隊長でも容易に解決できるものです。事件のほとんどは、謎があっても、それはよく訓練された州軍憲兵であれば解けるもので――しかも、謎のある事件はごくわずかです。しかしながら、その犯罪の解決が困難であったり、容疑者に貴族が含まれていたりという場合には、皇帝陛下の法により、軍の長たる者、すなわちあなたが、公爵の捜査官を呼び寄せねばなりません。そのようなわけで、殺人が発覚するやいなや、公爵閣下に通報されたのは完全に正しい判断であったということです」彼は椅子に背をあずけた。「それに、伯爵の死が殺人であったことは、最初から明らかでしたからね」

ブライト神父がなにかを言おうとしたが、ダーシー卿がそれをさえぎったので、ことばを発することができなかった。

「わたしは殺人《マーダー》の語を使うことで、尊師、彼の死は自然死――つまり、病気や突然の心臓麻痺や事故といったようなもの――ではないことを示したのです。あるいは、殺人行為《ホミサイド》の語を用いるのが妥当であるかもしれません。

さて、われわれが呼ばれることになった案件に対する解答は、単純なものです。この殺人行為の責めを負うのはだれか？」

神父と女伯爵は沈黙を保ち、神託を受けた人物を前にしたかのように、ダーシー卿を見つめていた。

「ご承知のとおり……ぶしつけな言いかたになって申しわけないですが、マイ・レディ……亡き伯爵はなかなかのプレイボーイでした。いや、その点を強調しようとしているのではありません。伯爵は好色、女好きでした。性的妄執に取り憑かれていたのでしょう。

そのような男は、もし欲望に身を委ねれば――伯爵がそうであったのはまずまちがいないでしょう――通常、その末路はひとつしかない。よほど魅力的でないかぎり――そして、彼はそうではなかったでしょうし――その男を殺そうとするほど憎む人間が出てくる。そのような男の後ろには必然的に、不当な扱いを受けた女たちや、不当な扱いを受けた男たちの列ができる。

そういう人間のだれかが、彼を殺した。

そういう人間のだれかが、やったのです。

そして、われわれは、やったのはだれかを解明し、その女もしくは男の罪状を定めなくてはなりません。それがわたしの職務なのです。

では、事実関係について。故デヴルー伯エドワールが、そのスイートに直接通じる秘密階段を持っていたことはわかっています。が、実際には、その秘密はそれほど守られてはいなかった。その階段の存在を知り、そこに入りこむ方法を知る女性が——平民にも貴族にも——おおぜいいたのです。エドワールが下のドアの錠を解いておけば、だれでも階段をのぼることができた。彼は寝室のドアにも錠をかけていたので、たとえ女が——あるいは男が——階段をのぼることができたとしても、寝室に入れるのは、彼が呼び寄せた者にかぎられていた。彼は安全だったということです。

さて、昨夜、実際に起こったのは、こういうことです。その前に、わたしは証拠をつかんでおり、ダンカン夫妻の供述もとっています。どうやって供述をとったかは、このあとご説明しましょう。

第一点《プライマス》。レディ・ダンカンは昨夜、デヴルー伯エドワールと密かに会っていました。彼女はその階段をのぼって、彼の部屋に行った。小型拳銃を携えてです。彼女は以前、エドワールと関係を持ったことがあるが、そのあとはずっと拒絶されていた。彼女は怒っていた。それでも、彼の寝室に行ったのです。

レディ・ダンカンが部屋に入ったとき、エドワールは酔っぱらっていて——おふたりにはおなじみの、きわめつきに不機嫌なありさまになっていた。彼女はまた愛人として受けいれてくれるようにと懇願したが、彼はつっぱねた。レディ・ダンカンの供述によれば、エドワールはこう言ったとのことです。〝おまえなどほしくはない！　おまえは、彼女とはくらべものにならない！　この部屋に来るにはふさわしくない女だ！〟

彼女を強調したのはレディ・ダンカンであって、わたしではありません。

彼女は怒って、銃を抜いた——彼の殺害に用いられた、小型拳銃を」

女伯爵が息をのむ。

「でも、メアリーがそんなことをするはずはない——」

「お静かに！」ダーシー卿は、掌で椅子のアームをバシッと音がするほど強くたたいた。

「マイ・レディ、わたしには申しあげねばならないことがありますので、それをしっかりとお聞きになるように！」

彼は、危険な賭けに出ていることを承知していた。女伯爵はここの女主人であり、その特権をふりかざす権利をじゅうぶんに備えている。だがダーシー卿は、彼女が長年、デヴルー伯の風下にあったという事実を考慮すれば、自分をどなりつける男の意志に従う必要はもはやないことに気づくには、多少の時間がかかるだろうと予想していた。その読みが当たった。彼女が黙りこんだのだ。

ブライト神父がさっと彼女のほうに顔を向けて、声をかける。

「どうか、しばしお待ちを」

「では、失礼して、マイ・レディ」よどみなくダーシー卿はつづけた。「さきほどは、レディ・ダンカンが御尊兄を殺せたはずがない理由をご説明しようとしていたところでして。ここで問題になるのは、服です。エドワールのクローゼットで発見されたローブは殺害者が着用していたものと、われわれは確信しています。そして、そのローブはおそらく、レディ・ダンカンに合うはずはなかった。彼女は……えー……ふくよかでいらっしゃるので。

レディ・ダンカンはご自分の事情を説明なさいましたが、いくつかの理由で、その話はのちほど申しあげようかと。彼女は御尊兄に銃を突きつけたとき、じつは殺意をいだいてはいなかった。引き金を引くつもりはなかったのです。御尊兄はそれを察した。飛びかかって、彼女の側頭部をひっぱたいた。彼女は拳銃を取り落とし、むせび泣きながら床に倒れた。彼はその腕を荒々しくつかみ、〝エスコート〟して、階段をおりていった。そして、外へ放りだしたのです。

レディ・ダンカンはヒステリーを起こして、夫のもとへ駆けもどった。

しばらくすると、レアードが妻の気持ちを多少は落ち着かせることに成功した。そのとき、彼女は自分の置かれた立場に気づきました。レアード・ダンカンが暴力的で、心のゆがんだ男――デヴルー伯エドワールによく似た男――であることはわかっている。まさか彼に真相を話すわけにはいかないが、なにかを言わずにはすまされない。そこで、彼女は嘘をついた。

彼女はこう言ったのです。エドワールが、話をしなくてはいけない重要な事柄があるので部屋に来てくれと頼んできた。その〝重要な事柄〟というのは、レアード・ダンカンの身の安全に関わることだと。伯爵は、自分はレアード・ダンカンが黒魔術を道楽にしていることを知っていると言い、もしこちらの求めに応じなければ、レアード・ダンカンのことを当局に通報すると脅した。そんなわけで、彼女は伯爵と争いになり、逃げてきたのだと」

ダーシー卿は両手をひろげた。

「これはもちろん、嘘のかたまりです。だが、レアード・ダンカンはそれを鵜呑みにした。自我があまりに肥大しているために、妻が不貞をするなどということは信じられなかったのです。五年前に不自由な身になっていたにもかかわらず」

「どうして、レディ・ダンカンの話は真実だと確信できるのですか？」疑い深げにブライト神父が問いかけた。

「ローブの件はさておき――あれはデヴルー伯が、貴族の女ではなく平民の女のためにのみ保管していたものですが――われわれは、当のレアード・ダンカンから宣誓証言をとっています。その話はのちほどということで――

第二点《セカンダス》。物理的問題として、レアード・ダンカンが殺人をやってのけることはできなかった。どうすれば、車椅子に縛りつけられている男が階段をのぼることができるのか？　それは物理的に不可能であったろうということです。

ずっと仮病をつかっていて、ほんとうは歩けるのだという可能性は、三時間前に打ち消された。あのとき、彼はわたしの首を絞めようとして、自分がけがをしてしまったのです。体を前に出そうにも、ただの一歩ですら脚を動かすことができなかった――そんな脚であの階段をのぼりきることなど、できるわけがありません」

ダーシー卿は自分の説明に満足して、腕を組んだ。

「まだ可能性が残っています」ブライト神父が言った。「レアード・ダンカンは物理的にではなく、魔術を用いて、デヴルー伯を殺したのかもしれません」

ダーシー卿はうなずいた。

「たしかに、それが可能であることは、尊師、わたしにもわかっています。しかし、この事件にはあてはまりません。マスター・ショーンが保証し、あなたも同意されるはずですが、黒魔術による死は、弾丸が心臓を撃ちぬくことなどではなく、体内の機能不全が引き起こすものです。

　つまり、黒魔術師は、心身相関の原理を利用して敵を自滅させる。専門用語で〝精神誘導〟と呼ばれるものを用いて、死をもたらすのです。マスター・ショーンに教えられたところでは、そのもっとも一般的な――そしてもっとも粗雑な――手法は、いわゆる〝似《シミュ》姿《レイクラム》誘導〟と呼ばれるものだとか。これは、ある像を――必ずではないが、通常は蠟を使って――つくり、〝相似の法則〟を利用して死を誘導するというものです。〝感応の原理〟が同時に用いられることもあり、この場合は、標的である人間の爪、髪の毛、唾といったようなものがその像のなかにおさめられる。この説明は正しいでしょうか、神父？」

　神父がうなずく。

「はい。そして、唯物論者のなかには異論を唱える者もいますが、その術をおこなうことを相手に知らせる必要はまったくない――もちろん、状況によっては、それが術の助けとなるのはたしかですが」

「そうですね」ダーシー卿は言った。「そして、魔術師は――〝黒〟であれ〝白〟であれ、有能であれば――物体を動かせることもよく知られています。あなたの口から女伯爵に、御尊兄がそのような方法で殺されるはずはなかった理由をご説明いただけますか？」

　ブライト神父が舌先で唇をなめてから、隣にすわっている女性のほうへ顔を向ける。

「それは、感応が欠けているからです。この場合には、弾丸が心臓と銃のどちらにより強く感応するかが問題となります。そして、その手法で用いられた弾丸が、心臓をつらぬくほどの高速で飛翔したとすれば、銃より心臓にはるかに大きな感応を持っていなくてはなりません。しかし、マスター・ショーンがおこなった実験を、わたし自身が目撃したところでは、そのような結果にはならなかった。弾丸は、御尊兄の心臓にではなく、拳銃に戻ったのです。これは、その弾丸が純粋に物理的な方法によって発射されたこと、つまり銃から発射されたことを、明確に示す証拠なのです」

「では、レアード・ダンカンはなにをしたのですか？」女伯爵が尋ねた。

「第三点《ターシャス》」ダーシー卿は言った。「夫人の説明を信じこんだレアード・ダンカンは、怒り狂った。御尊兄を殺そうと決意した。そして、誘導の呪文を唱えた。が、その呪文が逆流して、彼自身が死にかけたのです。

物体である板を喩えに用いましょう。それに化学燃料と空気を与えて、点火すれば、火が燃えさかるでしょう。だが、それを灰で覆ってやれば、火は消えてしまう。

同様に、だれかが生きものに精神的《サイキック》な攻撃をかければ、その生きものは死ぬでしょうが――もしそのような方法で、死んだ相手に攻撃をかけると、そのサイキック・エネルギーは撥《は》ねかえされて、術を行使した者に損傷を与えるでしょう。

理論的には、レアード・ダンカンを殺人未遂の容疑で逮捕することはできます。彼が実際に御尊兄を殺そうとしたのは、たしかなことなので、マイ・レディ。しかし、そのときにはすでに、御尊兄は死んでいたのです！

サイキック・エネルギーの浪費によって、レアード・ダンカンは何時間か意識を失うことになり、その間、レディ・ダンカンは募りゆく恐怖のなかで回復を待っていた。ようやく意識を取りもどしたとき、レアード・ダンカンは、なにがあったかを認識した。呪文を唱えたときにはすでに御尊兄が死んでいたことを、悟った。そんなわけで、彼は、伯爵を殺したのはレディ・ダンカンにちがいないと考えたのです。

ところが、レディ・ダンカンのほうは、自分が立ち去ったとき、エドワールがちゃんと生きていたことを、いやというほどよく知っていた。そこで、夫が黒魔術でかつての自分の愛人を殺したのだと考えたのです」

「それぞれが、相手をかばおうとしたのですね」ブライト神父が言った。「では、どちらも完全な悪ではなかったということになる。それなら、レアード・ダンカンのためになにかをしてやってもよかろうかと」

「その方面については、よくわかりません」ダーシー卿は言った。「ヒーリングは、わたしの仕事ではなく、〈教会〉に属する事柄なので」パトリー博士と同じようなことを言ってしまったと気がついて、ちょっとおかしくなる。「レアード・ダンカンは――」彼は急いでことばをつづけた。「妻が銃を持って、伯爵の寝室に行ったことは知らなかった。だとすると、その寝室を訪れた妻の行動が、いささかちがって見えていたでしょう。彼があれほど激烈な怒りをわたしにぶつけてきたのは――わたしが彼とその妻を殺人容疑で糾弾しようとしたからではなく、妻の行動に疑問を投げかけたからなのです」

彼はこうべをめぐらして、アイルランド人魔術師が作業をしているテーブルを見やった。

「準備はできたか、マスター・ショーン？」

「はい、ダーシー卿。スクリーンを開き、映写機《プロジェクター》のランタンを点灯するだけのことなので」

「じゃあ、つづけてくれ」彼はブライト神父と女伯爵のほうへ目を戻した。「マスター・ショーンがなかなか興味深いスライド写真を用意していますので、ぜひご覧ください」

「言わせていただくなら、これまでに作成したなかで、もっともよくできたスライドです」と魔術師。

「つづけて」

マスター・ショーンがプロジェクターのシャッターを開き、スクリーンに画像が投影される。

ブライト神父と女伯爵が息をのんだ。

それはひとりの女だった。伯爵のクローゼットにぶらさがっていた、あのローブを着ていた。ボタンのひとつがちぎれて、ローブの前が大きく開いている。右手はほとんどが、濃い煙にかすんでしまっていた。見ている人間を真正面から拳銃で撃った直後なのは、明らかだった。

だが、ふたりに息をのませたのは、そのことではなかった。

その女は美しかった。華やかで、うっとりするほど美しい。繊細な美しさではなかった。花のようとか、上品とかではない。正常な男性なら、その気にならずにはいられないような美しさだ。どんな男でも、これ以上に肉欲をそそる女は想像できないだろう。

悪魔よ、退け《レトロ・メー・サタナス》。ブライト神父は思った。この女は穢らわしいまでに美しい。

女伯爵だけは、そのイメージの肉欲的なところに心を動かされてはいなかった。彼女は目の覚めるほどの美しさのみを見ていた。

「おふたりとも、この女性を見たことがないのですね？　そうだと思っていました」ダーシー卿は言った。「レアード・ダンカンも、レディ・ダンカンも、見たことがない。サー・ピエールもです。

彼女は何者なのか？　それはだれにもわかりません。ですが、推論はできます。彼女は約束に従って、デヴルー公エドワールの部屋を訪れたのにちがいない。これはまさしく、エドワールがレディ・ダンカンに――スコットランドの貴婦人に――対して、おまえとはくらべものにならないと言い放った、その女であることは明らかです。まずまちがいなく、平民の女でしょう。そうでなければ、伯爵のコレクションのひとつであるローブを着ることはなかったはずです。彼女はあの寝室を訪れてすぐ、着替えをしたのにちがいない。そのあと、彼女と伯爵は口げんかになった――なにがもとでかは、だれにもわかりません。それより前に、伯爵はレディ・ダンカンが落とした拳銃を拾いあげていて、この女の背後に見えるテーブルかどこかに、無造作に放りだしていたのでしょう。彼女はそれをつかみとって、伯爵を撃った。そのあと、もとの服に着替え、ローブをクローゼットに吊るしてから逃げだした。彼女が出入りするところを目撃した者はいない。そもそも伯爵は、そうなるためにあの階段を改造したわけなので。

いや、ご心配なく。われわれは必ず、この女を見つけだします――いまはもう、その容貌がわかっておりますから。

なにはともあれ」ダーシー卿は話を締めくくった。「これで、完全に得心のいくところまで、謎は解けました。公爵閣下には、そのように報告いたしましょう」

ノルマンディ公リチャードが、二個のクリスタルガラスのゴブレットに高級なブランデーを気前よく注いでいく。ゴブレットのひとつをダーシー卿に手渡したとき、その若々しい顔に満足げな笑みが浮かんだ。

「みごとに解決してくれたね、ダーシー卿」彼が言った。「みごとな解決だった」

「閣下にそうおっしゃっていただけて、うれしく思います」ブランデーのゴブレットを受けとりながら、ダーシー卿は応じた。

「それにしても、城の外から来た者の仕業ではないことに、どうしてそれほどの確信が持てたのだ？　その気になれば、だれでも表門から入りこむことができただろう。あそこはつねに開かれているからね」

「それはたしかですが、閣下、くだんの階段の下のドアには錠がかかっていました。デヴルー伯が、レディ・ダンカンを放りだしたあとで施錠したのです。外部からその錠の開閉はできず、ドアがこじ開けられた形跡もありませんでした。レディ・ダンカンが強引につまみだされたあとは、だれもそこから出入りすることはできなくなっていたというわけです。デヴルー伯のスイートに通じるドアはほかにはひとつしかなく、そのドアは施錠されていなかったのです」

「なるほど」とリチャード公爵。「だが、そもそもなぜ彼女はそこへあがっていったのか？」

「おそらくは、デヴルー伯になにか頼まれたのでしょう。伯爵のスイートへの誘いを受けたほかの女たちはみな、そこに行けば、なにが起こるか承知していたでしょうが、彼女はそうではなかったのです」

公爵のハンサムな顔に暗い翳が射す。

「まさか、実の兄からそのような行為を受けることになろうとは、予想もしていなかっただろう。彼女が兄を撃ったのは、完全に正当な行為と認められる」

「仰せのとおりです、閣下。彼女は、もしご自身が爵位継承者でなければ、ただちに自供していたにちがいありません。事実、彼女はある時点で、わたしがダンカン夫妻を殺人容疑の科《とが》で逮捕しようとしていると考えるようになり、そのとき、わたしはやっとのことで、なんとか自供を思いとどまらせたというわけで。とにかく、彼女は、兄と自身の名声を守る必要があると考えました。私人としてではなく、伯爵、女伯爵として、皇帝陛下の臣下である州知事としての名声をです。伯爵は放蕩者として知られていたにせよ、住民のほとんどは、その種の事柄に関しては、彼が知事としての職務をきちんと果たしているかぎり、表だって問題にはしませんし——陛下がご承知のとおり、伯爵はそうしていました。

とはいえ、実の妹を襲おうとして、撃ち殺されたとなれば——話はまったく変わってきます。彼女がそのことを隠そうとしたのは、完全に正当な行動です。それに、彼女は沈黙を守りとおすでしょう。別のだれかがその罪に問われないかぎりは」

「そして、もちろん、そのようなことにはなるまいと」リチャード公が言い、ブランデーをすすってから、つづけた。「彼女は立派な女伯爵となるだろう。判断力があり、困難な状況にさらされても冷静さを保つことができる女性だ。実兄を撃ち殺したあと、周章狼狽してもおかしくはなかっただろうが、彼女はそうはならなかった。すぐさま傷んだローブを脱ぎすて、クローゼットからその複製を出して着るとは、そんなことを思いつける女性は数少ないのではなかろうか？」

「ごくまれでしょう」ダーシー卿は同意した。「そうであるからこそ、わたしは、デヴルー伯のクローゼットに彼女のものをまねた服が詰まっていることを知っていても、それについてはなにも言わないようにしたのです。ちなみに申しあげるならば、もしブライト神父のようなすぐれた心霊治療師《スピリチュアル・ヒーラー》が、それら複製の服の存在を知れば、伯爵が実の妹に性的な妄念をいだいていたことに気づいたでしょう。伯爵が追いかけていた女たちはみな、妹の身代わりだったことを悟ったはずです」

「そうだろうね。そして、その女たちはみな、彼女とは比較すべくもなかったのだろう」公爵がゴブレットをテーブルに置く。「兄の国王に、新たな女公爵を心より推奨すると通知しよう。むろん、この事件についても、なにも書かずにすませることはできない。きみとわたしは事件の真相を知っている。国王にも知らせておかなくてはならない。それ以外にはだれひとり、このことを知ってはならない」

「ほかにひとり、知っている者がおります」ダーシー卿は言った。

「だれだ?」公爵がぎょっとした顔になる。

「ブライト神父」

リチャード公はほっとした顔になった。

「当然だ。彼であれば、われわれが知っているということを彼女に明かしはしないのではないか?」

「ブライト神父の思慮深さは信頼のおけるものと考えます」

懺悔室の薄闇のなかで、デヴルー女伯爵アリスがひざまずき、ブライト神父の声に耳を澄ましている。

「わたしはあなたに改悛を求めはしません。なぜなら、あなたはなんの罪も犯してはいない――御尊兄の死に関しては、いかなる罪も犯してはいないからです。そのほかの罪については、聖ジェイムズ・ハンティントンの『罪と世界』の第三章をお読みになるように」

彼は免罪のことばを述べようとしたが、女伯爵が口を開いた。

「ひとつ、よくわからないことがございます。あの画像。あれは、わたくしではございません。これまで、あれほどきらびやかで美しい女性を目にしたことはないのです。そして、わたくしは平凡な女です。どうもよくわかりません」

「もっと綿密にご覧になっていれば、あの顔があなたに似ていることに――ただし、理想化されたあなたに似ていることに――お気づきになったでしょう。主観的現実が客観的な画像として表現されるとき、そこにはつねに歪曲が生じます。そうであるからこそ、そのようなものが法廷において客観的な証拠として採用されることはないのです」神父は間をおいて、つづけた。「言い換えるならば、美というのは、それを見る者の眼のなかにあるということです」

シェルブールの呪い

A Case of Identity

憲兵隊員のふたりが、シェルブールの波止場地区《ウォーターフロント》の、海岸線から百ヤードほど南を走るキング・ジョン二世通り《リュ》をのんびりと歩いている。この地区では、王の安寧《あんねい》を守護する兵士たちは必ず、ふたりひと組で巡邏《じゅんら》をおこなうことになっていた。それぞれが、片手をベルトの警棒のそば、片手を短剣の柄のそばに置いている。一般の平民は剣を持ち歩きはしないが、水夫たちは一般の平民とはわけがちがう。武器が警棒だけでは、舶刀《カットラス》（船乗りがよく用いる、反り身で幅広の短めの剣）で武装した男を向こうにまわすのは分が悪いのだ。

北海から吹きつける寒風が憲兵たちの外套をはためかせ、あちこちの壁に取りつけられたガス灯の放つ黄色い光が、歩いていく憲兵たちの足もとに、不気味にうつろういくつもの影を投げかけていた。

街路に出ている人間の数は、多くはない。外出した者のほとんどは、どこかの酒場《ビストロ》に入りこんでいるのだろう。そこなら、石炭ストーブが体を外から温め、ボトルに詰められたピリッとくる飲料が体を内から温めてくれるからだ。受割礼日――一月一日――の前夜祭のときは、街路がひとの海になったが、いまはクリスマス・シーズンの最終日である十二日節も終わり、一九六四年はすでに第二週に入っていた。使えるカネが尽きてくるころとあって、まだ酒代をまかなえる者はごくわずかしかいない。

ふたりの憲兵のなかの背が高いほうの男が立ちどまって、前方を指さす。

「おい、ロベール、ジャンじいさんがまだライトをつけていないぞ」

「うーん、クリスマス以来、三度めだな。あのじいさんを召喚するのは気が進まないが」

「ああ。ひとまず店に入って、びしっと脅しをかけておくとしよう」

「ああ」背が低いほうの男が言った。「とにかく、つぎは召喚になるぞ、おれたちに二言はないと、申し渡しておくか」

ドアの上に、風雨でくたびれた、イルカ型をした青塗りの看板が出ていた。店名は、〈ブルー・ドルフィン〉。

憲兵のロベールがドアを押し開けて、店に入り、なにか問題はないかと油断なく目で探る。なにもなかった。左手にある長テーブルの一端をかこんで四人の男たちがすわっており、ジャンじいさんはバー・カウンターで五人めの男を相手に話をしていた。その全員が顔をあげ、店に入ってきた憲兵たちに目を向けた。テーブルについている四人はすぐにおしゃべりを再開し、カウンターの客は自分のグラスに目を戻す。店主がこびるような笑みを浮かべて、ふたりの憲兵のほうへ近寄ってきた。

「こんばんは、おまわりさん」乱杭歯《らんぐいば》をのぞかせて、店主が言う。「一杯ひっかけて、あったまろうってわけで？」

だが、これが〝社交的な訪問〟でないことは、彼にもわかったはずだ。

ロベールがすでに召喚状綴りを取りだし、鉛筆を手にしていたのだ。

「ジャン、これまでにもう二回も警告しただろう」厳しい声で彼が言った。「商業施設はすべて、標準型のガス灯を備えつけ、日没から日の出までそれを点灯しておかねばならない、と法が明確に定めているんだ。それはあんたも知ってるだろう」

「たぶん、風が吹いて――」店主が弁解を始めた。

「風？　いっしょに外に出て、風がガスの栓を閉めるものかどうか、たしかめてみるか？」

ジャンじいさんが息をのむ。

「たぶん、わしが忘れたんじゃ。どうも、物覚えが――」

「つぎの開廷日に、物覚えが悪くなったことを侯爵様に訴えてみたらどうだ？　多少は頭がしゃきっとするんじゃないか？」

「いや、滅相もない！　ご勘弁を、おまわりさん！　罰金を取られたら、わしはすってんてんになっちまう！」

　憲兵のロベールは、召喚状になにかを書きつけているかのように、鉛筆を動かした。

「これは初犯ってことにしておいてやろう。それなら、罰金は半額ですむ」

　ジャンじいさんが、困り果てたようすで目を閉じる。

「頼むよ、おまわりさん！　もう二度とやりませんので。こうなったのは、ほとんどをポールに任せっきりにしてて――彼がしんどい仕事を全部、やってくれてたからなんで。それがいまは、助けてくれる者がいなくなっちまって」

「ポール・サルトがいなくなってから、もう二週間が過ぎた」ロベールは言った。「こっちは、同じ言いわけをこれで三度も聞かされてるんだぞ」

「おまわりさん」熱をこめて老人が言う。「もうぜったいに忘れません。約束しますんで」

　ロベールは召喚状綴りを閉じた。

「いいだろう。約束したな？　このつぎは、どんな言いわけをしようが、聞く耳を持たないぞ。即刻、召喚状を渡す。わかったか？」

「わかりました、おまわりさん！　もちろん、約束は守ります。ありがたや、ありがたや！　もう二度と、忘れません！」

「忘れるんじゃないぞ。さあ、ガス灯に点灯してくるんだ」

ジャンじいさんがあわてて階段をのぼっていき、二、三分とたたずひきかえしてくる。

「点灯してきました、おまわりさん」

「よろしい。これからは、ちゃんと点灯するようにしてくれ。日没になったらな。じゃ、おやすみ、ジャン」

「どうせなら、ちょいと一杯――?」

「いや、ジャン、またこんどにしよう。行くぞ、ジャック」

憲兵のふたりは、酒の勧めを断って、外に出た。法を盾にひとを脅したあとで、それを受けいれるのは紳士の道にもとるだろう。〈憲兵教範《マニュアル》〉に、〝剣を携行する特権を有する憲兵は、つねに紳士であらねばならない〟と記されているのだ。

「ポールがいなくなったのはなぜだろう?」街路に戻ったところで、ジャックが問いかけた。「給料はよかったし、あいつはあんまり頭のできがよくないから、ほかで仕事を見つけるのはむずかしいだろうに」

ロベールは肩をすくめた。

「考えればわかるだろう。波止場ごろの連中は、職を転々とするもんさ。心配するな。頭は弱くても力の強いやつは、いつでもすぐ、雇ってくれるビストロを見つけるもんだ。あいつもそうだろう」

ふたりの憲兵は、しばらくなにも言わず、街路の角をまわりこんで、南へのびる河岸道《ケ》路、サント・マリに入った。

ロベールは南のほうを見て、言った。

「あそこに、ほろ酔い気分のやつがいるぞ」

「あれは、ほろ酔いを超えてるんじゃないか」

サント・マリ海岸道路を、ひとりの男がやってくる。建物の壁にすがりつくようにして、よろめきながら歩いていた。左右の掌《てのひら》を代わる代わる煉瓦の壁について、身を押しだすように足を運んでいる。帽子はかぶっていない。そのとき、風が外套をひるがえし、ふたりの憲兵はその内側に予想もしなかったものを見た。男は素っ裸だったのだ。

「へべれけになってる。あれじゃ、凍死するぞ」ジャックが言った。「収容したほうがいい」

その暇はなかった。ふたりがそばに近寄ったとき、よろめき歩く男が、とうとうよろめき倒れてしまったのだ。男が両膝から崩れ落ちて、憲兵たちを見あげたが、その目はふたりを通りこして、空の闇を見ているだけだった。まばたきもせず、目を見開いたまま横倒しになる。

ロベールは、そのかたわらに膝をついた。

「呼び子を吹いてくれ！　死んでしまったらしい！」

ジャックが呼び子を取りだし、鋭い笛の音で寒気を引き裂く。

「噂をすれば影か」ぼそっとロベールは言った。「これはポールだ！　酒のにおいはしない。たぶん……うわっ！」

彼は倒れている男の頭を起こそうとして、そこに触れた自分の手が血まみれになったことに気づいたのだ。

「頭がぐにゃぐにゃしてる」いぶかしむような声で彼は言った。「頭蓋骨の片側が、完全につぶれてるぞ」

遠くから、笛の鳴った地点をめざして、憲兵軍曹の駆る馬が疾走してくる蹄《ひづめ》の音が聞こえてきた。

長身瘦軀《そうく》のハンサムな男、ダーシー卿が廊下をつかつかと歩いていき、ノルマンディ公の紋章があるドアを開く。

「閣下、お呼びでしょうか？」イギリスなまりの強い英仏語《アングロ・フレンチ》で、彼は声をかけた。

その部屋には、三人の男がいた。長身でブロンドの、いちばん若い男が、ノルマンディ公爵だ。国王陛下ジョン四世の弟にあたるその公爵が、開いたドアのほうをふりかえる。

「あー、ダーシー卿。入ってくれ」公爵が、司教を表す紫の服をまとっている、太った男のほうへ手をふってみせた。「司教、わが主任捜査官、ダーシー卿をご紹介しましょう。ダーシー卿、こちらはガーンジー・アンド・サークの司教だ」

「初めまして、ダーシー卿」と司教が言って、右手をさしだしてくる。

ダーシー卿はその手を取って、おじぎをし、司教の指輪にキスをした。

「初めまして、司教様」と応じてから、三人めの男のほうへ向きを変えて、おじぎをする。

その白髪混じりの痩せた男はルーアン侯爵だった。「初めまして、侯爵様」

そのあと、ダーシー卿は公爵のほうに向きなおり、相手の出方を待った。

ノルマンディ公爵がかすかに眉根を寄せる。

「シェルブール侯爵になにか災難が降りかかったらしい。きみも承知のように、司教は侯爵の御尊兄にあたられる」

その家系については、ダーシー卿もよく知っていた。先代のシェルブール侯には三人の息子がいた。彼が逝去すると、長男が爵位と州の統治権を継承した。次男は聖職者になり、三男は帝国海軍の士官になった。やがて、跡取りをもうけずに長男が死去すると、司教となった次男は爵位を継承することができないというわけで、末子のヒューが引き継いで、現在の侯爵になったのだ。

「あなたがご説明なさったほうがいいでしょう、司教」公爵が言った。「あなたの口からじかに、ダーシー卿に情報を与えるのがよかろうかと」

「仰せのとおりです、閣下」司教が言った。不安な面持ちで、胸の前の佩用《はいよう》十字架（司教など高位の聖職者が胸につけるか首からぶらさげる貴金属の十字架）を右手でいじくっている。

ノルマンディ公リチャードが、椅子のほうへ手をふってみせた。

「どうぞ、みなさん――おすわりを」

四人がそれぞれ椅子にすわったところで、司教が説明に取りかかる。

「弟の侯爵が」ひとつ深呼吸をして、彼が言った。「行方不明になりまして」

ダーシー卿は物問いたげに、片方の眉をあげた。通常、国王陛下の統治者のだれかが行方不明になったことが判明すれば、帝国の全土に――北はスコットランドのダンカンズビー岬から南はガスコーニュの外れまで、東はゲルマンとの国境から西は大西洋を越えたニュー・イングランドおよびニュー・フランスまで――捜索のための布告が出されるものだ。このガーンジー・アンド・サークの司教がことを内密にしておきたいと思っているとすれば、それなりの理由があるのだろう――ないほうがおかしい！

「弟とお会いになったことはありますか、卿？」司教が問いかけた。

「ほんの短時間ならあります、司教様。一年ほど前に、一度。存じあげているとは、とても言えません」

「そうですか」

司教はまたちょっと佩用十字架をいじくってから、経緯を語りだした。いまから三日前の一月十日、司教の義理の妹にあたるシェルブール侯爵夫人エレーヌが、ガーンジー・アンド・サーク司教区の大聖堂があるガーンジー島のセント・ピーター港に、ひとりの召使いを船で送りこんできた。召使いは司教に封印された書状を手渡し、それには、一月八日の夜から侯爵が行方不明になっていると記されていた。侯爵は、城を離れる際はその旨を夫人に知らせるのを習いにしていたが、その知らせはなかった。それどころか、侯爵は、州政府の書類仕事をかたづけたら就寝するつもりだと言っていた。彼が書斎に入って以後、だれもその姿を目撃していない。シェルブール侯爵夫人は翌朝になるまで、彼の失踪に気づかず、朝になって、彼のベッドに就寝した形跡がないことを知ったのだ。

「それは、九日の木曜日の朝ということですね？」ダーシー卿は念を押した。

「そうです」と司教。

「いままで、われわれにそのことが通知されなかったのはなぜでしょう？」ダーシー卿は丁重に尋ねた。

司教がもじもじしながら言う。

「それは、卿……つまり、夫人のエレーヌは……夫が……つまり、わたしの弟が……あの その……正気を……失ったのではないかと……疑っておりまして」

そういうことか！　ダーシー卿は思った。侯爵は気が変になった！　シェルブール侯は頭がおかしくなった！　少なくとも夫人はそう考えているのだ。

「どのようなふるまいをなさっておられたと？」ダーシー卿は静かに問いかけた。

司教が早口で手短に説明する。シェルブール侯が最初の発作を起こしたのは、聖ステパノの祝日（クリスマスの翌日）にあたる一九六三年十二月二十六日の前夜だった。ふいにその顔が呆けたようになり、体がぐったりとなって、目から知性の光が失われた。わけのわからないことをもぐもぐとつぶやき、自分がどこにいるのかわからなくなったように――それどころか、周囲の状況に恐れをなしているようにすら――見えた。

「なにか暴力的な行動はなさいましたか？」ダーシー卿は問いかけた。

「いいえ。その正反対でして。きわめて従順で、おとなしくベッドに導かれていったとのことです。エレーヌは、卒中の発作ではないかと考えて、ただちに治療師《ヒーラー》を呼び寄せました。ご承知のように、あの侯爵家はベネディクト会を援助して、その総務院をシェルブールの城壁内に置かせておりますので、十分とたたず、パトリック神父が弟を診《み》に来てくれました。

　ですが、そのときにはもう、発作は静まっていました。パトリック神父は不具合はなにひとつ見いだせず、弟は、ちょっとめまいがしただけのことだと言いました。ところが、それ以後、三度の発作が――今月の二日、五日、七日のそれぞれの夜に――起こったのです。そしていま、彼は消えてしまったというわけで」

「つまり、このように考えておられるのですね、司教様。侯爵はまた例の発作を起こし、たぶん……あー……心神耗弱状態《ノン・コンポス・メンティス》になって、どこかをさまよっておられるのではないかと？」

「まさしく、そうではないかと案じているのです」きっぱりと司教が言った。

ダーシー卿はちょっと考えこむような顔をしてから、無言で公爵閣下に目を向けた。

「徹底的な捜査をしてほしい、ダーシー卿」公爵が言った。「できるだけ内密にだ。醜聞は望ましくない。もしシェルブール侯の心が異常を来《きた》したのであれば、もちろん、最善の処置をしてやらねばならないだろう。だが、まずは彼を見つけださなくてはいけない」壁の時計に目をやる。「四十一分後に、シェルブール行きの列車が出る。司教に同行してくれ」

ダーシー卿はよどみなく椅子から立ちあがった。

「ただちに荷造りに取りかかりましょう、閣下」司教におじぎをする。「よろしくお願い申しあげます」

彼は身を転じ、部屋を出て、ドアを閉じた。

だが、彼は住まいにしているアパルトマン・ホテルへ直行しようとはせず、ドアの外の横手に立って、待機した。公爵リチャードが目配せをしたことに気がついていたからだ。

室内から声が聞こえてくる。

「侯爵」リチャードが言った。「司教に軽い飲食をさしあげてもらえるか？　申しわけないが、わたしは急いでやっておかなくてはならない仕事があるので、失礼させてもらう。

至急、この件をわが兄、国王に報告しなくてはならない」

「もちろん、公爵閣下、そのようにさせていただきます」

「あなたとダーシー卿のために、馬車を用意させましょう、司教。お発ちになる前に、またお目にかかります。では、これにて失礼」

部屋を出た公爵が、待っているダーシーを目に留め、近くにある別の部屋を身ぶりで示す。ダーシー卿はあとにつづいて、部屋に入った。公爵がドアをきっちりと閉じてから、低い声で言う。

「これは、一見したところよりむずかしい事件かもしれない、ダーシー。シェルブール候は陛下直属のエージェントたちのひとりと協力し、シェルブールで暗躍しているポーランドの秘密工作員たちの動静を探っていたんだ。もし彼がほんとうに精神に異常を来していて、彼らに拘束されているとしたら、きわめてやっかいなことになるだろう」

ダーシー卿は、深刻な状況であることを悟った。この半世紀、ポーランドの歴代の王たちは野心をいだいてきた。ポーランドはすでに、ロシアの領土を――北はミンスクから南はキエフまで――可能なかぎり併呑《へいどん》し、いまは西方――この帝国と国境を接する一帯に目をつけている。過去数世紀にわたって、強大なポーランド王国とそれよりさらに強大な帝国の緩衝地帯となってきた、ゲルマン諸国にだ。ゲルマン諸国はいずれも、かつては神聖ローマ帝国の一部であったということで、帝国に忠誠を誓っているが――その忠誠は、英仏帝国の過去数世紀の王たちが強要したものではなかった。ゲルマン諸国が独立を保ってこられたのは、ポーランドと帝国が〝綱引き〟をしてきたからにほかならない。たとえば、もしポーランド王、カジミェシュ九世の軍勢がバヴァリアに侵攻したら、バヴァリアは必死になって帝国に助けを求め、実際に助けを得ることになるだろう。一方、帝国の国王、ジョン四世がバヴァリアからほんの一ポンド《ソヴリン》でも税を取ろうとして、徴税のために軍隊を送りこめば、バヴァリアはやはり必死になってポーランドに助けを求めるだろう。力の均衡が保たれているかぎり、ゲルマン諸国は安泰というわけだ。

実際のところ、ジョン王には、ゲルマン諸国を力ずくで帝国に組み入れようという意図はなかった。帝国はかなり以前から、そういう侵略的な政策は採らなくなっている。帝国陸軍がロンバルディや北部スペインを占領したときも、面倒なことはほとんどなかった。とにかく、新世界のすべてをその版図《はんと》におさめた帝国としては、ヨーロッパにこれ以上の領土を求める必要はない。今日、この時代において、平和を望む隣国を侵略するというのは考えられないことなのだ。

ポーランドが東進をつづけているかぎりは彼らの好きにさせておき、その間にこちらは新世界の領土を拡張しよう、というのが帝国の政策だった。だが、そのポーランドの東方拡張は頓挫《とんざ》を来した。

カジミェシュ九世はいま、征服して支配下に置いたロシア諸国の抵抗に手を焼くようになっている。その準帝国の一体化を維持するためには、つねに目下の問題として外敵の脅威に対処しなくてはならないのだが、ロシア諸国にこれ以上の圧力をかけるわけにはいかなかった。この二、三十年のあいだにロシア諸国がゆるやかな同盟を結び、先代の王シグムント三世は譲歩を迫られた。もしロシア諸国が本格的な同盟を結成すれば、手強い敵となるだろう。

となれば、残るは西のゲルマン諸国と、南のルメリア（オスマン・トルコ統治下にある南ヴァルカン地域）となる。カジミェシュ九世はトルコと紛争を起こそうとはせず、ゲルマン諸国に狙いをつけた。

帝国の富、順調な発展を継続するその経済の基盤は、新世界にある。綿、煙草、砂糖——そして、言うまでもなく、南の大陸で発見された金——といった産物の輸入が、帝国経済の基礎を形成しているのだ。帝国の臣民たちは衣食住に満ち足りて、しあわせに暮らしている。だがもし、かなりの期間、船の運航が妨げられることになれば、面倒が生じてくるだろう。

ポーランド海軍は、帝国海軍に対しては勝ち目がない。ポーランド海軍の艦隊が北海を通過しようとすれば、帝国海軍もしくは帝国と同盟を結んでいるスカンディナヴィア諸国の海軍と衝突するはめになってしまう。北海は、帝国とスカンディナヴィア諸国が合同で巡回監視をしている海であり、武装した船舶がそこを通過することは許されないのだ。ポーランドの商船は通過を許されて、航海をつづけることができるが——その前に、臨検を受けて、武器を搭載していないことが確認されなくてはならない。ポーランド海軍は、なすすべもなくバルト海に封じこめられており、規模においても兵装においても劣っているために、戦って北海に出ることはできない。一度、一九三九年にそれを試みたが、その艦隊は全滅の憂き目にあった。カジミェシュ九世は、またそれをやろうとはしないだろう。

あの王はかつて、スペインとシチリアの船を何隻か購入して、私掠船の装備を施させたことがあったが、それらはせいぜい迷惑程度のもので、脅威とはならなかった。発見されると、それらは海賊船として扱われ――沈められるか拿捕《だほ》されるかして、乗組員は絞首刑になり――帝国政府はわざわざポーランド王に抗議をすることもなかったのだ。

だが、カジミェシュ九世が、まだなにか秘策を用意しているのは明らかだった。帝国の海軍省と海運省を不安にさせるような現象が発生していた。帝国の――ル・アーヴル、シェルブール、リヴァプール、ロンドンなどの――港を発った船舶が、ときおり消え失せる。ふっつりと消息を絶ってしまうのだ。それらの船舶がニュー・イングランドに到着することはけっしてない。そして、その数は、天候や海賊が原因とは考えられないほど多かった。

それだけでもまずい事態なのだが、さらに悪いことに、帝国各地の波止場でいろいろと噂がひろまり始めていた。噂の大勢を占めるのは、大西洋を航行する危険性を誇張したものだ。中部大西洋は危険な――ヨーロッパ周辺の海よりはるかに危険な――海域だという噂が、蔓延しつつあった。老練な水夫は天候の脅威などはたいして気にしないものだ。イギリス人であれフランス人であれ、そういう水夫は、まともに航海ができる船に乗り組み、信頼できる船長がいれば、嵐などはものともせず突き進んでいく。だが、それが悪霊や黒魔術となると、そうはいかない。

科学者たちは、近代の科学的魔術は難解で、また限界もあるということを一般人に教えようとしてきたが、いまだにそれができずにいた。何千年もの歴史を持つさまざまな迷信が、この帝国のような進歩した現代文明においても九十九パーセントの人間の心に巣くっていたのだ。魔術をおこなえる者は全人口のわずか数パーセントにすぎないことを、どう解釈すればよいのか？　公式の魔術教本に記載されている呪文はどれもこれも、〝タレント〟を持たない者にはなんの役にも立たないことを、どう解釈すればよいのか？　〝タレント〟を持ちあわせている者でも、その本来の力を有効に発揮できるようになるには、通常、長年の修練が必要とされるのは、どうしてなのか？　ひとびとは何度もくりかえし、それらの理由を科学者から教えられるが、心の奥底ではだれもが別のことを信じていた。

実際に邪眼を持つと思われる人間は十人にひとりもいないというのに、魔術師や聖職者はしょっちゅう、それを撥ねかえす術をやってくれと頼まれる。また、呪文の効力を発揮する〝タレント〟を持たない偽魔術師が捏造した、役立たずの大メダルや護符や魔除けを身につけている者がどれほどおおぜいいるかとなると、まさに神のみぞ知るといったところだ。ひとの心には妙なゆがみがあり、それがために、恐れをいだいた者は、許可を持つ立派な魔術師や〈教会〉公認の聖職者ではなく、その対極にある、見るからに怪しげで、ひねくれた〃魔法使い〃のもとをこっそり訪れるほうを好む。大多数の者が心の奥底に、悪は善より強力なのではないか、悪に対抗できるのはより強力な悪ではないかという疑念を、ひそかにいだいていた。科学的な魔術研究が明らかにしたこと――黒魔術の行使は、長い目で見れば、その標的となる人物より遂行者の心により大きな損傷をもたらすこと――を信じる者はほとんどいないのだ。

そんなわけで、大西洋には〃なにか邪悪なもの〃がいるという噂がひろまるのはべつに不思議なことではなく――その結果、さらに多数の水夫が、新世界行きの船舶に乗り組むことに疑心暗鬼になっていた。

そして、帝国政府は、その噂はカジミェシュ九世の工作員が意図的にばらまいたものと確信していた。

なさねばならないことは、ふたつ。船舶の消失を阻止することと、噂の蔓延を食いとめることだ。シェルブール侯爵は、そのふたつの目的を果たすための仕事をしている最中に、行方不明になった。その失踪にポーランドの工作員がどの程度まで関与していたのか、そこが重要な点だった。

「きみは可及的すみやかに、陛下のエージェントと連絡をとってくれ」ノルマンディ公リチャードが言った。「黒魔術がからんでいるかもしれないので、マスター・ショーンを同行するように——身分を隠してだ。突如、魔術師が現われたら、彼らは——どういう連中であるにせよ——姿をくらましてしまうかもしれない。それだけではすまず、シェルブール侯に狼藉《ろうぜき》をはたらくかもしれない」

「細心の注意をはらって進めましょう、閣下」ダーシー卿は言った。

列車がシューシューと蒸気を吐いて、寒空に大きな煙を噴きあげながら、シェルブール駅に入っていく。風がすぐにその煙をさらい、客車からひとが降りてくる前に、吹き飛ばしていった。乗客たちがコートを身に引きつけつつ、降りてくる。地面やプラットフォームに薄く積もった雪が光を浴びてきらめき、寒くはあったが、空に低くかかった冬の太陽がまぶしく輝いていた。

ルーアンを発つ前に、司教がテレソンでシェルブール城に通知しておいたので、四輪馬車が三人の到着を待っていた——空気タイヤとスプリング懸架装置《サスペンション》を備えた最新型の馬車で、それぞれのドアにシェルブール家の紋章があり、二頭ふた組のみごとな葦毛の馬がつながれていた。馬丁がドアを開けると、司教が乗りこみ、そのあと、ダーシー卿と、これぞ紳士といういでたちの太った小柄な男が乗りこんだ。ダーシー卿の荷物は馬車の屋根の棚にのせられたが、〝これぞ紳士〟の小ぶりなスーツケースは、当人のでかい手がしっかりとかかえこんでいた。

魔術師のマスター・ショーン・オロックリンとしては、自分の商売道具を詰めたバッグを手放すわけにはいかなかった。なにしろ、シンボルが刻まれた愛用の旅行鞄《カーペットバッグ》の携行を許されないことについて、さんざん不平を漏らしたあげく、ダーシー卿に携行を強要されたこの黒の革張りスーツケースに、二十分がかりで防御呪文をかけたのだ。

馬丁が馬車のドアを閉じて、御者席にふわりと身を持ちあげた。四頭の葦毛馬が速歩《トロット》できびきびと走りだし、シェルブールの街の向こう側、海に近い場所にある城をめざして、街路を駆けぬけていく。

列車に乗っているあいだ、ダーシー卿と司教には、暗黙の了解があった。それは、ひとつには司教の心を弟の事件からそらしておくため、ひとつには事件のことをだれかに聞かれないようにするため、目下の捜査以外のことに話題を限定しておく、というものだった。マスター・ショーンは無言のまま席にすわって、従者のように見せようとつとめ——それはおおいにうまくいっていた。

しかし、いったん馬車に乗りこむと、会話が途絶えてしまったように見えた。司教はクッションに身をうずめるようにして、なにも言わず、窓の外をながめていた。マスター・ショーンは太鼓腹を両手でかかえるような格好でもたれこみ、目を閉じている。ダーシー卿は司教と同様、窓の外をながめていた。シェルブールを訪れたことは二度しかないとあって、この街にはあまりなじみがなかった。馬車の通る経路の考察に時間をふりむけることは、それなりの価値はあるだろう。

とりたてて興味を引くようなものはなかったが、それは、馬車が波止場地区に入って、進路を変え、遠くに見えるシェルブール城をめざして、海岸通り《リュ・ドゥ・メール》を走りだすまでのことだった。

そこに、興味深いものがあった。埠頭群につながれている船舶の数が多いにもほどがある、と彼は思った。荷積みのために波止場に置かれている貨物の数も、膨大であるように見える。その一方、そこで働いている男たちの人数は、積みこむべき貨物の量にくらべて、ずっと少ないように思えた。

水夫たちは〝大西洋の呪い〟に怯えているのだ、とダーシー卿は思った。男たちが群れをなしてぶらつき、ぼそぼそとことばを交わしているように見えたが、その声は怒りを含んでいるように感じられた。明らかに水夫たちだ。おのれの意志で仕事を棒にふり、おのれの意気地のなさに腹を立てているのだろう。おそらくは、港湾労働者の職にありつこうとして、〈港湾労働者ギルド〉に拒否されたのだ。

平常は、〈港湾労働者ギルド〉が水夫を予備人員と見なしていることは、ダーシー卿も知っていた。〈水夫ギルド〉が港湾労働者を予備人員と見なしているのと同じだ。水夫がしばらく陸《おか》ですごそうという気になったら、たいていの場合、港湾労働者の仕事がもらえるし、港湾労働者が海に出ようという気になったら、たいていの場合、どれかの船舶に乗り組む仕事がもらえる。だが、船舶が乗組員を集められず、出港ができないとなれば、荷積みの仕事にありつける港湾労働者の数はわずかなものになってしまう。〈港湾労働者ギルド〉の組合員でもなかなか仕事にありつけないのだから、怯えあがってその職不足を引き起こした水夫たちに、〈ギルド〉が仕事をまわしてくれるはずはないのだ。

この失業率の増大は、シェルブール侯爵の手許金に重い負担をかけることになる。古来の法により、困難な時代には領主が臣民とその家族の暮らしを守ることが貴族の義務として定められているからだ。これまでのところ、その出費はそれほど多額にはなっていない。帝国全体が均等にその費用をまかなう仕組みになっているからだ。シェルブール侯はその法に基づき、ノルマンディ公に対して援助の適用を申請することができ、ノルマンディ公はそれを受けて、イングランド、フランス、スコットランド、アイルランド、ニュー・イングランドおよびニュー・フランス帝国の王にして、信仰の擁護者であり、なんだかんだでありのジョン四世陛下に対して、適用の申請をおこなうことができる。

そして、帝国全土から、陛下の手許金となる資金が届けられるのだ。

とはいえ、もしこの状況が全土に拡大すれば、帝国の経済は壊滅の危機に瀕するだろう。

波止場の業務活動は完全に停止してはおらず、ダーシー卿はそのことに気がついて安堵を覚えた。地中海地域やアフリカに向かう船舶はもとより、ニュー・イングランドのある北の大陸やニュー・フランスのある南の大陸へ向かう船舶のなかにも、乗組員を確保できたものがあるように見えた。

〈カレーの誇り〉という大型船がなかなか活発な動きを示していて、指示をがなりたてる声とともに、貨物の梱包がつぎつぎに積みこまれていた。馬車がそばを通りかかると、ワイン樽を満載した梱包が吊りあげられていて、それぞれの樽に、〈ワイン商、オルドウィン・ヴェイン〉の文字が記されているのが見てとれるようになった。樽に魔術のシンボルが焼き印されているのは、航海のあいだにワインが酸化するのを防ぐためだ。

積みこまれるワインのほとんどは乗組員用であることを、ダーシー卿は知っていた。法によって、ひとりの水夫は一日にボトル一本分のワインを飲むことを許されている。そもそも、新世界産のワインはきわめて高品質とあって、ヨーロッパから輸入しても引きあわないのだ。

馬車はさらに走りつづけ、ほかにもまだ、大西洋に向かおうとしていることがわかる船舶に、貨物が積みこまれているのが見てとれた。どうやら、〝大西洋の呪い〟は、帝国の全水夫を震えあがらせて骨抜きにしたわけではないようだ。

われわれはこの事態を切りぬけるだろう、とダーシー卿は思った。ポーランド王が可能なかぎり、ありとあらゆる策を弄してきても、われわれは切りぬけるだろう。これまでもそうしてきたのだ。

これからもずっとそうするだろう、とは考えなかった。帝国にせよ、社会にせよ、いずれは滅び、別のものに取って代わられることがわかっていたからだ。ローマ帝国は滅亡して、蛮族たちの国があとを引き継ぎ、彼らは徐々に封建社会をつくりあげていったが、それもまた取って代わられて、近代的な社会が形成された。十二世紀にヘンリー二世によって樹立され、八百年にわたって維持されてきたこの帝国も、ローマ帝国と同様、いつかは滅亡する可能性があるのはたしかだ——とはいえ、この帝国はすでにローマ帝国の倍にあたる期間、維持されており、蛮族の侵略という脅威もなければ、内乱を引き起こすほど激しい内部対立の兆しもない。帝国はいまも安定し、発展をつづけているのだ。

その安定と発展の大半は、プランタジネット家がもたらしたものだ。プランタジネット朝は、スティーヴン王の死後、王位を継いだヘンリー二世——アンジュー家のアンリ——によって樹立されたアンジュー朝が源流となっている。ヘンリー二世は、フランスの大部分を所領として持ったまま、イングランドの王に即位したのだ。その息子、獅子心王リチャードは、治世の最初の十年間は国家経営をなおざりにしていたが、シャリュ城包囲戦でクロスボウの矢を浴びて重傷を負い、九死に一生を得たあとは、確固たる統率力と賢明な頭脳で国を統《す》べた。リチャードには息子がいなかったが、逝去した弟ジョフロワの息子で、自分の甥にあたるアーサーを息子として育てた。アーサーは、リチャード王の末弟で唯一の王位継承者だったジョン王子が反乱を起こすと、リチャードの側について戦った。ジョン王子は一二一六年に死んで、アーサーが唯一の王位継承者となり、年老いたリチャードが一二一九年に逝去すると、アーサーが三十二歳でイングランドの王位を継承した。世の言い伝えでは、このアーサー王は、いにしえのキャメロット城の王アーサーとよく混同されるが——それにはもっともな理由がある。今日においても善王として知られるこのアーサー王は、伝説の王と同様、騎士道精神によって王国を統治したのだ。それは、いにしえのブリトン王の偉業にひらめきを得た部分もあれば、生来の特質による部分もあっただろう。

以後、プランタジネットの家系は、八世紀にわたって試練と艱難《かんなん》を乗りこえてきた。それは、血と汗、苦と涙の歴史であり、剣と銃によって帝国の敵に対抗し、絶妙の君主外交によって領土の一体化を維持し、拡大してきた歴史だった。

帝国はもちこたえた。この帝国は、すべての臣民が、王のみに全責務を担わせているようではもちこたえられない、と理解しているかぎり、維持されるだろう。そのために帝国は、すべての臣民が各自の義務を果たすことを望んでいるのだ。

そして、ダーシー卿の目下の義務は、たんにシェルブール候の身になにがあったのかを突きとめるというのではなく、もっと大きなものだった。この案件は、もっと底が深い。

司教の声が、彼の思考の流れに水をさした。

「前方に大天守が見えてきました、卿。まもなく到着します」

事実、その数分後には、四輪馬車はシェルブール城の正門前に乗りつけていた。馬丁がドアを開き、三人が馬車を降りる。マスター・ショーンはあいかわらず、スーツケースをしっかりとかかえていた。

シェルブール公爵夫人エレーヌが、大広間上階《グレートホール》にある彼女の客間《サロン》に立って、窓の外にひろがる海峡を見つめている。氷のような波が跳ね、踊り、渦巻いて、催眠術にかかりそうだったが、彼女はそれを見るのではなく、物思いにふけっていた。

どこにいらっしゃるの、ヒュー？　戻ってきて、ヒュー。あなたがいてくださらなくては。どれほどあなたを必要としているか、いまやっと気がついたの。思考が途切れると、心が空《から》になったように感じられた。逆巻く波を見つめるだけで、なにも考えられない。

そのとき、背後から、ドアの開く音が届いてきた。彼女がはっとそちらをふりかえると、長いヴェルヴェットのスカートが濃厚な糖蜜のようにふんわりとひろがった。

「はい？」自分の声がどこか遠くから聞こえてくるような気がした。

「お呼びでございましょうか、マイ・レディ？」執事を務めるサー・ギョームだった。

エレーヌは思考の焦点を合わせようとした。

「あ」しばらくして、彼女は言った。「そうでした」軽い飲食物が置かれたテーブルのほうへ手をふってみせる。その上には、ポルトガル・ワイン《オポルト》のデカンタ、シェリー《セレス》のデカンタタ、そして空のデカンタがあった。「ブランデーを。まだブランデーのデカンタが空のままでしょう。四六年産のサン・クーラン・ミシェルを持ってきて」

「四六年産のサン・クーラン・ミシェルとおっしゃいましたか、マイ・レディ？」サー・ギョームがちょっと目をしばたく。「ですが、シェルブール侯はお許しにならないように――」

彼女は身を真正面に向けて、相手を見据えた。

「わが夫、シェルブール侯が、このようなおりに最良のシャンパーニュ・ブランデーをご用意するのを拒否なさることはけっしてないはずです、サー・ギョーム！」ぴしっと彼女は言い放ったが、標準のアングロ・フレンチ語ではなく、この地方の発音だったので、穏やかに聞こえはしたものの、口答えは許さない響きがあった。「わたくしが自分で取りに行かなくてはいけないのでしょうか？」

サー・ギョームの顔がちょっと青ざめたが、表情が変わることはなかった。

「いいえ、マイ・レディ、ご所望のままに」

「よろしい。ありがとう、サー・ギョーム」

彼女は窓のほうに向きなおった。背後から、ドアを開け閉めする音が届いてくる。

そのあと、彼女は身を転じ、飲食テーブルのほうへ足を運んで、つい数分前に自分が空にしたグラスを見つめた。

空っぽ、と彼女は思った。わたしの人生のように。また満たされるときが来るのかしら？

彼女はシェリーのデカンタを手に取って、栓を抜き、過度なまでに慎重にグラスを満たした。ブランデーのほうがいいのだが、サー・ギョームがブランデーを持ってくるまで、ここには甘ったるいワインしかない。ヒューの地下貯蔵室《セラー》にある最良、最高のブランデーをと言い張ったのはなぜかしら、と彼女はいぶかしんだ。あれでなくてはいけないというわけではなかった。ブランデーでありさえすれば、蒸留がうまくいかなかった六〇年産のアクア・サンクタでもよかったのに。彼女はいまようやく、味のちがいがわからなくなるほど味覚が麻痺していることに気がついたのだった。

ところで、ブランデーはどこに？　どこかしら。あ、そうだ。サー・ギョームが。

怒りが湧きあがってきて、彼女はろくに考えず、また呼び鈴の紐を引いていた。一度鳴らして、手をとめる。また鳴らして、手をとめる。また……。

何度も鳴らしているうちに、ドアが開いた。

「お呼びでしょうか、マイ・レディ？」

彼女は怒ってふりかえり――凍りついた。

それがシーガー卿だったので、彼女はぞくっとしたのだ。彼を見るといつもぞくっとする。

は言った。

「サー・ギョームを呼ぶために鳴らしたのです」ありったけの威厳を呼び起こして、彼女
　シーガー卿は大男で、その祖先が本拠としていたノルウェーの凍てつく寒さを全身から醸しだしている。髪はシルヴァーに近いほどのブロンドで、その目は氷山のような淡いブルーだ。侯爵夫人には、彼がほほえむのを見た憶えがない。ハンサムな顔はつねに平静で、無表情だった。シーガー卿がほほえんだら、いつもの冷静な表情をしているときより恐ろしく見えるのではないかと思って、彼女はちょっと寒気を覚えた。

「サー・ギョームを呼ぶために鳴らしたのです」夫人はくりかえした。

「そうではございましょうが、マイ・レディ」とシーガー卿。「サー・ギョームは応じないように思われましたので、お応えするのが自分の義務であろうと感じまして。奥方様は、つい数分前にも呼び鈴を鳴らして、彼をお呼びになりました。そして、いままた鳴らしてらっしゃった。どのようなご用件でございましょう？」

「いえ……べつに……」なにを言えばよいものやら？

　彼が部屋に入ってきて、ドアを閉じる。夫人は、二十五フィートほども離れているのに、彼の漂わせる冷気が感じとれるように思った。彼が近づいてくるあいだ、夫人はなにもできずにいた。声を出すことができなかった。背が高く、冷ややかだが、ブロンドのハンサムな男――なのに、男性としての魅力はヒキガエルぐらいしかない。いや、それ以下だ――

―ヒキガエルはほかのヒキガエルに惹かれることがあるはず――それに、ヒキガエルは少なくとも生きものではあるのだから。この男にはなんの魅力も感じないし、生きもののようにはとても見えなかった。

彼が戦艦のように迫り寄ってくる――二十フィート――十五フィート……。

彼女は息をのみ、身ぶりで飲食テーブルを示した。

「ワインを注いでいただけますか、シーガー卿？　あのう……シェリーをグラスに」

戦艦が針路を転じたようだ、と彼女は思った。こちらに直進していたシーガー卿が三十度ほど角度を変えて、テーブルのほうへ近づいていく。

「シェリーでございますね、マイ・レディ？　かしこまりました。もちろん、よろこんでそうさせていただきます」

その力強い両手が几帳面に動き、デカンタに残っていたシェリーを一滴残らず、ゴブレットに注いだ。

「グラスを満たすことができません、マイ・レディ」無感動なブルーの目で夫人を見ながら、彼が言った。「代わりに、オポルト・ワインをお注ぎしましょうか？」

「いえ……いいえ、シェリーで、シェリーだけで、よろしいです」彼女は固唾《かたず》をのんだ。

「あなたもなにかお飲みになります？」

「わたしは酒は飲みませんので、マイ・レディ」少し満たされたグラスを、彼が手渡してくる。

　夫人は、黙って彼の手からグラスを受けとることしかできなかった。手が触れあったとき、彼の指がほかのみんなと同じく温かいことがわかって、かえって不思議な気分にさせられた。

「これほど酒をお飲みになるのは、マイ・レディ、どうしてもそうせずにはいられないご気分なのでしょうか？」シーガー卿が問いかけた。「この四日ずっと……」

　夫人は否定するように手をふっただけで、こうとしか言えなかった。

「気付けです、シーガー卿。ただの気付け」空になったグラスを彼に返す。

　夫人がおかわりを求めなかったので、卿はグラスを手に持ったまま、彼女を見つめた。

「わたしがここにいるのは、マイ・レディ、あなたをお守りするためです。それがわたしの義務でして。あなたに敵対する者のみが、わたしに恐怖をいだくのです」

　どうしてか、夫人は彼の言ったことは真実だと悟った。それでも――

「グラスにオポルトを注いでくださるかしら、シーガー卿？」

「はい、マイ・レディ」

　彼がグラスにワインを注いでいるあいだに、ドアが開いた。

　サー・ギョームだった。ブランデーのボトルを持っている。

「マイ・レディ、シーガー卿、馬車が到着しました」

シーガー卿が無表情に彼を見つめ、そのあとエレーヌ夫人に目を向ける。

「公爵の捜査官でしょう。われわれはここでお待ちするのがよろしいでしょうか?」

「ええ、はい、もちろん、そうしましょう」彼女の目はブランデーに向けられていた。

ダーシー卿とエレーヌ夫人との面会は、短く、実りのないものとなった。出された高級なブランデーについても、ダーシー卿としては、その芳醇な香りに異議を唱えるつもりはなかったが、どちらかというと年代物より新しいほうが好みだった。侯爵の失踪直前の数日間になにがあったかに関する夫人の説明は、司教から聞いた話とたいしたちがいはなかった。

侯爵の秘書として紹介された冷徹でハンサムな男、シーガー卿は、なにも知らないと言った。発作らしきものが起こったとき、自分はそこに居合わせなかったのだと。

そのうち、侯爵夫人が頭痛を訴えて、その場を辞した。ダーシー卿は、彼女がブランデーのボトルを持って立ち去ったことに気づいていた。

「シーガー卿」彼は言った。「奥方様はご気分がすぐれぬようにお見受けしました。となると、現在はどなたがこの城の管理にあたっておられるのでしょう?」

「召使いと家事全般については、執事のサー・ギョーム・ド・ブラシーが取りしきっています。警備の責任者は、サー・アンドル・デュグラス。わたしは侯爵の私設秘書ではありません。書籍の目録づくりをお手伝いさせていただいているだけでして」

「なるほど。よくわかりました。サー・ギョームおよびサー・アンドルと話がしたいのですが」

シーガー卿が立ちあがり、呼び鈴のところへ歩いていって、紐を引く。

「サー・ギョームはすぐにここに参るでしょう」彼が言った。「サー・アンドルは、わたしが呼びに行きますので」おじぎをした。「失礼させていただきます」

彼が立ち去ったところで、ダーシー卿は言った。

「目を奪われずにはいられない男ですね。それだけでなく――状況が状況なら、危険な男でもあるような」

「まっとうな人物のように見えますが」と司教。「いくぶん抑制がききすぎて……なんと申しますか……堅苦しいのでしょう。ユーモアのセンスを持ちあわせていないようですが、ユーモアのセンスがあればそれでいいというものでもありませんので」咳払いをして、話をつづける。「義妹が失礼なふるまいをしたことをお詫びせねばなりません。神経を磨り減らしているのでしょう。事情聴取にわたしの同席が不要であれば、ようすを見に行ってやりたいのが本音でして」

「もちろん、そうしてください。お気持ちはよくわかります」よどみなくダーシー卿は言った。

司教が立ち去った直後、ドアがまた開いて、サー・ギョームが入ってきた。

「お呼びでしょうか?」

「おすわりいただけますか、サー・ギョーム?」ダーシー卿は椅子のほうへ手をふってみせた。「ご承知でしょうが、われわれがここに参ったのは、シェルブール侯爵の失踪を捜査するためでして。こちらは、わたしの助手を務めるショーン。あなたがここでお話しになることはすべて、内密に扱われます」

「よろこんで協力させてもらいましょう」サー・ギョームが言って、椅子に腰をおろす。

「あなたが、サー・ギョーム、知っていることをすべて司教にお話しになったのはわかっています」ダーシー卿は切りだした。「ご面倒ではあっても、もう一度、一部始終をあなたの口からお聞きしたいのです。よろしければ、そもそもの始まりから語っていただけるとありがたいのですが、サー・ギョーム……」

求めに応じて、執事が説明を始める。ダーシー卿とマスター・ショーンにとってはこれが三度めのことで、話を聞いてみると、視点が異なるだけで、本質的に変わりはないことがわかった。もっとも、視点のちがいは重要な要素ではあるのだが。

司教と同じく、サー・ギョームもまた、直接の関与はない人物のようにいきさつを語った。

「そういう発作を実際にご覧になったことは?」ダーシー卿は尋ねた。

サー・ギョームが目をしばたく。

「それは……いえ。いいえ、卿、一度もありません。ですが、召使いの数人から詳しい報告を受けてはいます」

「そうですか。失踪の夜についてはどうでしょう？　最後に侯爵を見かけたのは、いつのことです？」

「夕刻の、まだちょっと早い時間でした。わたしは侯爵閣下のお許しを得て、夕方の五時ごろ、友人たちとカード遊びの一夜を楽しもうと街へ出かけまして。かなり遅くまで――翌日の午前二時か二時半ごろまで――楽しんでいました。もてなし役《ホスト》は、マスター・オルドウィン・ヴェインという、この街に住む羽振りのいいワイン商で、当然のこととして、泊まっていくようにと強く言ってくれました。城門は十時に施錠され、開けてもらうには門衛とかなり面倒な交渉が必要になりますので、それは珍しいことではありません。それで、翌朝の十時ごろになって、城に戻ったところ、奥方様から、侯爵様が失踪なさったことを知らされたというわけです」

　ダーシー卿はうなずいた。エレーヌ夫人が語ったことと一致している。サー・ギョームが外出してほどないころ、彼女は風邪ぎみだと夫に断って、早めに自室にひきとったとのことだ。シェルブール侯爵を最後に見かけた人物は、彼女ということになる。

「ありがとう、サー・ギョーム」ダーシー卿は言った。「このあと、召使いのみなさんから話をお聞きしようかと。なにかが――」

ドアの開く音がして、彼は途中で口をつぐんだ。シーガー卿だった。その後ろに、黒髪に口ひげのがっしりした大男が、しかめ面で立っていた。

サー・ギョームが立ちあがると、ダーシー卿はことばをかけた。

「ご協力、ありがとう、サー・ギョーム。いまのところは、これでじゅうぶんです」

「ありがとうございます、ダーシー卿。お役に立てることがありましたら、なんなりと」

執事が部屋を出ていったところで、シーガー卿が口ひげの男を入室させた。

「卿、こちらは侯爵の近衛隊の隊長です。隊長、こちらは、公爵閣下の主任捜査官を務めておられるダーシー卿だ」

いかつい顔つきの兵士が、おじぎをする。

「なんなりとお申しつけを、卿」

「ありがとう。すわってくれ、隊長」

シーガー卿は部屋を出ていき、隊長とダーシー卿、そしてマスター・ショーンがあとに残った。

「なにかお役に立てることがあればよいのですが」隊長が言った。

「あると思うよ、隊長」ダーシー卿は言った。「わたしの理解するところでは、侯爵が城を出ていくのを目撃した者はいない。きみは部下の衛兵たちに問いただしたのではないか」

「問いただしました。われわれはみな、侯爵閣下がおられなくなったことを、翌朝になって、奥方様がわたしに声をおかけになるまで知らなかったのです。あの夜、当直に就いていた兵士たちにあたって、調べてみました。午後五時以降に城を出たのはサー・ギョームのみで、日誌によれば、その時刻は五時二分ということです」

「秘密の抜け道は？」ダーシー卿は問いかけた。

その点を指摘したのは、以前、王立公文書館で帝国のあらゆる城の設計図を調査したことがあるからだ。

隊長がうなずく。

「ひとつあります。はるか昔、城の包囲戦がよくあった時代に使われていたものです。現在は、つねに施錠され、かんぬきがかけられています」

「そこに衛兵は？」ダーシー卿は尋ねた。

サー・アンドル隊長がくくっと笑う。

「はい、卿。近衛隊でいちばん嫌われている部署が、そこなんです。地下通路が下水渠《きょ》に通じているのですよ。あそこに配置されるのは、ささいな軍規違反に対する懲罰としてでして。違反者の性根をたたきなおすために、悪臭が立ちこめ、鼠がうようよいるところで何日か夜間当直をやらせて、過去何十年ものあいだ一度も開かれず、完全に錆びついているせいで、爆破でもしないかぎり、外からは——いや内側からも——開けることはできない鉄の扉を守らせる。そして、不定期に視察をして、そいつがちゃんと部署に就いているかどうかを確認するんです」

「なるほど。城内の捜索は徹底的にやったんだろうね？」

「はい。このところの卒倒の発作をまた起こされたのかもしれないと考えまして、閣下がおられる可能性のある場所をくまなく捜索しました。しかし、どこを探しても、見つからなかった。どこにもです。閣下がおられるのは城の外のどこかであるにちがいないです」

「では、われわれが捜索しなくてはならないのは——」とダーシー卿が言ったとき、ドアをノックする音が聞こえた。

マスター・ショーンが助手の役割を忠実に務めて、ドアを開く。

「はい、なんでございましょう」

ノックをしたのはシーガー卿だった。

「ダーシー卿に話を通してもらえるかね？　シェルブールの街の憲兵隊長アンリ・ヴェールが、彼に話したいことがあるそうなので」

ほんの一瞬、ダーシー卿は驚きと腹立ちを覚えた。自分がここに来ていることを、どうして憲兵隊長が知ったのか？　が、すぐに、その答えはひとつしかないと気がついた。

「入るようにと言ってくれ、ショーン」とダーシー卿は応じた。

アンリ隊長は、がっしりした体格の見るからに頑健そうな五十代前半の男で、不屈の戦士といった気配を漂わせていた。その男がおじぎをする。

「ダーシー卿、内密にお話ししたいと存じますが、いかがでしょう？」

アングロ・フレンチ語で話しかけてきたが、ことばづかいが几帳面すぎたせいで、ふだん使っている言語ではないことが露呈していた。この土地のなまり《パトワ》をできるだけ出さないようにつとめてはいても、正確に話すのが精いっぱいであることがはっきりとわかる。

「いいとも、アンリ隊長。すまないが、座を外してもらえるかね、アンドル隊長？　この件は、またあとで話しあうとして」

「よろしいですとも」

アンドルが退出し、部屋にいるのはダーシー卿とマスター・ショーン、そしてアンリのみとなった。

「おじゃましまして、まことに申しわけございませんでした」アンリ隊長が言った。「じつは、公爵閣下から厳命を授かりまして」

「そうにちがいないと思っていたよ、アンリ隊長。どうぞ、そこにすわって。さて——なにがあったのだ？」

「それがその、卿」アンリがちらっとマスター・ショーンに目をやった。「閣下はテレソンで、あなただけに伝えるようにと指示されましたので」ショーンにしっかりと目を向け、ぎょっとしたように見なおす。「驚いたのなんの！　マスター・ショーン・オロックリンじゃないか！　お仕着せ《リヴァリー》姿なので、そうと見分けがつかなかった！」

魔術師がにやりとする。

「すっかり従者になりきってるだろう、アンリ？」

「完全になりきってる！　まあ、そういうことなら、忌憚《きたん》なくお話ししてよろしいですね？」

「もちろん」とダーシー卿は応じた。「つづけてくれ」

「それでは」憲兵隊長が身をのりだし、声を低めて話しだす。「この事件が発生したとき、わたしは真っ先にあなたのことを考えました。自分の手にはあまることだと認めざるをえなかったのです。じつは、あの八日の夜、部下のふたりが波止場地区の警邏をしておりましてね。そのふたりが、キング・ジョン二世通りとサント・マリ河岸道路の角に達したとき、ひとりの男が倒れるのを目撃しました。外套は着ていたものの、その下は素っ裸で──憶えておいでかどうかはわかりませんが、あの夜は非常に寒かったのです。ふたりがそばに駆け寄ったときには、その男は死んでいました」

ダーシー卿は目を細めて、相手を見つめた。

「死因はなんだ？」

「頭蓋骨の粉砕です。頭蓋の右側をだれかに強打されたのです。歩けていたのが不思議なほどで」

「わかった。つづけて」

「男は、死体保管所《モルグ》に運ばれました。部下のふたりは、それがポール・サルトという男であることを確認していました。その近辺にあるいくつかのビストロを転々として、安給金で働いていた男です。最後に働いていたビストロの店主も、身元を確認しました。いくぶん頭の弱い男であったらしく、進んで重労働をすることで、ねぐらと飯、そしてこづかい銭を稼いでいたとのことです。多少の世話が必要な男だったようで」

「うーん。その男の経歴を調べて、なぜ生活保護が与えられなかったのかを突きとめなくてはいけないな」ダーシー卿はいった。「つづけて」

「なんと申しましょうか……えー……その事件はそれだけではすまなかったのです。わたしは、すぐさまその事件に目を向けるということはしませんでした。つまるところ、また波止場で殺しがあっただけだと考えて――」肩をすくめ、掌を上に向けて両手を大きくひろげる。「わが隊の魔術師と外科医がその死体を調べ、通常の検査をいろいろとやりました。死因は、オークの角材――たぶん、二×二インチの角材で殴打されたためと判明しました。殴打されたのは、部下たちに発見される十分ほど前のことのようです。うちの外科医の話では、そんなに長いあいだ生きていられたのは――そのうえ、歩くこともできたというのは——とてつもない生命力の持ち主であったからこそだろうとのことです」

「失礼だが、アンリ」マスター・ショーンが口をはさんだ。「あんたの魔術師は、死後の肉体活動を調べる〈フィッツギボン検査〉をやったのか？」

「もちろん。傷のぐあいを考慮して、まっさきにその検査をやった。だが、死後、死体が賦活されて、犯行現場から歩かされたことを示す証拠はなかった。男は、部下たちが発見した地点で、ほんとうに死んだということだ」

「確認しただけだよ」マスター・ショーンが言った。

「まあ、それはいいとして、その事件は、よくある波止場のけんかとして処理されていてもおかしくはなかったのですが、その死体にはいささか奇妙な点がありましてね。男の着ていた外套が、貴族仕立ての品で——平民のものではなかったのです。高価な服地、カネのかかる仕立てというわけで。しかも、男にはつい最近、入浴した——それだけでなく、頻繁に入浴していた——形跡がありました。手足の爪も、きちんと切られて、マニキュアが施されていたのです」

ダーシー卿は興味を引かれて、目を細めた。

「平民の労働者にはまずありえない状態だったということだね？」

「そのとおりです。それで、わたしはこの朝、報告書を読んで、死体を見に行きました。季節が季節だけに、防腐の呪文をかけなくても、死体の腐敗は進行しませんので」

憲兵隊長は身をのりだし、さらに低いしわがれ声で話をつづけた。

「一見しただけで、そうとわかりました。わたしはすぐさま行動に移り、ルーアンに連絡を入れたのです。ダーシー卿、それはほかでもない、シェルブール侯爵だったのです！」


ダーシー卿が、借りた馬にまたがり、冷たい冬の夜気を裂いて進んでいく。凍りつくような風で黒い外套があおられ、その裾が馬の尻をたたいていた。風のせいで、実際より寒いように感じられる。海から吹き寄せる多少は暖かな風が、みぞれ混じりの雨を運びこんでいた。気温は氷点よりは高い——といっても、ほんの少しのことだ。ダーシー卿はこれより厳しい寒さにも耐えぬいたことがあるが、この湿気を帯びた寒気は着衣の内側へ忍びこんできて、骨まで凍らせるように思えた。どちらかといえば、乾燥した寒さのほうが、たとえ気温はもっと低くても、好ましい。乾燥した寒さは、少なくとも外套の内側まで入りこんでこようとはしないからだ。

この馬は、アンリ隊長から借りたものだった。警察の職務に用いるためによく訓練され、シェルブールの玉石敷き街路を走り慣れている、重宝な馬だ。

モルグで目にしたのは奇妙な光景だった、とダーシー卿は思った。自分とショーンとアンリが並んで立ち、モルグの係員が遺体を覆う布をめくりあげた。一瞥しただけで、憲兵隊長が肝をつぶすほど驚いた理由が理解できた。

シェルブール侯には一度しか会ったことがないので、身元を断定するわけにはいかなかったが、死体が侯爵に生き写しかどうかはさておき、その死に顔は侯爵のものとしか思えなかった。

その男が死ぬところを目撃したふたりの憲兵に対し、新たに判明した身元を明かさず、個別に聞きとりがおこなわれた。彼らはそろって、あの死体は、ポールにしては身ぎれいで、体の手入れがよくされているように見えたことは認めたものの、やはりポール・サルトにちがいないと主張した。

このような意見の相違が出てくる理由は、容易に察しがつく。憲兵たちはめったに侯爵を見かけたことはなく——おそらくは、公式行事のときに壮麗に着飾った姿を目にした程度のものだろう。全裸に近い状態で波止場をうろついている男の身元が自分たちの主君であるとは、思いもよらなかったはずだ。しかも、その死体を見るなり、これは自分たちの知っているポール・サルトという男だと思いこんでしまったために、きちんと身元確認をしようという考えは完全に心から押しやられ、それがじつは主君の侯爵であることはわからずじまいになってしまった。その一方、シェルブールの街の憲兵隊長を務めるアンリ・ヴェールは、主君の侯爵をよく見知っており、ポール・サルトなる男については、その死後まで聞いたこともなかったのだ。

マスター・ショーンは、いまでもまだ遺体に魔術的検査をおこなうことはできると断言した。地元の魔術師が――〈魔術師ギルド〉から派遣されている男にすぎないが――すでにおこなったすべての検査を説明して、自分が熟練し能力があることを、その道の達人《マスター》であるショーンに、躍起になって印象づけようとした。

「用いられた凶器はかなり長いオーク材の棒です、マスター。〈カプラン・シェインウォールド検査〉に従えば、短い棒が用いられた可能性はありません。その一方、なんとも奇妙なことに、悪や害意の痕跡を発見することはできず――」

「まさにそうであるからこそ、わたしはさらなる諸検査をやりたいと考えているんだ、きみ」マスター・ショーンが言った。「まだ情報がじゅうぶんに得られていないんだよ」

「はい、マスター」派遣魔術師が居ずまいを正して、言った。

ダーシー卿はすでに所見を得ていて――まだ自分の胸の内に秘めていたが――その殴打が前方から加えられたとするなら、そしてそれは明らかであるように思えるのだが、殺害者は左利きであるか、もしくは右利きの人間がバックハンド・スウィングでおこなったものと考えていた。これは、自分でも認めざるをえないが、ろくな手がかりにはならない。暖房のないモルグは凍りつくほど寒く、死体を目にしてひどく気が滅入ってきたこともあり、捜査のその部分はマスター・ショーンに任せて、自分のやれることをやろうと、アンリ隊長から馬を借りだし、ある意図を持って街に出たのだった。

ロンドンでいくつもの冬をすごしたことで、ものわかった人間なら寒い海岸地域で暮らそうとはしないだろうという確信が生まれていた。内陸の寒さなら、まだいい。暖かい海岸地帯はおおいによし。だがここの寒さは——

シェルブールの街をよく知ってはいなくても、ダーシー卿には、地図を記憶し、その地図を周囲にひろがる実物の世界にあてはめて見る能力があった。その地図がいくぶん不正確であっても、どうということはない。

とある街路の角で馬をまわしてみると、青い防護ガラスにおさめられたガス灯が目に入った——シェルブール憲兵隊の支所を示すものだ。憲兵がひとり、外で張り番をしていた。その男が、馬にまたがった貴族の姿を目の前にして、すぐにさっと気をつけの姿勢をとる。

「はい！　なにかお役に立てることがございますでしょうか？」

「うん、あるとも、憲兵君」とダーシー卿は言って、馬の鞍から身をおろした。馬の手綱を憲兵に手渡す。「この馬は、司令部でアンリ隊長から借りたものなんだ」

彼は公爵の紋章のある身分証を示した。

「わたしはダーシー卿。公爵閣下の主任捜査官を務めている。馬の面倒を見ておいてくれ。わたしはこの界隈に用事があってね。それがすんだら、馬を引き取りに戻ってくる。その前に、ここの憲兵軍曹と話がしたいんだが」

「かしこまりました、卿。軍曹はなかにおりますので、どうぞお入りを」

軍曹と話をしたあと、ダーシー卿はまた、冷えこんだ夜の闇のなかへ足を踏みだした。目的地にはまだ数街区《ブロック》あるが、そこまでずっと馬で行くのは賢明なことではないだろう。彼はその界隈のうらぶれた街路を二ブロック歩いていった。そこで、周囲を見やって、尾行や監視がないことをしっかりと確認してから、向きを変えて、暗い裏道に入っていく。裏道に入ったところで、外套を脱いで、裏返しに着た。その裏地は、貴族がふだん着ている服のような絹でもなければ、厳寒のときに着る服のような毛皮でもなく、くすんだ茶色のすりきれた布地を丁寧につぎはぎして一枚に仕立てたものだった。ポケットから、この地域の平民がかぶるような古びたフェルト製の帽子を取りだし、念入りに髪の毛を乱してから、頭にのせる。長靴《ブーツ》はありきたりの品で、あらかじめ泥でよごしてあった。申し分なし！

彼は肩の力を抜き――いつもは軍人のようにしゃんと背すじをのばしている――裏道の向こう端までぶらぶらと歩いていった。

そこで立ちどまり、安煙草に火をつけてから、目的地をめざして歩きだす。

「はいな？」だらしのなさそうな五十代なかばの女が、ぶあつい木のドアにしつらえられているのぞき窓から、こちらを見た。「こんな時間になんの用があるのかね？」

ダーシー卿は精いっぱい愛想のいい笑みをつくり、ここの方言で問いかけてきた女に答えた。

「すまんな、女将《おかみ》さん。おれは弟のヴァンサン・クーデを探してるんだ。こんな時間におじゃましたくはなかったんだが——」

予想どおり、ことばが途中でさえぎられた。

「暗くなったら、ここのだれかが知り合いってことを確認しないかぎり、だれもなかに入れないんだよ」

「それはそうだろう、女将さん」ダーシー卿はおとなしく同意した。「けど、弟のヴァンサンがいたら、おれだってことを確認してくれるはずなんだ。兄貴のリシャールがやってきたって、あいつに伝えちゃくれないか？」

女が首をふる。

「ここにゃいないよ。こないだの水曜日からずっとね。うちの娘が毎日、全部の部屋をチェックしてるけど、こないだの水曜日からこのかた、姿が見えないんだよ」

水曜日！　ダーシー卿は思った。水曜日は八日にあたる！　その日の夜、侯爵が失踪した！　その日の夜、ここからほんの数ブロックのところで、死体が発見されたのだ！

ダーシー卿はベルトの小物入れから銀貨を取りだし、右手の指でつまんで掲げた。

「ちょいと上にあがって、ようすを見てきてくれんか？　この昼のあいだに帰ってるかもしれんだろう。もしかすると、そこで眠ってるとか」

女が銀貨を受けとって、にやりとする。

「いいとも、よろこんで。あんたの言うとおりかもね。もしかすると、帰ってきてるとか。すぐに戻るから、待ってて」

とはいっても、女はドアの解錠はせず、のぞき窓の板も閉じてしまった。

ダーシー卿は、そんなことは気にせず、女の足音に注意深く耳を澄ましていた。足音が階段をのぼっていく。廊下を進んでいく。ノックの音。もう一度、ノック。

ダーシー卿はすばやく家の右手へ走っていって、上を見あげた。思ったとおり、そこの窓のひとつにランタンの光がちらついていた。女将がドアの錠を開けて、下宿人が部屋にいないことを確認したのだ。彼は表口に駆けもどって、彼女が階段をおりてくるのを待った。

彼女がドアののぞき窓を開き、残念そうに言う。

「やっぱり帰ってなかったよ、リシャールさん」

ダーシー卿はまた一個、六分の一ソヴリン銀貨を彼女に渡した。

「だったらしょうがない、女将さん。とにかく、おれが来たってことを伝えといてくれ。おおかた、仕事でどっかへ行ってるんだろう」ちょっと間をおいて、彼はつづけた。「つぎの部屋代の支払日は、いつかね？」

女がにわかに目を細めて、のぞき窓から見つめてきた。下宿人の兄をだまして、部屋代を一週間分よけいに取れるかどうかと考えたのだろう。が、女は相手の冷ややかな目を見て、それはしないことに決めたようだ。

「二十四日までの分を先払いでもらってるんでね」しぶしぶ女が言った。「けど、それまでに帰ってこなかったら、彼の物は全部放りだして、別のだれかに部屋を貸すよ」

「当然だね」とダーシー卿は応じた。「でも、あいつは帰ってくるだろう。おれが来たってことを伝えといてくれ。急ぎの用じゃないんだ。また、あしたかあさってにでも、出直してくるよ」

女がほほえむ。

「いいともさ。できれば、昼間に来ておくれよ、リシャールさん。ありがとね」

「こっちこそ、ありがとう、女将さん」ダーシー卿は言った。「それじゃ、おやすみ」

身を転じて、歩み去る。

半ブロック歩いたところで、彼はとある暗い戸口の前に身を寄せた。

そうか！　国王陛下の秘密エージェント、サー・ジェイムズ・ルリアンは、八日の夜以来、姿が見えなくなっているということか。その夜にすべてが始まり、不吉で複雑な様相がさらに強まりつつあるのだ。

あの女に心付けを奮発すれば、サー・ジェイムズの部屋へ案内させることもできたにちがいないが、渡す金額が多すぎると疑惑を招くおそれがあった。もっといい方法があるだろう。

その方法を見つけだすにはそれなりの時間を要したものの、二十分が過ぎたころには、彼は、サー・ジェイムズがヴァンサン・クーデの偽名で部屋を借りている下宿屋の屋根の上に身を置いていた。

古びた家屋だが、骨組みは頑丈にできている。ダーシー卿は、こけら板葺きの屋根をゆっくりとくだって、その端にある雨樋のところにたどり着いた。べったりと腹這いにならなくてはいけない。彼は、足を屋根のてっぺんのほうに向け、両手で雨樋をつかんで、その縁から下方の壁面を見おろした。さっき、あの女のランタンの光がちらつくのを目にした部屋が、真下にある。窓は真っ暗だが、雨戸は閉まっていなかった。これはありがたい。

問題は、窓が施錠されているかどうかだ。彼は雨樋をがっちりとつかんで、屋根の縁から身をのりだした。屋根の勾配が三十度ほどもあるので、頭に血がさがってくるのが感じられた。そろそろと片手を下へのばして、窓に届くかどうかをたしかめてみる。届いた！

ぎりぎりだが、届いた！

そっと慎重に指先を動かして、じわじわと窓を開けていく。こういう古い家屋の例に漏れず、この窓も、両端の蝶番を軸に二枚のガラス窓が内側へ開く観音開きの仕組みになっていた。窓を二枚とも開く。

これまでのところ、この雨樋は自分の重みを支えてくれていた。完全に体重をかけても耐えられるほど、頑丈にできているように思える。彼はゆっくりと体をまわしていき、屋根の縁と平行になるようにした。それから、雨樋の向こう側をしっかりとつかみ、体を押しだして、宙にぶらさがる。彼は体を大きくふって反動をつけ、窓の下枠のあたりを狙って両足をふりだした。

　そこで雨樋から手を離すと、体が室内へ転がりこんだ。

　しばらくのあいだ、じっとうずくまっておく。音を聞きつけられただろうか？　足が床を打ったときに大きな音を立てたような気がしたのだ。だが、まだ夜は更けておらず、下宿屋のあちこちの部屋からひとの動く音が聞こえていた。それでも、だれにも勘づかれていないことを確認するために、たっぷり二分間は動かないようにしておく。あの女将がなにか気になる物音を聞きつけていたら、必ず階段を駆けのぼってくるにちがいなかった。そんな音は聞こえない。まったくだ。

　そこで、彼は立ちあがり、外套のポケットから特製の装置を取りだした。

　それは、帝国政府の秘密に属する、奇抜な装置だった。この種の魔力の唯一の動力源として知られる、ひと組の亜鉛の小片が、鋼鉄のワイヤを途方もない高温に熱する。すると、細いワイヤが白熱して、白熱ガス灯《ガスマントル》に匹敵するほど明るい、黄色を帯びた白光を放つ。秘密は、その鋼鉄フィラメントの魔術的処理にあった。通常なら、ワイヤは青白い光を発して、燃えあがってしまうだろう。だが、特殊な呪文によって適切な処理をされたワイヤは不動態化され、燃えあがるのではなく、熱を帯びて光を放つだけになる。その熱したワイヤがパラボラ型反射鏡の焦点にあたる位置に配されているので、あとは親指でボタンを押すだけでいい。ダーシー卿はこの光源を、ふつうの暗いランタンと同様——そして、それよりはるかにすぐれたものとして——いつでも用いることができる。これはダーシー卿に合わせて不動態化がされた専用装置であって、ほかの人間が使うことはできない。

彼がボタンを押すと、明るい光の筋が出現した。

サー・ジェイムズ・ルリアンの部屋を、すばやく徹底的に捜索する。ダーシー卿の興味を引くようなものは、部屋のどこにもまったく見つからなかった。

当然、サー・ジェイムズは、すぐには見つからないように工夫をしていたはずだ。下宿の女主人が鍵を持っているのはたしかだから、サー・ジェイムズは用心して、この部屋には場ちがいに見えるようなものを放置しないようにしていたのだろう。ここには、平民の労働者の住まいを思わせるものしか見当たらなかった。

ダーシー卿はボタンを押して、ランプを消し、暗がりのなかでちょっと考えをめぐらした。サー・ジェイムズは、国王陛下ジョン四世のために、秘密の危険な任務を遂行していた。報告書や書類のようなものが、どこかにあるにちがいない。サー・ジェイムズは集めたデータをどこに隠しただろう？　頭のなか？　ありうることだが、ダーシー卿はそうは考えなかった。

サー・ジェイムズは、シェルブール侯と協力して仕事をしていた。その両者が、八日の夜に姿を消した。この同時失踪は偶然の一致ということもないではないが――蓋然性は高くない。まだ説明のつかないことが多々あった。ダーシー卿は三つの仮説を立てていた。それらはすべて、これまでにつかんだ事実をそれなりに説明できるものではあったが、納得のいくものはひとつもなかった。

そのとき、植木鉢のシルエットに目がとまった。外から暗い部屋に射してくる薄明かりに、それが浮かびあがっていたのだ。もしそれが窓枠の真ん中に置かれていたら、自分が飛びこんだときに蹴り割っていたにちがいない。あのとき、足は下枠すれすれのところを通過したからだ。だが、植木鉢は窓枠の片側に寄せて、置かれていた。彼はそばへ足を運び、薄暗がりのなか、じっくりとそれを見た。なぜだ、と自問する。王のエージェントがセントポーリアを育てているというのは？

小さな植木鉢を手に取って、窓辺を離れ、ランプの光で照らしてみる。ありふれたもののようにしか見えなかった。

ダーシー卿はゆがんだ笑みを浮かべ、植木鉢をその花ごと、外套の大きなポケットに押しこんだ。それから、閉じておいた窓を開き、窓の下枠に指先だけでぶらさがって、地面までの十フィートを飛びおりた。膝を曲げて、着地の衝撃をやわらげる。

五分後、彼は憲兵から馬を回収し、シェルブール城への帰途に就いた。

シェルブールの聖ベネディクト会修道院は、城をかこむ広大な中庭の一角を占める、陰鬱な感じの建物だった。ダーシー卿とマスター・ショーンがその表門のベルを鳴らしたのは、一月十四日、火曜日の朝のこと。ふたりは門番に身元を確認されたあと、来客用談話室に案内され、パトリック神父が呼びだされるのを待った。修道士が外部の人間と話をするには大修道院長の許可を得なくてはならないが、それは形式的なものにすぎない。

ほっとしたことに、修道院の内部は外から見たのとはちがって、陰鬱な感じではなかった。談話室は快適そのもので、高い窓から入りこんでくる冬の日射しが部屋を明るく照らしていた。

一分かそこらが過ぎたころ、隣室に通じるドアが開き、ベネディクト会の修道服を着た、あまり顔色のよくない長身の男が入ってきた。快活な笑みを浮かべながら、きびきびと部屋を歩いてきて、ダーシー卿に片手をさしだす。

「ダーシー卿、パトリック神父です。初めてお目にかかります」

「こちらこそ初めまして、神父。こちらは従者のショーンです」

その紹介を受けて向きを変えたところで、神父はちょっと間をおいて、いたずらっぽく目をきらっと輝かせた。

「マスター・ショーン、ご着用の衣類はあなたのものではありませんね。魔術師は従者の服を着ていても、職業を隠すことはできないのですよ」

　マスター・ショーンが笑みを返す。

「わたしも、感知力をお持ちの修道士様に対して自分の正体を隠しおおせるとは思っておりませんでした」

　ダーシー卿も笑みを浮かべた。ここを訪れる前から、パトリック神父が感知力の持ち主であればと期待していたからだ。ベネディクト会修道士たちは、特殊な〝タレント〟を秘めた者が会の一員となったら、きわめてたくみにそれを引きだす。彼らは、〈魔術の法〉が公式に体系化され、科学的に研究されるようになる以前、六世紀の初頭に修道制度を創設した聖ベネディクトがその能力をめざましいまでに発揮していた事実を、いまも誇りとしているのだ。そのような能力を持つ〝感知者〟に対しては、人格そのものを根本から変えないかぎり、正体を隠しきることはできない。感知者は、他者の人格を全体《イン・トートー》として看破する。そのような人間は、ヒーラーとして、とりわけ悪魔憑きやさまざまな心の病のヒーラーとして、測り知れない価値を有するのだ。

「ところで、わたしがどのようなお力になれるのでしょう？」ベネディクト会修道士が愛想よく問いかけてきた。

　ダーシー卿は身分証明書を提示して、ノルマンディ公の主任捜査官であることを明らかにした。

「やはり、そうでしたか」と神父。「侯爵様が失踪なさったことを考えれば、その件でいらっしゃったのにちがいない」

「この修道院の壁は完全に不可侵なものではないようですね？」苦笑いしながら、ダーシー卿は言った。

パトリック神父がくくっと笑う。

「この修道院は、神の目に対してだけでなく、世間の噂に対しても、大きく開かれているのですよ。どうぞ、おすわりを。この部屋にはじゃまが入ることはありません」

「ありがとうございます、神父」とダーシー卿は応じて、椅子に腰をおろした。「あなたは、前のクリスマスからこのかた、シェルブール侯が何度か発作を起こされるつど、城に呼ばれてそれに対応なさいましたね。その発作の性質については、シェルブール侯夫人とガーンジー・アンド・サークの司教から説明を受けており――つまり、言うまでもなく、この事件が可能なかぎり内密にされている理由は承知しておりますが――できれば、ヒーラーとしてのあなたのご意見をお聞かせ願いたいと存じまして」

神父が肩をすくめ、ちょっと両手をひろげてみせる。

「よろこんで、できるかぎりのことをお話しさせてもらいますが、残念ながら、わたしにもろくになにもわかってはいないのです。発作はいつも、ほんの数分しかつづかず、わたしが侯爵様の容態を見られるようになったころには、すでにおさまっていました。そのころには――いくぶん当惑なさってはいても――平常に復しておられたということです。侯爵様は、夫人がお知らせになったようなふるまいをした記憶はまったくないとおっしゃいました。意識が失われ、また戻ってきたというだけのことで、いささか混乱し、軽いめまいを覚えたにすぎないと」

「診断書はつくられなかったのですね、神父？」ダーシー卿は尋ねた。

ベネディクト会の神父が眉根を寄せる。

「考えられる診断名はいくつかあります。わたしの観察と、侯爵夫人がお知らせになった症状をもとに診断するならば、軽度の癲癇《てんかん》――われわれが呼ぶところの〝プチ・マル〟、すなわち〝癲癇の小発作〟――ということになるでしょう。世間一般の見方とはちがい、癲癇は悪魔憑きではなく、なにかの器質的異常によるものですが、その原因についてはわれわれにもほとんどわかっておりません。

〝グラン・マル〟、すなわち〝癲癇の大発作〟の場合は、なんらかの疾病に関連していると考えられており――その〝痙攣性の発作〟は、発症者の筋肉制御を完全に失わせ、四肢の脱力その他の症状を引き起こします。しかし、〝軽い発作〟は、短時間の――ときには、発症者がそれと気づかないほどごく短時間の――意識消失を引き起こすにすぎません。脱力や痙攣はなく、数秒ないし数分間の失神状態を生みだすだけなのです」

「だが、あなたはその診断に確信を持ってはおられないのでしょう？」ダーシー卿は問いかけた。

神父がまた眉根を寄せた。

「はい。夫人が真実を語ってらっしゃるとすれば――そして、そうではないと考える理由はなにもないのですから……あー、いわゆる発作の最中の……侯爵のふるまいは、癲癇の典型的症状ではありません。〝プチ・マル〟タイプの典型的発作では、発症者は完全に意識を失って――なにも見えなくなり、話すことも動くことも、起きあがることもできなくなります。ところが、夫人によれば、侯爵はそうではありませんでした。混乱し、当惑し、ひどくぼうっとしたようすにはなっても、意識の消失はなかったのです」ことばを切って、またまた眉根を寄せる。

「では、あなたは別の診断をなさっているのですね、神父？」ダーシー卿は先を促した。

パトリック神父が考えこみながら、うなずく。

「はい。侯爵夫人がいつも正確に語ってくださっていたものと想定するならば、ほかの診断名がいろいろと考えられます。ですが、それらはどれも、癲癇と同様、症状にぴったりとはあてはまらないのです」

「たとえば、どんなものが？」

「たとえば、精神誘導による攻撃とか」

マスター・ショーンがおもむろにうなずいたが、その目は難色を示していた。

「蠟人形を用いるとかですね」ダーシー卿は言った。

パトリック神父が、しかりとうなずいてみせる。

「まさしく――といっても、あなたもよくご存じのはずですが、それにはもっとよい方法――実用的な方法があるでしょう」

「もちろん」ダーシー卿は短く応じた。

仮説としては、〝似姿《シミュレイクラム》の手法〟を用いるのが最善であることは知っている。〝相似の法則〟によれば、正確な複製より強力なものはありえない。似姿の大小はあまり重要ではなく、細部の――内臓をも含めての――複製の正確さが重要となってくるのだ。

だが、蠟人形による似姿づくりには――芸術的才能が必要なのに加え――見たことのない陰部とその周辺の複雑な形状の再現が不可避となる。この目的に用いるには、地蠟より蜜蠟のほうが実効性が高い。蜜蠟は、土が原料ではなく、生物がつくりだしたものであるため、相似を生みだしやすいからだ。だとしても、塩化アンモニウムを添加すると効力が増すのはなぜなのか？　魔術師たちは、塩化アンモニウムや硝石、その他いくつかの鉱物はなにか未知の過程で相似性を増すことがわかっているのだから、そういうことですませればいいと言うだけだ。自分たちには、手のよごれる鉱物学などより、もっと大事な研究対象があるのだと。

「問題は」パトリック神父がつづけた。「精神誘導にはほぼ必ず、肉体的苦痛もしくは身体疾患が――腸の不調や心臓病、あるいは腺の機能障害といったものが――伴うという点です。侯爵の症例には、そのような疾患の兆候はなにもありません。脳の機能不全は腺の機能障害の症状のひとつと見なせば、話は別ですが――かりにそうであったとするならば、それには苦痛が伴うはずなのです」

「では、その診断も除外なさった？」

パトリック神父がきっぱりと首をふる。

「これまでに考慮したどの診断も、除外してはいません。まだ確定診断ができるほどのデータがないということです」

「では、ほかにもいろいろと仮説をお持ちだと」

「そうです。悪魔憑きの実例であるとか」

ダーシー卿は目を細めて、神父の目をまっすぐに見据えた。

「本気でそうと信じてらっしゃるわけではないでしょうね、神父」

「はい」パトリック神父はあっさりと認めた。「信じてはおりません。わたしは感知者のひとりとして、自分の能力にはそれなりの信頼をおいています。侯爵様の体に複数の人格が宿っていたら、まちがいなく……えー……別の人格を感知していたでしょう」

ダーシー卿は、ベネディクト修道士の目から視線を外さず、

「そうなっただろうと想定していましたよ、神父」と応じた。「もし多重人格の症例であれば、あなたがそれを探知していただろうと。そうではないですか？」

「探知していたにちがいないですね、卿」パトリック神父がきっぱりと言いきった。「もしシェルブール侯のなかに別の人格が宿っていたら、わたしはそれを探知していたでしょう。たとえ別の人格が隠れていたとしてもです」ことばを切って、片手を軽くふってみせる。「おわかりでしょうか？　一個の人間の肉体、一個の人間の脳のなかにひそんでいる交代人格《オルタネイト・パーソナリティ》は、みずからを隠すことができる。ある時点における支配的人格は、別の——異なる——人格が存在していることを、凡庸な観察者に対しては隠すことができるのです。しかし、その……交代人格は、真の感知者に対してみずからを隠すことはできません」

「わかりました」ダーシー卿は言った。

「わたしが診察したとき、シェルブール侯という一個の人間、一個の脳には、ひとつの人格しかありませんでした。そして、その人格は、まぎれもなく侯爵の人格だったのです」

「そうですか」考えながらダーシー卿は言った。神父の言明に疑いをいだいたのではなかった。パトリック神父がヒーラーたちのあいだで高く評価されていることは知っている。

「薬物はどうでしょう、神父？」ひとしきりして、彼は問いかけた。「聞くところでは、ひとの人格を変えられる薬物があるとか」

ベネディクト会のヒーラーである神父が、笑みを浮かべる。

「それはたしかです。アルコール――つまり、ワインやビールの主成分がそれに相当します。ほかにもいろいろとありますね。そのなかのあるものは、一時的な効果を発揮します。また、あるものは、一度の摂取ではなんの効果もないが――というか、察知できるほどの効果はないが――常用すると蓄積効果を発揮します。たとえば、ニガヨモギのオイルは、より高価な酒類のいくつかに――もちろん、ほんの少量ですが――副次成分として使われています。その種の酒類を飲用しても、効果は一時的なもので、成分がアルコールだけの酒類とくらべて、さしたるちがいはありません。しかし、一定の期間、それを常飲すると、明確な人格の変化が生じてくるのです」

ダーシー卿は考えこみながらうなずき、そのあと魔術師のほうへ目を向けた。

「マスター・ショーン、あの小瓶を出してくれるか」

ずんぐりした小柄なアイルランド人魔術師が親指と人さし指でポケットをまさぐり、ちっぽけな栓のついた、高さが一インチとちょっと、直径が半インチほどの、ガラスの小瓶を取りだす。彼はそれを神父に手渡し、神父が好奇の目でそれを見つめた。濃い琥珀色の液体が、ほぼいっぱいに満たされている。その液体のなかに、粗切りの煙草の葉のようにも見える暗色の小片が混じっていて、それが小瓶の底から三分の一ほどのところまで沈殿していた。

「これはなんです?」パトリック神父が問いかけた。

マスター・ショーンが顔をしかめる。

「わたしにも、しかとはわかっておりません、神父様。開栓する前に、呪文がかけられているかどうかを確認しました。かけられてはいませんでした。そこで、わたしは栓を抜き、ちょっとにおいを嗅いでみました。ブランデーのにおいがし、ほかにもなにかのにおいがかすかにしました。当然ながら、どういうものであるかをある程度は把握しないかぎり、分析はできません。基準となる標本がなければ、〝相似分析〟はできないということです。もちろん、ブランデーの部分は調べ、結果もきちんと得られました。この液体はブランデーです。しかし、底に溜まっている小片はなんなのかが特定できないのです。ダーシー卿は、なにかの薬物ではないかと考えておられる。ヒーラーはあらゆる種類の薬物《マテリア・メディカ》や医薬品をお持ちなので、これがなんであるかを特定していただけるのではないかと考えたのです」

「たしかに」神父が同意した。「すぐさま見当がつけられることが、ふたつありますね。この物質がブランデーに浸されているという事実は、腐敗しやすい物質であるのか、あるいは、その成分がブランデーに溶けやすいのか、そのどちらかであることを示しています。そのように考えれば、いくつかの可能性が頭に浮かんできます」ダーシー卿に目を向ける。

「どこでこれを入手されたのか、お尋ねしてもよろしいですか？」

ダーシー卿は笑みを浮かべた。

「植木鉢のなかに埋められていたのです」

パトリック神父が、すべての情報を得ようとしたら自分に重大な責任がかかってくることを悟り、ちょっと肩をすくめて、ダーシー卿のことばをそのまま受けいれる。

「了承しました、卿。マスター・ショーンとわたしのふたりで、この謎の物質の正体を突きとめられるかどうか、やってみるとしましょう」

「ありがとうございます、神父」ダーシー卿は椅子から立ちあがった。「おっと――あとひとつ。シーガー卿をご存じでしょうか？」

「ろくに存じあげません。あの卿はヨークシャーの……わたしの勘ちがいでなければ、ノース・ライディングから来られた方でして。シェルブール候のもとで仕事を――たしか、書籍に関係する仕事を――なさるようになってから、まだ数カ月しかたっていないのです。彼の家系などに関してはなにも存じあげません。もしそれがお尋ねの意図であればということですが」

「ちょっとちがいましてね」ダーシー卿は言った。「あなたは彼の聴聞司祭をなさっておられる？　あるいは、ヒーラーとして彼の処置をされたことはおありでしょうか？」

神父が物問いたげに眉をあげる。

「いえ、どちらもありません。なぜです?」

「では、彼の魂についてお尋ねしてもさしつかえはないですね。彼はどのような人物なのでしょう? わたしが彼に妙な点を感じるのはどういうことなのか? 彼のふるまいには非の打ちどころがないのに、侯爵夫人を怯えさせているように見えるのは、どうしてなのか?」ダーシー卿は、神父が躊躇するような態度を示したことに気がつき、彼がなにも答えられずにいるうちにたたみかけた。「たんなる好奇心でお尋ねしているのではありません、神父。わたしは殺人事件の捜査にあたっているのです」

神父が目を見開く。

「しかし」そこで彼は気持ちを抑えた。「わかりました。そういうことなのですね。わたしは感知者として、シーガー卿に関していくつかのことを知りました。彼の魂は重い病に侵されています。そうなった原因はわかりかねますが、ひとびとのなかには、魂の一部をなす〝良心〟と呼ばれるものが、少なくともある種の行動に関しては完全に欠落している者がときにいるのです。神がそのようなものを与えるのをお忘れになったとは考えられません。それゆえ、神学者たちは、その欠落は、子どもの人生の初期――おそらくは、洗礼によって子が守られるようになる以前の胎児期に、悪魔によってなされた行為の結果であろうと見なしています。シーガー卿はそのような人物です。精神を病んだ人格ということです。シーガー卿は、われわれの用語で言うならば、〝善〟と〝悪〟を判別する能力を備えずに生まれてきたのです。そういう人間は、なにかの行動をするか、自制してそれをするのをやめておくかは、そのときの損得勘定のみに基づいて決めることになります。あなたやわたしが見たら嫌悪を覚えるような行動でも、彼には楽しいことに思えるかもしれません。シーガー卿は――本質的に――殺人嗜好のサイコパスなのです」

「わたしもそのように考えていました」とダーシー卿は応じ、淡々とあとをつづけた。

「彼は制御下に置かれているように思えるのですが？」

「ええ、もちろん、もちろんです！」神父が、それとは逆の指摘をされたかのように、ぎょっとした顔になった。「そのような人物が、先天的欠陥を理由に非難されてはならないのは当然のことですが、社会に危険をもたらすことが許されているわけでもありませんので！」マスター・ショーンに目を向ける。「あなたは〈ギアス理論〉のことはご存じですか、マスター・ショーン？」

「多少は」とマスター・ショーン。「もちろん、わたしの専門分野ではないですが、少し研究をしたことはあります。シンボル操作がらみで、自分の専門にちょっと関係してきますので。わたしに把握できたところでは、心霊代数学《サイキック・アルジェブラ》の理論ですね」

「そのとおり。日常用語でご説明しましょう。病んだ人物に強力な呪文をかけ――これが〈ギアス〉と呼ばれるものですが――その人物の行動が同胞に危険をおよぼさない範囲にとどまるよう強制するということです。むろん、自由意志を完全に剥奪するのは罪深いことなので、制限の度が過ぎることはあってはなりません。たとえば、性道徳はそのひと独自のものであり――ただし、強制的な行為は許されないということです。〈ギアス〉の適用範囲は、その対象者の状況によって、また、その業《わざ》をおこなうヒーラーがどのような処置をするかによって、異なってきます」

「それをおこなうには、広範かつ深甚な魔術の知識が必要となるのでしょうね？」ダーシー卿は尋ねた。

「はい、そのとおりです。いかなるヒーラーであれ、神学博士の学位を取得し、そのあと一定の期間、専門家のもとで修養を積むまで、それを試みようとはしません。そして、魔法学の博士の数は多くはないのです。シーガー卿はヨークシャーの出身なので、私見を申しあげるならば、その業をおこなったのは――このうえなく敬虔で強力なヒーラーである――ヨークの大司教様ではないでしょうか。わたし自身は、そのような治療行為は試みようとも思いませんが」

「それでも、その治療がどのようになされるかは説明できるということですね？」

パトリック神父が笑みを浮かべる。

「それは、外科医が腹部の手術法を説明するのと同じくらい容易なことです」

「〈ギアス〉の解除はできるのでしょうか？　あるいは、部分的な解除は？」

「もちろん――施術者と同等の技術と力を有する者であれば。しかし、わたしにも、解除を探知することはできます。シーガー卿に関しては、それはなされておりません」

「彼がどの程度まで自由意志を許されているかについては、おわかりでしょうか？」

「いいえ」と神父。「その種の事柄は〈ギアス〉の微細構造に依存しますので、広範な分析を欠く観察だけではわかりかねます」

「では」ダーシー卿は言った。「彼の〈ギアス〉が彼に人殺しを許すような状況があるのかないのかまでは、わからないということですね？　一例を挙げれば……あー……自己防衛の場合はどうかとか？」

「はい」神父が同意した。「ただし、自己防衛の場合ですら、殺人嗜好のサイコパスに人殺しが許されることはまずめったにないと申しあげておきましょう。このような症例における〈ギアス〉は、どのような状況が〝自己防衛〟に相当するかを被術者に対して定めておく必要があります。正常な人間は、そのときに〝自己防衛〟するのに必要なのは、敵を殺すことか、意識を失わせることか、自分が逃げることか、痛烈にやりかえすことか、あるいは沈黙を守るだけでよいことか、判断ができます。しかし、殺人嗜好のサイコパスの場合、たんに侮辱されただけで、それを〝自己防衛〟が必要な攻撃であると受けとめ――〝自己防衛〟のために人殺しが許されると考えるかもしれません。そのような判断を被術者の裁量に委ねるヒーラーはいないでしょう」陰鬱な表情になる。「正気の人間なら、シーガー卿のような男の心にそのような決定力を残しておくはずはありません」

「では、彼は安全と思っておられるのですね、神父？」

神父が一瞬、ためらいをみせた。

「ええ、はい、そう思っております。彼があのような反社会的行為をなしえるとは、わたしには考えられません。施術したヒーラーは、念には念を入れ、彼が周囲の大半の人間から守られるようにするための処置もしておいたのです。そのため、彼は礼儀作法に反する行為はほとんどできない。そのふるまいはつねに非の打ちどころがない。他者を侮辱することはいっさいできない。きわめつきの挑発にあわないかぎり、物理的に自分を守ることはほぼ不可能でしょう。

前に一度、彼が侯爵とフェンシングの試合をするのを見たことがあります。シーガー卿は剣の達人で――侯爵をはるかにしのぐ腕前なのです。侯爵は、シーガー卿の体に剣を触れさせることはまったくできなかった。シーガー卿の防御はそれほどすばらしかったのです。けれども――シーガー卿のほうも侯爵に剣を触れさせることはできなかった。やってみることもできなかった。彼の卓越した剣の腕前は、純粋に防御に限定されていたのです」ひと息入れて、神父がつづける。「あなた自身も剣士のおひとりですね、卿？」

それは、ことばのうえでの問いにすぎなかった。侯爵の捜査官であれば、いかなる武器であろうと、みごとに使いこなせるにちがいないと、神父は確信しているのだろう。

それは図星だった。ダーシー卿はなにも答えず、うなずいてみせた。完全な防御のためのみに剣をふるえるようになるには、すぐれた――最高の――剣士であるだけでなく、鉄の自制心のようなものが必要であり、それを持ちあわせる者はめったにいない。もちろん、シーガー卿の場合には、自制という言いかたはできないだろう。それは、他者によって強いられた制御なのだ。

「それなら、ご理解いただけるでしょう」神父がつづけた。「わたしが、彼は信頼してよいと考えていると申しあげた理由を。彼のヒーラーが、これほど多数の拘束と保護処置を課す必要があると考えたのであれば、どういうときであれば人殺しをしてもよいかを決定する力をシーガー卿の心に残しておくことはぜったいになかったはずです」

「理解しましたよ、神父。いろいろと教えていただき、ありがとうございました。この話は内密にしておくことをお約束します」

「ありがとうございます。まだほかになにか……？」

「当面はなにもないです、神父。重ねて、ありがとうございました」

「どういたしまして、卿。さて、それでは、マスター・ショーン、わたしの実験室へ参りましょうか？」

一時間後、ダーシー卿は、前日、サー・ギョームに案内されて投宿した客室の椅子に腰かけていた。バヴァリア製のパイプに詰めた、ニュー・イングランドの南部公領産の葉をブレンドした煙草をふかしながら、高速で頭を回転させていると、マスター・ショーンが部屋に入ってきた。

「ダーシー卿」ずんぐりした小柄な魔術師が、笑みを浮かべて呼びかけてくる。「神父とわたしのふたりで、あの物質の正体を突きとめましたよ」

「よくやった！」ダーシー卿は、椅子にかけるようにと促した。「なんだったのだ？」

マスター・ショーンが腰をおろす。

「幸運に恵まれましてね。なんと、神父があの薬物の標本を持っていたんです。われわれが持参した標本と彼の標本の類似性が確認できると、すぐに、それは〝悪魔の玉座〟なる名で知られる茸《きのこ》であることが特定できました。その茸は、乾燥させ、細かく刻んで、ブランデーその他の酒類のなかに浸すという用いかたがされます。酒がデカンタに移されると、刻んだ細片は捨てられるか――再利用されるかします。茸の薬物が添加された酒を大量に飲むと、狂気に陥って痙攣し、急死に至ります。少量の飲用の場合、穏やかな多幸感と軽い酔いという初期症状が生じるだけです。しかし、常飲すると、その効果が累積し――まずは躁状態と幻覚が生じ、やがては被害妄想と暴力的傾向が現われてきます」

ダーシー卿は険しい目になった。

「つじつまが合うな。ありがとう。では、もうひとつの問題に話を進めよう。例の死体の身元を断定したいんだ。司教は、あれが弟だという確信は持っておられない。そうではないという希望的観測をお持ちなのかもしれない。侯爵夫人は死体を見るのを拒否され、夫であるはずはないとおっしゃっている――そちらはまちがいなく、希望的観測だろうがね。なんにせよ、わたしは断定しなくてはならない。ひとつ、検査をやってくれるか？」

「死体の心臓から採取した血液と、司教様の血管から採取した血液を比較することはできますね」

「あ、そうか。〝ヤコビー転写法〟だね」ダーシー卿は言った。

「ちょっとちがいます。ヤコビー転写には、少なくともふたつの心臓が必要になります。それに、生きている心臓から採血をするのは危険ですしね。とにかく、わたしの念頭にある検査は、ヤコビー転写と同等の精度があるのですよ」

「兄弟関係の血液検査は信頼性が低いと思っていたんだが」

「では、その点についてご説明しましょう」とマスター・ショーン。「理論的には、両親が同じである兄弟姉妹の関係性検査において、完全に否定的な結果が出る蓋然性は、非常に低いとはいえ、あるのはたしかです。つまり、相似性がゼロという結果が出る場合もあるということです。

　血液検査における相似性は、0から46までの段階的指数で示されます。親子関係の場合、その相似性はつねにきっちり23になり――これは換言すれば、子はつねに、半分は父親、半分は母親と関係性を有するということです。

しかしながら、それが兄弟姉妹関係となると、指数はさまざまに変化するのです。一例を挙げるならば、一卵性双生児の場合、その相似性は満点の46を示します。大半の兄弟姉妹関係は、それよりずっと相似性が低く、平均すれば23になります。ふたりの兄弟、あるいはふたりの姉妹が1ポイントの相似性しか有しない可能性もあり、さっき申しあげたように、兄と妹の相似性が0になる場合もあります。ただし、その確率は何億分の一でしかありません。司教様と侯爵様の顔貌の相似性を考慮するならば、その相似性は0よりはるかに高い——おそらくは23より高い——結果を示すであろうと、おのれの声価《せいか》をかけて申しあげましょう」

「よくわかった、マスター・ショーン。きみに失望させられたことは一度もない。これからも、そんなことはけっしてないだろう。検査結果が出たら、知らせてくれ」

「はい、ダーシー卿。満足していただけるよう、努力いたします」決意と誇りを全身にみなぎらせつつ、マスター・ショーンが立ち去った。

ダーシー卿はパイプを吸い終え、サー・アンドル・デュグラス隊長のオフィスへ足を向けた。

ダーシー卿の質問を聞いて、隊長がかすかな怒気を面《おもて》に出した。

「城内をくまなく、徹底的に捜索したのですよ。侯爵がおいでになった可能性のある場所をひとつ残らず調べたのです」

「いいかね、隊長」穏やかにダーシー卿は言った。「わたしはきみの能力に疑いをさしはさんでいるのではなく、こう言いたかっただけなんだ。たんにシェルブール侯爵がおいでになったとは考えられないという理由で、捜索しなかった場所があるのではないかと」

サー・アンドル隊長が眉根を寄せる。

「たとえば、どのような？」

「たとえば、例の秘密の抜け道」

隊長が急にぽかんとした顔になる。

「あっ」ひと呼吸おいて、言った。表情が変わる。「しかし、まさか、卿、そんなことをお考えとは……」

「わかっている、わかっているわけではないが、ここが肝心な点でね。侯爵は、城内のすべての錠の鍵を持っておられたのではないか？」

「はい、修道院以外のすべての鍵を。修道院のものは大修道院長がお持ちで」

「それが当然だろう。修道院は除外してよいと思う。まだほかに、捜索をしなかった場所はあるかね？」

「それは……」隊長が口ごもって、考えこむ。「金庫室、ワイン・セラー、それと氷室については、あえて捜索はしませんでした。ワイン・セラーと氷室の鍵は持っておりませんし、金庫室はわたしが持っている鍵だけでは開けられませんので。それに、見落としがあれば、サー・ギョームが知らせてくれたでしょうから」

「ということは、サー・ギョームがそれらの鍵を持っていると？　それなら、サー・ギョームに会わなくてはいけないね」

サー・ギョームはワイン・セラーにいることがわかった。シーガー卿が、エレーヌ夫人の要望を受けて、執事のサー・ギョームに新たなブランデーのボトルを取りに行かせたことを教えてくれたのだ。ダーシー卿はサー・アンドル隊長のあとについて、ワイン・セラーへつづく曲がりくねった石階段をおりていった。

「ここのスペースの大半は貯蔵庫として使われています」片手をふって、周囲に並んでいる広大な薄暗い部屋を示しながら、隊長が言った。「すべての部屋を入念に捜索しました。ワイン・セラーはこちらです、卿」

ワイン・セラーの重々しいドアは強化オーク材でつくられており、それがわずかに開いていた。サー・ギョームがふたりの足音を聞きつけたらしく、さらにまたドアを少し開いて、顔を突きだしてくる。

「どなた？　あ、こんにちは、ダーシー卿。こんにちは、隊長。なにかお役に立てることはございますか？」

「ありがとう、サー・ギョーム」ダーシー卿は言った。「半分は仕事、半分は楽しみのために参りました。侯爵がすばらしいセラーをお持ちになっていることは知っておりましたので。最上のワインと、たぐいまれなブランデーがそろっているとか。近ごろは、四六年産のサン・クーラン・ミシェルにお目にかかれることはめったにありませんのでね」

サー・ギョームがちょっと悲しげな顔になる。

「はい、おっしゃるとおりです。残念なことに、ここに保管されている二箱が最後の品のようで。わたしはいま、その一本を開栓するという、つらい義務を負っておりまして」

ため息をついて、テーブルのほうへ手をふってみせる。その上に、一部がこじ開けられた木箱がひとつ置かれていた。ダーシー卿はそれを一瞥し、なかに入っているのはブランデーのボトルだけで、栓のシールには手がつけられてもいないことを見てとった。

「仕事のおじゃまはしませんので、サー・ギョーム」ダーシー卿は言った。「あたりを見てまわってもよろしいでしょうか？」

「よろしいですとも、卿」とサー・ギョームが応じて、仕事を再開し、こじり棒《プライバー》でブランデーの木箱を開いていく。

ダーシー卿は熟練の目を保管棚に走らせて、ラベルとシールを見ていった。だれかがボトルに薬物や毒物を混入した形跡が見つかると、本気で予想していたわけではない。酒を飲むのはエレーヌ夫人だけではないので、無差別にすべてのボトルに薬物を入れるようなことはしないだろう。

ワイン・セラーは広大ではなかったが、特上のヴィンテージものがぎっしりと詰まっている。一隅にふたつ、空の棚があるだけで、ほかの棚はどれも、あらゆる形状とサイズのボトルに埋めつくされ、それらの上に、さまざまな厚さで埃が層を成していた。サー・ギョームがボトルを傷つけないように注意しながら、作業をしている。

「選ぶのは侯爵ですか、それともあなたですか、サー・ギョーム？」並んでいるボトルを指さして、ダーシー卿は問いかけた。

「誇りを持って申しあげますが、侯爵様はいつも、ワインとブランデーの選択はわたしに委ねてくださっております」

「おふたりに敬意をはらいましょう」ダーシー卿は言った。「あなたの嗜好のすばらしさと、その能力をお認めになる侯爵の見識に」間をおいてつづける。「あいにく、いまはもっと急を要する事柄がありましてね」

「お力になれますでしょうか、卿？」

木箱を開け終えたサー・ギョームが、手についた埃をはらい、誇りと悲しみが入りまじった目で四六年産のサン・クーラン・ミシェルを見つめる。それは一八四六年に蒸留され、三十年のあいだ木の樽のなかで熟成されたのちにボトルに詰められたもので、おそらくは史上最良のブランデーであろうと見なされていた。

ダーシー卿はものやわらかに話しだし、サー・アンドル隊長が捜索をおこなえなかった場所がいくつかあることを説明した。

「つまり、そのような場所で、侯爵が心臓発作を――あるいはなにかの発作を――起こして倒れた可能性があるというわけです」

　サー・ギョームが目を見開く。

「そして、まだそこに倒れてらっしゃるかもしれないと？　なんたることか！　さあ、卿、こちらへ！　わたしは氷室に入ったことがあり、料理長もありますが、金庫室はだれも開けていないのです！」

　彼が先に立って走りだし、ダーシー卿がそのあとを追い、その後ろにサー・アンドルがつづいた。そこはそう遠くはなかったが、地下の廊下は奇妙に曲がりくねっていて、分岐点が頻繁にあった。

　金庫室は、ワイン・セラーより近代的な造りで、重い鋼鉄の扉が多軸型蝶番で開閉する仕組みになっていた。壁は石とコンクリートで造られていて、何フィートもの厚みがあった。

「隊長がごいっしょされていてよかったです、卿」金庫室の巨大な扉の前に三人がたどり着いたとき、執事が息を切らしながら言った。「これを開くには二本の鍵が必要でして。一本はわたしが、一本は隊長が所持しております。言うまでもなく、侯爵様は両方をお持ちです。隊長？」

「ああ、うん、ギョーム。ちゃんと所持しているよ」

幅の広い扉の両側に、それぞれ四つの鍵穴があった。どういう構造になっているか、ダーシー卿には見当がついた。鍵穴は両側に四つずつあるが、機能するのはそれぞれひとつだけで、まちがった鍵穴に鍵をさしこむと、警報が鳴るのだ。隊長は自分の鍵をどの穴にさしこめばよいかを知っており、それはサー・ギョームも同様だが――どちらも、もうひとりが鍵をさしこむべき穴がどれなのかは知らない。錠の周囲に目隠しになるものがしつらえられていて、もうひとりが鍵をさしこむ穴が見えないようになっていた。ふたりの動きを観察していたダーシー卿にも、やはり判断がつかなかった。目隠しは、両者の手も見えないような造りになっていたのだ。

「よろしいですか、隊長?」サー・ギョームが問いかけた。

「よろしい」

「まわして」

ふたりが同時に鍵をまわす。六フィート幅の扉の内部でカチッと音がし、サー・ギョームが彼の側にある把手をまわすと、扉が開いた。

そのなかには、目を引くに値するものが山ほどあった――金銀の食器、侯爵夫妻の用いる宝石をちりばめた宝冠《コロネット》、黄金や宝石で装飾が施された貴族の礼服。ひとことで言えば、すべてが州の大きな行事の際に用いられる物品だ。理屈のうえでは、このすべては侯爵の所有物だが、王冠がジョン四世の私有物ではないのと同じく、侯爵の私有物ではない。この城と同様、それは執務の一部に属するものであって、質入れも売却もできないのだ。

それはともかく、金庫室のなかには、死んだ人間も生きた人間もおらず、だれかが入りこんでいた形跡もなかった。

「ふうっ！」サー・ギョームが大きなため息を漏らした。「ほんとうにほっとしました！あなたが気がかりなことをおっしゃったものですから」

その声には咎めるような響きがあった。

「なにも見つからなかったので、わたしもあなたと同じくよろこんでおりますよ。つぎは氷室を調べましょう」

氷室は、地下の別の一角にあり、鍵はかかっていなかった。なかで、料理人のひとりがロースト肉を選んでいた。サー・ギョームの説明によれば、彼が毎朝、氷室の鍵を開け、そのあとの管理は料理長に委ねておき、毎夜、彼が鍵をかけるとのことだ。ダーシー卿は、断熱された凍りつくほど寒い部屋のなかを入念に捜索し、ここにだれかが入りこんでいたはずはないと確信した。

「では、秘密の抜け道を見てみましょう」ダーシー卿は言った。「そこの鍵はお持ちですか、サー・ギョーム？」

「なぜそんなことを……はい、もちろん。ですが、あそこはもう長年、開かれていません！　何十年もです！　少なくとも、わたしがこちらに参ってからこのかた、一度も開かれていないのです」

「わたしも鍵を持っていますが、卿」と隊長。「あそこを見てみようなどとは考えたこともありません。侯爵様があそこへおいでになる理由がどこにあるというのです？」

「理由？　あろうがなかろうが、われわれは見てみなくてはならないんだ」

どこか遠くで、催促するようなベルが鳴りだし、その音が地下のあちこちの部屋にこだました。

「大変だ！」サー・ギョームが言った。「奥方様のブランデー！　すっかり忘れていた！抜け道の鍵はサー・アンドルも持っておりますので、わたしは失礼させていただいてよろしいでしょうね？」

「いいとも、サー・ギョーム。手を貸してくれてありがとう」

「どういたしまして、卿」ベルの催促に応じるべく、サー・ギョームがあわただしく立ち去っていく。

「あそこのどこかで侯爵様が見つかると、本気で期待しておられたのですか、卿？」サー・アンドルが問いかけた。「かりに侯爵様があのどこかに入りこまれたとしても、内側から鍵をかけるようなことをなさるでしょうか？」

「ワイン・セラーや氷室で侯爵が見つかるとは、わたしも期待していなかったが」ダーシー卿は言った。「金庫室はおおいに可能性があると見なしていたんだ。といっても、侯爵があそこに入りこんだ形跡が見つかるかもしれないと考えただけだが。なにも見つからなかったと率直に認めるしかないね」

「では、秘密の抜け道へ」隊長が言った。

その入口は、だれにも使われていない、みすぼらしい戸棚の陰に隠されていた。だが、その戸棚は、手前に引かれると、背後の鋼鉄の扉からいともなめらかに離れて開いた。そして、隊長が光沢の失せた古びた鍵を扉の穴にさしこんでまわすと、錠が苦もなく、なめらかにまわった。

隊長が、引き抜いた鍵を見つめる。その鍵はいま、鍵穴のなかの突起にこすられたせいで、魔法をかけられたように光っていた。

「なんとまあ！」小さく彼がつぶやいた。

扉は音もなく開き、幅六フィート、高さ八フィートほどのトンネルが姿を現わす。奥のほうは漆黒の闇に溶けこんでいた。

「しばしお待ちを」隊長が言った。「ランプを取ってきます」

廊下をひきかえし、壁面の張出台から石油ランプを外して、持ってくる。

ふたりは肩を並べて、トンネルを歩き始めた。両側とも硝石の壁になっていて、白っぽく光っていた。隊長が床の一カ所を指さす。

「最近、だれかがここを通っています」小声で彼が言った。

「わたしも、床の埃が乱され、硝石のかけらがちらばっていることに気づいていた」ダーシー卿は言った。「きみの言うとおりだろう」

「それにしても、だれが通ったのでしょう？」

「わたしは、そのなかのひとりがシェルブール侯だったと確信している。それと……えー……その仲間もいっしょだっただろう」

「しかし、なぜ？　それに、どうやって？　だれであれ、わたしの部下の衛兵に見られずに抜けだすことはできなかったはずですが」

「まあ、きみの言うとおりだろうが」ダーシー卿はほほえんだ。「だからといって、その衛兵がきみに報告したとはかぎらないだろう。もし主君である侯爵に、黙っていろと命じられたら……どうなるかな？」

サー・アンドルがはたと立ちどまり、ダーシー卿を見つめる。

「そうか、そういうことだったか！　わかったような――」そこで、ぱたっと口をつぐんだ。

「なにがわかったと？　早く言いたまえ！」

「じつは、卿、二カ月前にある男が新たに衛兵に任じられまして。侯爵様の推薦によってです。それからしばらくして、侯爵様が、その男が不作法を働いたので、罰として下水渠の夜間監視任務に就けるようにとわたしに命じられました。以後、その男がこの抜け道の張り番をしてきたのです」

「やはり！」ダーシー卿は得意満面になった。「侯爵は腹心のひとりをその任務に就けるようにしたのだ。よし、隊長、その男と話をしなくては」

「あ……あいにく、それは不可能かと、卿。彼は脱走したのです。昨夜、持ち場から消え失せ、以後、だれもその姿を目にしていません」

ダーシー卿はなにも言わなかった。隊長の手からランプをひったくり、その場にひざまずいて、トンネルの床に残っている足跡を詳しく調べる。

「先にもっとよく見ておくべきだった」ひとりごとのように彼はつぶやいた。「思いこみが強すぎたらしい。そうか！　ふたりが――なにか重いものをひきずっていった。そして、そのあとに三人めがつづいた」

ダーシー卿は立ちあがった。

「これは、事件の様相を一変させるものだ。至急、行動に移らねばならない。行くぞ！」

身を転じ、城のワイン・セラーをめざして早足で歩きだす。

「しかし――トンネルの先はどうなのです？」

「そこの捜索は不要だ」きっぱりとダーシー卿は言った。「請けあってもいいが、ここにはわれわれ以外、だれもいない。いっしょに来てくれ」

グダニスク行きの船〈海の心《エスプリ・ド・メール》〉が係留されている埠頭から一ブロック離れた、うらぶれた波止場倉庫の影のなかに、ダーシー卿は長い外套に身を包んで立っていた。かたわらに、やはり海軍の黒い外套に身を包んだシーガー卿が、頭巾でブロンドの髪を隠して立っている。薄暗がりのなかに見えるそのきわめつきにハンサムな顔には、なんの表情も浮かんでいなかった。

「あの船です」小声でダーシー卿は言った。「シェルブールから北海に向かう船はあれしかない。ルーアンの当局に確認させたところ、あれは去年の十月にオルセン船長に売却されたとのことです。オルセン自身は北欧人だと主張しているが、わたしは、彼がポーランド人であることに大金を賭けてもいいと思っている。もしそうでないとしても、船の購入費がポーランド王から出たことはまちがいない。あの船はいまも帝国船籍で航海し、帝国国旗を掲げている。もちろん、兵器は搭載していないが、商船にしては航行速度が速すぎるのです」

「そして、あなたは、あの船に乗りこめば、われわれの必要とする証拠が見つかると考えておられる?」シーガー卿が問いかけた。

「ほぼそうと確信しています。船内か倉庫のどちらかで見つかるだろうと。もしまだ——

〈エスプリ・ド・メール〉に積みこめるようになったいまも――それを倉庫に残しているとすれば、オルセンは愚か者ということになるでしょう」

この強制捜査の必要性をシーガー卿に納得させるには、それなりの時間がかかった。しかし、すでにかなりの事実が判明し、ルーアンとのテレソン通話ですべてが確認ずみであることをダーシー卿が説明して説得すると、シーガー卿は乗り気になって、熱意を示した。といっても、薄いブルーの目にほんのわずかな興奮の気配が浮かんだだけで、顔のほかの部分はいつもと同じく無表情だったが。

ほかにも、いろいろと命令が出されていた。サー・アンドル・デュグラス隊長がシェルブール城を封鎖しており、いかなる理由があっても――だれひとり――城外に出ることは許されない。この緊急事態のあいだ、衛兵の数が倍増されることになった。司教や大修道院長、そしてまた侯爵夫人ですら、城を離れることはできない。それらの命令は、ダーシー卿ではなく、ほかならぬノルマンディ公爵閣下から出されたものなのだ。

ダーシー卿は腕時計に目をやり、

「時間です」とシーガー卿に声をかけた。「さあ、乗りこみましょう」

「心得ました」とシーガー卿。

ふたりはおおっぴらに姿をさらして、埠頭のほうへ歩いていった。

埠頭に通じる閉じられた門の前に、頑丈そうな水夫がふたり、たむろしていた。水夫たちは、外套姿のふたりが近づいてくるのを見て、警戒の色を強め、門の前を離れて、迫り寄るふたりのほうへ足を踏みだしてきた。彼らの手が、ベルトにさしているカットラスの柄へのびる。

シーガー卿とダーシー卿は埠頭をめざして歩きつづけ、進み出てきた張り番の水夫たちまであと十五フィートの距離になったところで、足をとめた。

「ここになんの用だ?」水夫のひとりが問いかけた。

ダーシー卿がそれに応じた。低く、冷ややかな声で。

「舌を切りとられたくなければ、わたしにそんな口のききかたはしないように」流暢なポーランド語だった。「船長と話がしたい」

口火を切った水夫は、自分には理解できない言語で話しかけられたせいで、ぽかんとした顔になっただけだが、もうひとりのほうは顔色が青ざめたのが見てとれた。

「ここはおれに任せろ」そいつがアングロ・フレンチ語で相棒に言い、ポーランド語に切り換える。

「すんません、旦那。この野郎はポーランド語がわかりませんので。なんのご用でしょう?」

ダーシー卿はいらだたしげにため息をついた。

「用件は明確に言っただろう。オルセン船長に会いたい」

「それがその、船長はだれにも会わないって命令を出しておりましてね。厳命なんです」

水夫のふたりは門の前を離れているために、背後の監視がおろそかになっている。その間に、闇にまぎれて埠頭の下に着いた小舟から、侯爵の衛兵が四名、音もなく埠頭の上によじのぼっていた。ダーシー卿もシーガー卿も、そちらには目を向けていない。

「厳命？」たっぷりと侮蔑をこめた声で、ダーシー卿は応じた。「その命令は、ほかでもないシグムント皇太子には適用されないのではないか？」

その合図のことばを受けて、シーガー卿が頭巾を後ろへ押しやり、ハンサムな顔とブロンドの髪をあらわにする
水夫のふたりがポーランド皇太子シグムントを目にしたことがある可能性は、きわめつきに低いだろう――もしあったとしても、国家行事用の正装をしていない皇太子をそれと見分けることはできないはずだ。いずれにせよ、彼らにしても、シグムント皇太子がブロンドでハンサムな男であることとぐらいは耳にしているだろうし、ダーシー卿のもくろみにはそれでじゅうぶんだった。じつのところ、シーガー卿はそれ以外の点ではポーランド皇太子に似ても似つかず、身長もゆうに頭ひとつぶん高いのだが。

この衝撃的な〝事実の開示〟を受けて、水夫たちが茫然自失に陥っているあいだに、衛兵たちが音もなく彼らを取りかこんでいって、眠らせ、これからの数時間、皇太子のことどころかなにも考えられないようにした。そして、バラストを詰めた大袋の山の向こう、

そこの影のなかへ彼らを運んでいった。

「全員、持ち場に就いたか？」ダーシー卿は声を低めて、衛兵のひとりに問いかけた。

「はい、就きました」

「よおし。門の守りを固めておくように。では、シーガー卿、参りましょう」

「同行させていただきます」とシーガー卿が応じた。

そこから少し離れた場所、波止場地区のすぐ外にある倉庫の裏口のところで、重武装したシェルブール憲兵の一団が、憲兵隊長アンリ・ヴェールの指示に耳を澄ましていた。

「よし。各自の持ち場に就け。すべての出入口を封じるように。逃げようとする者は、ひとり残らず逮捕して、拘留するんだ。行動にかかれ」

憲兵隊長はいささか誇らしい気分になって、上着のポケットを手で押さえた。そのなかに、公爵の代理人《エージェント》としてのダーシー卿の署名がなされた、閣下じきじきの命令書が入っているのだ。

憲兵たちが闇のなかへ消え、各自の持ち場へと音もなく移動していく。アンリ隊長のそばには、六名の憲兵軍曹たちと、魔術師のマスター・ショーン・オロックリンが残った。

「それでは、ショーン」アンリ隊長が言った。「始めようか」

「その暗いランタンの光でちょっと照らしてくれるか、アンリ」

マスター・ショーンがひざまずいて、扉の錠をのぞきこむ。石畳の路面に黒いスーツケースを置き、コーサインの木でできた魔術道具をドアの横の壁にそっと立てかけた。憲兵軍曹たちが、ずんぐりした小柄な魔術師を敬意のこもったまなざしで見つめていた。

「ほっほう」錠の鍵穴をのぞきこみながら、マスター・ショーンが言った。「単純な錠だ。だが、内側に太いかんぬきがかかっている。ちょっぴり作業が必要だが、それほど時間はかからないだろう」

スーツケースを開き、粉末の詰まった小さなガラス瓶を二個と、月桂樹の木でつくった細い杖を取りだした。

魔術師が呪文をつぶやいて、鍵穴に少量の粉末を吹きこむのを、憲兵たちが無言で見つめる。そのあと、マスター・ショーンは杖の先を鍵穴のなかの錠にあてがって、反時計回りにゆっくりとまわした。物が滑るような音がかすかにし、カチッという金属的な音を伴って、錠が解かれる。

そこで彼は、錠から一フィートほど上に杖を持っていき、扉の面に沿って水平に動かした。こんどは、扉の向こう側で、重いものが静かに滑るような音がした。

ため息のような、かろうじて聞きとれる音とともに、扉が一インチほど開く。

マスター・ショーンはわきによけて、憲兵軍曹たちと隊長をなかへ入らせた。そして、ポケットから小さな装置を取りだし、そのようすを再度確認した。それは直径二インチ、高さ半インチのガラス瓶で、なにかの液体がその半分ほどを満たしていた。液体の表面に、もしガラス瓶の蓋が強力な拡大レンズになっていなければ見てとれないほどちっぽけな、オークのかけらが浮かんでいる。全体として、それはポケット磁石《コンパス》のように見え——ある意味では、そのとおりだった。

そのオークの微細片は、モルグに安置されている、あの殺害された男の頭皮から採取されたものだ。そしていま、その微細片が、マスター・ショーンの魔術によって、出どころである木材の方角をぴたりと指し示していた。

マスター・ショーンが満足して、うなずく。ダーシー卿が推理したとおり、凶器はいまもこの倉庫のなかにあったのだ。彼は目をあげて、倉庫の最上階の窓から漏れている光を見つめた。凶器のみならず、陰謀をたくらんだ連中の何人かも、まだここにいるのだろう。

彼は陰気な笑みを浮かべると、憲兵たちのあとにつづくべく、コーサインの木でできた道具をしっかりと握りしめ、もう一方の手でスーツケースを持って、倉庫に入っていった。

ダーシー卿はシーガー卿とともに、〈エスプリ・ド・メール〉の下甲板のひとつに立って、周囲を見まわした。

「ここまではよし」小声で彼は言った。「海賊行為にはそれなりの利点があるというわけだ」

「そのとおりですな」やはり小声でシーガー卿が応じた。

近くの階段《ラダー》をブーツのやわらかい靴底が踏みしめる音がして、侯爵の近衛隊長サー・アンドルが姿を現わす。

「ここまではよし」と隊長が言ったが、ダーシー卿と同じように考え、同じことばを口にしたとは気づいていなかった。「乗組員の身柄は確保しました。全員、子どものように眠っていますよ」

「すべての乗組員の身柄を？」ダーシー卿は問いかけた。

「いや、その、これまでに見つけた全員をです。上陸許可を得て船を離れている者が何人かいても、夜が明ける前に戻ってくることはないはずです。そうでないとしたら、この船はいまごろはもう出港をすませていたでしょう。なんにせよ、そいつらがここの水夫たちと連絡をとることはできないのでは？」

「そうであってほしいものだが」ダーシー卿は言った。「船を離れている者が何人いるのかまったくわからないという事実は、いまも変わっていない。船橋はどうだった？」

「二等航海士が当直に就いていました。その男の身柄も確保しています」

「船長の船室は？」

「空でした」

「一等航海士のは？」

「やはり空でした。どちらも陸《おか》にあがっているのかもしれません」

「あるいはね」

別の可能性もある、とダーシー卿は思った。船長と一等航海士の両方がいまも倉庫にいるかもしれず——その場合は、アンリ隊長とその部下たちによってとらえられるだろう。

「よかろう。さらに下の甲板へ行くとしよう。まだ探しているものは見つかっていないのだ」

もしそれを見つけられなかったら、重大な国際問題が生じるだろう、とダーシー卿は思った。ポーランド王国の政府がありとあらゆる損害賠償を請求してくることになり、わが幼い息子はニュー・フランス送りにされて、ジャングルで先住民たちと戦う身の上になってしまうだろう。

だが、実際のところ、彼はそれほどひどく心配しているわけではなかった。論理が直感を裏づけて、自分は正しいと告げていたからだ。

ではあっても、その五、六分後、シーガー卿とともに下におりて、探しているものを見つけたとき、彼は胸の内でほっとため息をついた。

最下層船倉のすぐ上の甲板に、鉄扉の独房が四つあった。狭い通路の左右に、向かいあうかたちで各二房。二名の水夫長が通路を守っている。

ダーシー卿は甲板と甲板の中間に位置するハッチを通して、そのふたりを見ていた。ここまで、いくつものラダーを、つねに慎重に下をのぞきこむようにしながら、音を立てずにくだってきて、いまその用心深さが報われたのだ。二名の水夫長たちはいずれも、こちらに目を向けていない。通路の左右の隔壁にのんびりと寄りかかり、声をひどくひそめて話をしている。

　気づかれずに彼らに近づくのはむりだが、どちらも武器を手にしてはおらず、逃げ場になる場所もなかった。

　応援を待つべきだろうか、とダーシー卿は考えた。だが、サー・アンドル隊長は当面は手いっぱいだし、シーガー卿は、言うまでもなく、役に立たないだろう。この男は肉体的暴力に関しては、まったく無能なのだ。

　ダーシー卿は、ハッチを通して下をのぞきこむためにとっていた腹這いの姿勢から身を起こし、シーガー卿にささやきかけた。

「彼らはカットラスを所持している。もし悶着が生じたら、そのひとりに対して身を守ることはできますか？」

　シーガー卿が返事代わりに、携えているレイピア（決闘などによく使われる両刃の細身の剣）を音もなく、なめらかに抜く。

「必要となれば、両方を相手にしましょう」やはりささやき声を返してきた。

「それが必要となることはないでしょう。なんにせよ、計画のこの段階で危険を冒す必要はない」彼はことばを切って、ベルトのホルスターから四二口径の五連発拳銃を抜きだした。「これを彼らに突きつけてやります」

シーガー卿はうなずいただけで、なにも言わなかった。

「ここにいてください」彼はシーガー卿にささやきかけた。「わたしが呼ぶまで、階段……ではなく……ラダーをくだってこないように」

「心得ました」


ダーシー卿は、上の甲板につづくラダーを静かにのぼっていった。それから、わざと足音が聞きつけられるようにして、ラダーをくだった。

それに加え、低くだが、やはり相手に聞こえるようにして、口笛も吹いた――たまたま知っていたポーランドの古い歌だ。

そうしながら、足取りを変えることなく、つぎのラダーをくだっていく。右手に握った拳銃は、外套の内側に隠していた。

その戦術はみごとに功を奏した。近づいてくる足音を聞いた水夫長たちは、乗船許可を得ているだれかがおりてきたのにちがいないと思ったのだ。彼らが会話を中断し、気をつけの姿勢をとる。そろってカットラスの柄に手をかけたが、それは形式的なものにすぎなかった。彼らが、ラダーをおりてくる人間のブーツを、脚を、胴体を見る。まだ、なにも疑ってはいない。敵であれば、不意を衝こうとするはずではないか？　しかり。

そして、ダーシー卿はそれをやった。

ラダーの段をなかばまでくだったところで、彼は飛びおりて、腰をかがめ、だしぬけに彼らの眼前に拳銃を突きつけたのだ。

「おまえたちのどちらが動いても」穏やかにダーシー卿は言った。「これでそいつの脳をふっとばす。剣の柄から手を離せ。ほかの動きはなにもするな。よし。つぎは、ゆっくり、ゆっくりと後ろを向くんだ」

男たちが無言で命令に従う。ダーシー卿の強力な手刀が二度、首筋を狙ってふりおろされ、男たちはどちらも意識を失って床に転がった。

「おりてきてください」ダーシー卿は呼びかけた。「剣をふるう必要はなくなりましたよ」

シーガー卿が剣を鞘におさめ、静かにラダーをくだってくる。通路の左右にふたつずつ並んでいる独房は、乗組員に規律を守らせるため、また外洋を航海中に犯罪を犯した水夫や乗客を拘禁するために、設置されたものだ。右側のひとつめの房は、内部にある光源でぼうっと照らされていた。ドアに設けられている小さな格子窓から、黄色い光が漏れている。

ダーシー卿はシーガー卿を伴って、そのドアの前へ歩き、なかをのぞきこんだ。

「これこそ、わたしが探していたものだ」ダーシー卿は言った。

内部には、寝棚に拘束されて身動きもしない、青白い顔の人物がいた。その顔は、モルグで目にしたあの死体の顔に瓜ふたつだった。

「これがシェルブール候だという確信がおありで?」シーガー卿が問いかけた。

「そっくりの男が三人もいるとは、とても考えられない」ダーシー卿はそっけなくささやいた。「ふたりでじゅうぶん。マスター・ショーンが、モルグの死体はガーンジー・アンド・サークの司教とはまったくつながりがないと断定したのだから、こちらが侯爵であるにちがいない。さて、問題は、この独房のドアをどうやって開けるかだ」

「代わりに、わたし、開けてやりましょう」

背後から、なまりのある声がして、ダーシー卿とシーガー卿はそろって凍りついた。

「あなたのことば、借りれば、ダーシー卿、〝おまえたち、どちら動いても、その脳、ふっとばす〟」声が言った。「銃、捨てろ、ダーシー卿」

ダーシー卿は手に持った拳銃を捨てながら、めまぐるしく頭を回転させた。

罠にかかったという衝撃は、それを感じたときと同様、背後の声がことばを語り終える前に消え失せていた。この程度の衝撃で、長い時間、凍りついてしまうようなことにはならない。彼のような心性の持ち主は、自分がまちがいをしでかしたことに怒りを募らせたりもしない。そんなことにかまけている時間はないのだ。

　自分は罠にかけられた。通路の向かい側の独房に、だれかが身をひそめて、こちらを待ち構えていたのだろう。うまい罠だ。じつにうまい。問題は、どうやってこの罠から抜けだすかだ。

「ふたりとも、左、寄れ」声が言った。「その独房、離れろ。そうだ。よし。そのドア、開けて、ラースロー」

　男がふたりいて、どちらも銃を持っていた。背が低くて肌が浅黒いほうの男が足を踏みだし、シェルブール侯の動かない人影がある独房の隣にあたる独房のドアを開く。

「ふたりとも、なかに入れ」背が高いほうの男が言った。帝国のエージェントである捜査官を罠にかけた男だ。

　ダーシー卿とシーガー卿は、命令に従うしかなかった。

「ふたりとも、手をあげて、おくように。それでよい。では、よく聞け。注意して、聞け。おまえたち、この船、乗っ取ったと思っている。ある意味、そうだ。だが、完全でない。わたし、おまえたち押さえた。侯爵、押さえている。部下たちに、下船しろと、命令しろ。さもないと、おまえたち全員、殺す——ひとりずつ、順番に。理解したか？　わたし、縛り首なっても、ひとりで死なない」

　ダーシー卿は理解した。

「乗組員を返してほしいんだな、オルセン船長？　それにしても、どうやって王国海軍から逃れるつもりなんだ？」

「シェルブール港を出るのと、同じようにするだけだ、ダーシー卿」悦に入ったように船長が応じた。「解放、約束しよう。グダニスクから、国に帰れるよう、してやる。もはや、おまえたちに、なんの価値あるのか？」

ないね、人質としての価値以外は、とダーシー卿は思った。ことの経緯は明白だった。何者かが、どうやってかはわからないが、オルセン船長に、船が乗っ取られたことを知らせたのだ。たぶん、船橋から信号が送られたのだろう。そんなことはどうでもいい。オルセン船長は強制捜査を予期してはいなかったが、いざそれが開始されると、うまい罠を仕掛けた。踏みこんできた者がどこへ向かうか、見当がついたのだろう。

その時点まで、このポーランドの工作員たちは意識を失った侯爵をグダニスクへ連れていく計画だったのだ、とダーシー卿は悟った。そこに着いたら、魔術師に侯爵の心を操作させ——見かけは健全だが、実際はポーランドの工作員の支配下に置かれた状態にして——シェルブールに送りかえすつもりだったのだろう。その間の侯爵の不在は、例の〝発作〟で説明がつき、送りかえしたあとは、もうそれを発症させる必要はなくなるというわけだ。だが、いま、オルセンは、その計略が発覚し、侯爵の使い途がなくなったことを知った。ただし、この船でグダニスクに戻るための人質として、侯爵とダーシーらを利用することはできるのだ。

「なにをさせたいんだ、オルセン船長？」落ち着いた口調でダーシー卿は尋ねた。

「単純そのもの。おまえ、兵士たちに、下におりてこいと命令する。われわれ、彼らを閉じこめる。わたしの部下たち、起きて、残りの者、乗船したら、夜明けに港を出る。出港準備できたとき、おまえ、シーガー卿、侯爵以外の全員、下船させる。おまえの部下たち、シェルブールの当局に行って、なにが起こったか、そして、この船、じゃませずグダニスクまで航行させること、彼らに告げる。着いたら、おまえたち、解放され、帝国領土へ送りかえされる。それ、約束しよう」

妙な話だが、ダーシー卿にはこの男が本気で言っていることがわかった。この男のことばに嘘はないにちがいない。だが、この男はグダニスクに着いたとき、ポーランドの当局がどう出るかに関して、責任を負えるのか？　カジミェシュ九世の出方に関して、責任を負えるのか？　否だ。負えるわけがない。

だが、罠にかかった自分たちとしては――

と、そのとき、通路の反対側にある四つめの独房から、しわがれた声が聞こえてきた。

「シーガー？　シーガー？」

シーガー卿が目を見開く。

「うん？」

オルセン船長とラースロー一等航海士はその場を動かなかった。ややあって、船長が冷笑を浮かべる。

「あ、そうだ。勇敢なサー・ジェイムズ・ルリアンのこと、忘れていた。彼も、すばらしい人質になる」

しわがれた声が言う。

「そいつらは逆賊だ、シーガー。聞いてるか？」

「聞いてる、サー・ジェイムズ」シーガー卿が答えた。

「やっつけてくれ」しわがれた声が言った。

オルセン船長が笑う。

「黙れ、ルリアン。おまえ――」

だが、彼には言い終える暇はなかった。

ダーシー卿がわが目を疑って見つめるなか、シーガー卿の右手が目にもとまらぬ速さで突きだされ、船長の銃を側方へたたき落としたのだ。同時に、その左手がレイピアを抜き、一等航海士に切りかかった。

それまで、一等航海士はダーシー卿に銃を突きつけていた。シーガー卿が動いたのを見て、その銃がシーガー卿のほうへめぐらされ、火を噴いた。弾丸がヨークシャー貴族のわき腹を引き裂いたとき、オルセン船長が身をひるがえし、落とした銃を拾いあげようとした。

そのときにはすでに、ダーシー卿が行動に移っていた。彼がその強力な左右の足でラースロー一等航海士を蹴りつけた瞬間、シーガー卿のレイピアがラースローの胸を肋骨に達するほど深々と切り裂く。ダーシー卿が追撃をかけると、ラースローは通路に倒れこんだ。が、そうなっても、ダーシー卿には、シーガー卿とオルセン船長の戦いに目を向けているようなゆとりはなかった。ラースローが、胸の深傷《ふかで》から血が噴きだしていることに気づいてもいないらしく、鋼の筋肉にものを言わせて襲いかかってきたのだ。自分の力の強さに自信を持っているダーシーだが、この敵も同じくらい力が強いことがわかった。敵の銃口がこちらにめぐらされることのないよう、その右手首をしっかりとつかんで締めあげる。そして、ラースローの顎に頭突きをたたきこんだ。銃が手から落ちて、転がっていき、ふたりはもつれあって甲板の床に倒れこんだ。

ダーシー卿は、右のこぶしを一等航海士の喉に打ちこんだ。航海士がうめき声を漏らして、ぐったりとなる。

ダーシー卿は膝立ちになり、気絶した男の襟首をつかんで起きあがらせようとした。

その刹那、ダーシー卿の肩ごしに鋼鉄の切っ先がひらめき、ラースローの喉を突いて、横ざまに引き裂いた。一等航海士が絶命し、その血が噴水のようにダーシー卿の腕に飛び散る。

ひと呼吸ののち、ダーシー卿は戦いが終わったことを知って、こうべをめぐらした。かたわらにシーガー卿が立っていた。剣が赤く染まっている。オルセン船長が甲板の床に倒れ、三ヵ所の傷口から――ふたつは胸を、そしてもうひとつは一等航海士同様、喉を引き裂かれたものだ――血を流して、絶命しかけていた。

「わたしが彼を押さえていた」淡々とした口調でダーシー卿は言った。「喉を切り裂く必要はなかっただろう」

そのとき初めて、シーガー卿の顔に笑みが浮かぶのが見えた。

「そのような命令を受けていましたので、卿」わき腹を朱に染めて、シーガー卿が言った。

ベネディクト会聖ドニ教会の大鐘が十二回、シェルブール城の中庭に鳴り渡って、午後の十二時になったことを告げる。ダーシー卿は入浴とひげ剃りをすませると、すぐに夜会服に着替え、グレートホール上階の応接室に入って、暖炉の前に立ち、鐘が定められた回数、鳴り響くのを辛抱強く待っていた。そして、それが鳴り終えると、かたわらに立つ若い男のほうへ向きを変えて、ほほえみかけた。

「なにかをおっしゃろうとしておられましたね、閣下？」

ノルマンディ公リチャードが笑みを返す。

「王族であっても教会の鐘をかき消すことはできないようだな、卿？」ふたたび顔つきが厳しくなった。「あの国の工作員をきれいに一掃した、と言いかけていたのだ。ダンケルク、カレー、ブローニュ……そしてアンダイエに至るまでね。いまごろはイングランドでも、憲兵隊がロンドンやリヴァプールなどで、工作員の摘発に着手しているはずだ。夜明けまでには、アイルランドも浄化されるだろう。じつにすばらしい仕事をしてくれた、卿。このことは必ずや、わが兄、国王の耳に届くだろう」

「ありがとうございます、閣下。しかし、わたしはべつに――」

ドアが開いて、ダーシー卿のことばをさえぎった。シーガー卿が入室し、公爵リチャードの姿を目にして、はたと立ちどまる。

公爵が即座に反応した。

「おじぎはしなくてよい、卿。傷を負ったことは知らされている」

それでも、シーガー卿はむりをして、わずかに頭をさげた。

「このうえなく寛大なおことばに感謝いたします、閣下。ですが、この傷は浅く、すでにパトリック神父に〝手当て療法〟を施していただいております。痛みは取るに足らないものです、閣下」

「それを聞いて、うれしく思う」公爵がダーシー卿に目を向ける。「ところで……きみがシーガー卿は国王のエージェントではないかと考えるようになった理由を知りたいのだが。わたし自身、兄である国王に依頼して、情報をもらうまで、そうとは知らなかったのだ」

「率直に申しあげて、わたしも閣下がテレソンでその推測を確認してくださるまで、確信はなかったのです。ただ、わたしの目には、シェルブール侯がシーガー卿のような……あー……特殊な才能を持つ人物をたんなる司書として登用するのは奇妙なことのように思えました。それに加え、エレーヌ夫人の態度も……いや、失礼、シーガー卿」

「なんでもありませんよ、ダーシー卿」シーガー卿が無表情に言った。「わたしの姿を見ると不快になるご婦人が多数いらっしゃることは自覚しています――もっとも、打ち明けたところ、なぜそうなるのかはわからないのですが」

「ご婦人がたのふるまいを説明できる者がこの世におりましょうか？」ダーシー卿は言った。「あなたの立ち居ふるまいには非の打ちどころがない。にもかかわらず、侯爵夫人は、あなたのおっしゃるように、あなたの姿を見て、不快になられる。夫人はそのことを、夫である侯爵にお伝えになっていたのではないでしょうか？」

「そうであろうと思います」とシーガー卿。

「やはりね」ダーシー卿は言った。「では、周知のごとく、夫人を深く愛しておられる侯爵が、妻を怯えさせるような人物をいつまでも司書にしておくものでしょうか？　それはないでしょう。となれば、シーガー卿がここにいつづけている理由は、司書などよりはるかに重要な目的があってのことか――あるいは、侯爵を脅してのことか、そのどちらかとなります。わたしは前者であろうと考え、それを選択したというわけです」

前にパトリック神父から、シーガー卿がひとを脅すのは不可能だという情報をもらっていたことを付け加えるのはやめておいた。

「悩ましいのは、彼がだれのために働いているのかがわからないという点でした。サー・ジェイムズが平民の労働者に身をやつし、侯爵と協力して働いていることだけはわかっていましたが、閣下が国王陛下と連絡をおとりになるまで、それ以上のことはなにもわかっていなかったのです。暗中模索で捜査をつづけるうちに、ふと気づいたのは、シーガー卿が――」

ドアの開く音がして、彼は口をつぐんだ。部屋の外から、マスター・ショーンの声が届いてくる。

「どうぞお先に、マイ・レディ、司教様、サー・ギョーム」

シェルブール侯爵夫人が、仮面のような無表情な顔で、つかつかと部屋に入ってくる。その後ろに司教とサー・ギョームがつづき、最後にマスター・ショーン・オロックリンが入室した。

エレーヌ夫人が公爵リチャードのほうへまっすぐに歩いていき、作法どおり、軽く膝を曲げてのおじぎをする。

「お越しくださいまして光栄に存じます、閣下」彼女は完全にしらふだった。

「こちらこそ光栄です、マイ・レディ」公爵が応じた。

「夫のようすを見てまいりました。わたくしが信じていたとおり、彼は生きておりました。ですが、心が抜け落ちています。パトリック神父のお話では、回復する見込みはないとのことで。なにがあったのか、わたくしはどうしても知りたいのです、閣下」

「そのことなら、ダーシー卿にお尋ねいただくのがよろしいでしょう、マイ・レディ」穏やかに公爵が言った。「わたし自身も、ことの経緯をあますところなく聞いておかねばなりませんので」

夫人が痩身のイギリス人のほうへ視線を転じ、じっと見つめる。

「そもそもの始まりから、ひとつ残らずお話しいただけますか、卿。わたくしはどうしても知りたいのです」

ふたたびドアが開き、サー・アンドルー・デュグラスが入ってくる。

「おはようございます（英語では日付が変わると、夜明け前でもこの挨拶になるのがふつう）、閣下」深々とおじぎをして、彼が言った。「おはようございます、マイ・レディ、卿の方々、サー・ギョーム、マスター・ショーン」エレーヌ夫人に目を戻す。「パトリック神父からお話をうかがいました、マイ・レディ。わたしは軍人で、口べたな男でありますので、この胸の悲しみをうまくお伝えできないのが残念でなりません」

「ありがとう、隊長」夫人が言った。「あなたの思いはしっかりと感じとれたように思います」ダーシー卿のほうへ目を戻す。「どうぞ、お話しください、卿……」

「かしこまりました、マイ・レディ」ダーシー卿は言った。「えー……隊長、いまから話すことは、ここにいるひとびと以外のだれにも聞かれないようにしたほうがよいと思う。ドアを見張っていてもらえるか？　だれかが来たら、これは内密の会議だと説明するように。ありがとう。では、始めましょう」

彼はさりげなく暖炉に身をもたせかけた。そこにいれば、部屋にいる全員を見てとれるからだった。

「そもそもの始まりは、悪辣な謀略がわれわれに対して――ひとりの人間にではなく、帝国に対して――仕組まれたことです。それは、〝大西洋の呪い〟。帝国の港から新世界へ航海する船舶がふっつりと消息を絶ってしまう。海上輸送量が激減していく。それは、船舶数が減少したからだけではなく、水夫たちが大西洋を横断する船に乗るのを恐れるようになったためでもあります。彼らは魔術を恐れます。といっても、いまから明らかにすることですが、この件に純粋な魔術はまったく関与しておりません。

侯爵はサー・ジェイムズ・ルリアンと協力して、調査をしていました。サー・ジェイムズは、国王直轄のエージェントとして、〝大西洋の呪い〟の原因を究明すべく調査をしていた大規模グループのひとつに属していました。国王のご推察どおり、今回の事件はすべて、帝国の経済を破綻させるためにポーランドがたくらんだ謀略だったのです。

この謀略の邪悪さは、その単純性にありました。ある種の茸をブランデーに浸してつくられる薬物が、大西洋横断船に乗り組んだ者たちの心を破壊するために用いられた。少量ずつの摂取が一定の期間、継続すると、その薬物は激烈な狂気を引き起こす。乗組員が狂気に陥った船が大西洋を長いあいだ航行することはできません。

侯爵およびその他のエージェントたちと協力して働いていたサー・ジェイムズは、なにがこのような状況を引き起こしたのか、その手がかりをつかもうと努力していた。侯爵は、ご自分の活動が城内のだれにも知られないようにするため、街の下水渠に通じる古い秘密トンネルを使って、サー・ジェイムズと会うようにしていた。

サー・ジェイムズはポーランド工作員たちの首謀者を突きとめ、そのあと、くだんの薬物の標本を入手した。彼は侯爵に報告を入れた。そのあと、一月八日、水曜日の晩、サー・ジェイムズは、さらなる証拠を手に入れるための行動に着手した。首謀者が根城にしている倉庫へ出かけていったのです」

ダーシー卿はいったんことばを切って、かすかな笑みを浮かべた。

「ちなみに、倉庫のなかで起こったことの詳細はすべて、サー・ジェイムズから聞かされたものと申しあげておかねばなりません。わたしの推理は、その一部を解明したにすぎないのです。

それはさておき、サー・ジェイムズはまんまと倉庫の二階へ入りこみました。そして、話し声を聞きつけた。彼はその声が漏れている部屋の戸口へそっと近寄り……えー……鍵穴から、なかをのぞきこんだ。廊下は暗かったが、室内は明るく照らされていた。

室内の光景を見て、彼は衝撃を受けた。そこには、ふたりの男——魔術師と、ほかならぬ首謀者がいた。魔術師がベッドのそばに立ち、素っ裸でベッドに寝かされているもうひとりの男に呪文をかけているところだった。サー・ジェイムズは、ベッドに寝かされている男をひと目見て、それはだれあろう、シェルブール侯爵そのひとだと確信したのです！」

エレーヌ夫人が唇に指をあてがう。

「夫は薬物を服《の》まされていたのですか、卿？」彼女が問いかけた。「それが精神を侵していたのでしょうか？」

「その男はあなたの夫ではありません、マイ・レディ」穏やかにダーシー卿は言った。「見かけは瓜ふたつですが、その連中にカネで雇われた頭の弱い男だったのです。もちろん、サー・ジェイムズにはそんなことがわかるわけはありません。彼は侯爵が危機にあると見てとって、行動を起こした。

銃を手にして、ドアをぶち破り、侯爵だと思いこんでいるその男を解放しろと迫った。その男にことばをかけて、立ちあがらせた。男が催眠術にかけられていることを見てとると、自分の外套をその男にかけてやり、いっしょにあとずさって、部屋を出ようとした。

彼の銃はずっと、魔術師と首謀者に突きつけられていた。

が、倉庫にはもうひとりの男がいた。サー・ジェイムズはそれまで、その男を目にしていなかった。その男が、あとずさって戸口を出ようとしている彼を背後から殴りつけた。サー・ジェイムズはめまいを起こして、銃を取り落とした。魔術師と首謀者が彼に襲いかかった。

そのあいだに、サー・ジェイムズは抵抗したが、最終的には気絶させられた。

サー・ジェイムズがまちがえて救おうとした男は、怯えあがって、逃げだしていた。暗いなか、その男はオーク材の階段を踏み外して、下のほうまで転がり落ち、そのときに頭が段のひとつにぶつかって、頭蓋骨が粉砕された。負傷し、めまいを起こして、死に瀕しつつも、男は倉庫から逃げだし、そこから数ブロック向こうにあって、彼にとってはシェルブールで唯一のわが家と呼べるところ——〈ブルー・ドルフィン〉というビストロに向かった。そして、そのすぐ近くまでたどり着いた。あと一ブロックという地点で、男は二名の憲兵に看取られつつ息をひきとったのです」

「彼らはその瓜ふたつの男を、わが弟の替え玉に仕立てようとしていたのでしょうか?」司教が問いかけた。

「ある意味ではそうです、司教様。その点については、このあとすぐにご説明しましょう。わたしがこの地に参ったときは」ダーシー卿は話をつづけた。「もちろん、そのようなことはなにも知らなかった。知っていたのは、シェルブール侯が行方不明になったこと、そして彼が閣下のエージェントと協力していたこと、それだけでした。ところが、そのあと、ひとつの死体の身元が侯爵ではないかという不確実な話が出てきた。もしそれがほんとうに侯爵であったならば、殺したのはだれなのか？　そうでないとしたならば、それは侯爵の失踪とどうつながってくるのか？　わたしはサー・ジェイムズに会いに行き、彼が同じ日の夜以来、行方不明になっていることを知った。これもまた、どうつながってくるのか？

つぎの手がかりは、薬物の特定ができたことでした。しかし、そのような薬物を船に積み、乗組員のほぼ全員に毎日、少量ずつ服ませるにはどうすればよいものか？　食べものや水に混ぜたのでは、ブランデーの味と香りがはっきりと出てしまうだろう。となれば、乗組員のひとりひとりに配給されるワインに混入されたのにちがいない。そして、薬物が混入されたワインを定期的に船舶に供給できるのは、ワイン商しかありえないだろう。

そこで、船積み業者登記簿を調べたところ、五年前から、新規創業のワイン商が、帝国各地の積み出し港近辺にある古いワイン醸造所を買収していることが判明した。それらの業者はすべて、ポーランドから資金を提供されていて、同業各社より安値をつけることができた。よいワインをつくり、同業者にはまねができないような安値で販売できるので、契約を取りつけることができた。彼らはすべての船舶を薬物漬けにしようとはしなかった。大西洋を横断する船舶の何隻かに薬物入りワインを積みこむだけで――恐怖が世間にひろまり始め、なおかつ、自分たちに疑いが向けられるのを避けることができたのです。

しかし、まだ、侯爵はどうなったのかという問題が残っています。侯爵はあの夜、城を出てはいなかった。なのに、その姿が消えてしまった。それはどうしてなのか？　なぜなのか？

近衛隊長が調べなかった場所が、四つありました。氷室については、そこは終日ひとが出入りするところだとわかった時点で、除外しました。金庫室にお入りになったはずがないこともわかった。その扉はひどく幅が広く、ひとりの人間がそれを開くのは——両側の鍵を同時にまわさなくてはならないので——不可能だからです。ワイン・セラーはどうかというと、サー・ギョームがつねに出入りしていた。そして、くだんの秘密トンネルには、ひとが訪れた形跡があったのです」

「そのように、場所をあれこれとご検討なさったのは、なぜです？」サー・ギョームが問いかけた。「秘密トンネルを抜けて出かけられたと、単純に考えてもよかったのではないでしょうか？」

「それはまず、ありそうになかったからです。あのトンネルの当直に就いていた衛兵は、じつは国王のエージェントだった。もし侯爵があの夜、そこを通って出ていかれ、それっきり戻ってこられなかったとしたら、彼がその事実を——サー・アンドル隊長《エルゴ》にではなく、シーガー卿に報告していたでしょう。だが、彼はそんな報告はしなかった。ゆえに、侯爵はあの夜、城を出なかったということになるのです」

「では、侯爵様はどうなったのです？」サー・ギョームが問いかけた。

「そこで、例の替え玉、ポール・サルトに話が戻るというわけです」とダーシー卿は応じた。「マスター・ショーン、きみが説明してくれるかね？」

「それでは、マイ・レディ、そして紳士の皆様」小柄な魔術師が切りだした。「ダーシー卿は、これには魔術が用いられているのであろうと推理されたのです。あのポーランド人魔術師は、なんともお粗末な男で——わたしが倉庫のなかで見つけたときも、いくつかの呪文をこちらに投げかけようとしましたが、なんの効果もありませんでした。そして、こちらがちょいと、できのいいアイルランドの魔術をかけてやると、羊のごとく従順になりまして」

「本筋に戻れ、マスター・ショーン」そっけなくダーシー卿は言った。

「申しわけありません、卿。それはさておき、あのポーランド人魔術師は、ポールという男が侯爵に生き写しであることを見てとると、その男を利用して侯爵を操るのがよいと考えました——〝相似の法則〟を利用しようと。蠟人形にピンを刺すというやりかたはご存じですね？　粗雑な精神誘導手法ではありますが、それでも相似性がじゅうぶんに大きければ、効果は発揮されます。そして、生き写しの人間ほど大きな相似性を持つ存在がほかにあるでしょうか？」

「それはつまり、彼らはその不運きわまる男を蠟人形の身代わりにしたということですか？」侯爵夫人が押し殺した声で問いかけた。

「そのようなところでございます。ただ、呪文に効力を持たせるには、その身代わりの男の知力がかなり低くなくてはなりません。そして、ポールという男はそうでした。そこで、彼らはポールを雇って、それまでの仕事をやめさせ、手なずけに取りかかりました。入浴させ、よい衣服を着せ、徐々に心を制御下に置いていったのです。おまえは侯爵だと言って、そう思いこませるようにしました。そのような類似性ができあがってくると、彼らは侯爵自身を、その〝似姿〟同様、制御下に置こうと考えるようになりました」

　エレーヌ夫人がぞっとした顔になる。

「それが、夫の恐ろしい発作を引き起こしたということですか？」

「そのとおりでございます。侯爵様がお疲れであったり、気持ちが散漫になっておられたりしたときには、彼らはほんの短時間、その心を乗っ取ることができました。まっとうな魔術師であればけっしてしようとはしない悪辣な所行ですが、それが使われたというわけです」

「それにしても、彼らは夫になにをしでかしたのでしょう？」エレーヌ夫人が問いかけた。

「それはですね、奥方様」とマスター・ショーン。「もしその〝似姿〟が頭蓋骨を折って、命を失ったら、侯爵様の身になにが起こるとお考えでしょう？　侯爵様の心はその瞬間、死ぬほど甚大な衝撃を受けたでしょうし――もし類似性がもっと強く確立されていたら、侯爵様はほんとうにお亡くなりになっていたでしょう。そのようなわけで、侯爵様は昏睡に陥られたのです」

ダーシー卿はその説明を受けて、話をつづけた。

「侯爵はその場に倒れ伏しました。城のなかでです。昨夜、昏睡状態が継続しているあいだに、ポーランドの工作員たちが侵入して、侯爵を連れていったのです。彼らは監視に就いていた国王のエージェントを殺害し、死体を始末したのち、またトンネルを通って城内に侵入し、侯爵を連れ去って、彼らの船に乗せた。サー・アンドル隊長から、その衛兵が〝脱走〟したという話を聞いたとき、わたしはなにが起こったのかを完全に理解しました。侯爵はワイン商の倉庫か、ポーランド行きの船か、そのどちらかに監禁されているにちがいないと推理しました。そして、その二カ所を強制捜査し、自分が正しかったことがわかったのです」

「それはつまり」とサー・ギョーム。「侯爵様はずっと、あの寒いトンネルのなかに放置されていたということ？　なんと恐ろしい！」

ダーシー卿はその男を長々と見つめた。

「いや、ずっとではない、サー・ギョーム。だれひとり――とりわけ、ポーランドの工作員たちは——侯爵が〝あそこ〟にいたことは知らなかった。侯爵がトンネルを使って連れ去られたのは、翌朝——ワイン・セラーで発見されたあとのことなのだ」

「そんなばかな！」ぎょっとしたようすでサー・ギョームが言った。「それなら、わたしが侯爵様を見つけていたはずだ！」

「たしかに、そうだっただろう」ダーシー卿は言った。「そして、たしかに、あなたはそうした。倉庫で格闘をしたあと、城に帰り、ワイン・セラーの床に侯爵が倒れているのを見たときは、ひどく動揺したにちがいない。わたしはあなたが実行犯だと確信したとき、すでにあなたが雇い主の正体を明かしていたことに気づいた。あなたはあの夜、オルドウィン・ヴェインのところでカード遊びをしていたと言った。それで、どのワイン商の倉庫に踏みこむべきかがわかったのだ」

サー・ギョームが蒼白になって、言いかえす。

「わたしは長年にわたり、侯爵ご夫妻に誠実に仕えてきた身です。あなたは虚言を弄している」

「ほう？」ダーシーは厳しい目付きになった。「だれかがオルドウィン・ヴェインに侯爵の居どころを教えた——そのだれかは、侯爵の居どころを知っていた人間でしかありえない。そして、あのトンネルの鍵を持っているのは、侯爵と、サー・アンドル、そしてあなただけだ。わたしはアンドル隊長の鍵を目にした。わたしが使ったとき、その鍵は光沢がなく、薄い埃の層ができていた。古い錠にさして、抜いたあと、それは内部の突起にあちこちがこすられて、光っていた。彼は長いあいだ、その鍵を使っていなかったのだ。つまり、オルドウィン・ヴェインとその手下どもをトンネルに導くことができたのは、あなたの持っている鍵以外にはありえないということだ」

「ははっ！　筋の通らない推論を！　侯爵様が意識を失って倒れてらっしゃったのなら、お持ちの鍵をだれでも盗むことができたでしょう！」

「トンネルのなかで意識を失った状態で倒れておられたのなら、そうはいかない。そもそも、だれがわざわざあそこへ行こうとするものか？　トンネルの扉はつねに施錠されていたのだ。それに、侯爵がほんとうにそこにおられたとしても、彼を見つけるには先に鍵を使って錠を解かねばならない。ほんとうに侯爵がトンネルのなかで倒れたとするならば、わたしがそこを調べてみたときにもまだ、そのなかにおられたはずだ。あなたにとっても、ほかのだれにとっても、トンネルの錠を解くべき理由はなかった――あなたが、意識を失った侯爵を隠す場所を探し始めるまでは！」

「侯爵様がワイン・セラーにお出向きになった理由はなんだと？」嚙みつくようにサー・ギョームが言った。「それに、なぜ内側から鍵をおかけになったのか？」

「侯爵がワイン・セラーに行かれたのは、あなたがそこに保管したボトルを調べるためだった。サー・ジェイムズの報告を読んで、侯爵はあなたに疑いをいだいたのだ。倉庫とワイン商は厳格な査察の対象になっている。オルドウィン・ヴェインは、茸を浸したブランデーが査察官に発見されるのを避けたかった。そこで、それらのボトルをここのワイン・セラーに――シェルブールでもっとも安全な場所に――保管させることにした。そこを怪しむ者がいるだろうか？　侯爵はそこに行ったことは一度もなかった。だが、彼もついに疑いをいだくようになり、調べるためにそこにおりていった。じゃまをされたくなかったので、内側から鍵をおかけになった。そうしておけば、入れるのはあなただけとなり、あなたが錠に鍵をさしこめば、その音が警告になるからだ。ところが、侯爵がそこにおられるあいだに、〝似姿〟のポールが階段から転落し、オーク材の段で頭蓋骨を折ってしまった。ポールは死んだ。そして、侯爵は昏睡状態に陥られた。

一昨日、わたしがここに到着すると、あなたは証拠を始末せねばならなくなった。そこで、ヴェインの手下どもを呼び寄せ、彼らが薬物の仕込まれたボトルと侯爵を運び去った。もっと証拠が必要ということなら、それを示してやろう。われわれはあの船内で薬物を発見した。いったん開栓されて、安もののブランデーが詰めなおされたボトルのなかに、茸の微細片が混じっていたのだ。そして、ボトルのラベルは、四六年産のサン・クーラン・ミシェルとなっていた！　シェルブールのひとびとのなかで、あのブランデーの空きボトルを入手できる人間が、あなたのほかにだれがいるだろう？」

サー・ギョームがあとずさる。

「嘘だ！　すべてが嘘だ！」

「ちがう！」戸口から鋭い声があがった。「真実だ！　すべてが真実だ！」

ダーシー卿は戸口が見えるので、サー・アンドル隊長が静かにドアを開けて、三人の男たちを入室させようとしているのを目にしていたが、ほかのひとびとはだれもそちらに目を向けていなかった。いま、そのひとびとが鋭い声を聞いて、そちらをふりむいていた。

そこに、車椅子にすわっているシェルブール侯爵ヒューがいた。血色は悪いが、たくましい顔つきは変わっていない。その背後に、サー・ジェイムズ・ルリアン。かたわらに、パトリック神父が立っていた。

「ダーシー卿の言ったことは、あらゆる点において真実だ」冷ややかな声で侯爵が言った。

サー・ギョームが息をのみ、さっとこうべをめぐらして、侯爵夫人を見る。

「さっき、侯爵は心が抜け落ちているとおっしゃいましたね！」

「ささいな嘘です――裏切り者を罠にかけるための」

「サー・ギョーム・ド・ブラシー」サー・ジェイムズが、侯爵の背後から言った。「王の名において、あなたを逆賊として逮捕する！」

ふたつのことが、ほぼ同時に起こった。サー・ギョームの手がポケットへのびたが、そのときにはすでに、異様なほど突きだした柄のあるシーガー卿の剣が鞘からなかば抜きだされていた。そして、サー・ギョームが拳銃を取りだしたとき、その剣がサー・ギョームの頸静脈を切り裂いた。サー・ギョームはその寸前に銃口をめぐらして、一発撃っただけで、すぐ床に倒れ伏した。

シーガー卿がサー・ギョームを見おろして、立っていた。その顔に、奇妙な笑みが浮かんでいる。

だれもなにも言わず、身じろぎもしなかった。一瞬ののち、パトリック神父が倒れた執事のそばに駆け寄る。すでに手遅れだった。そのヒーリングの力をもってしても、もはや手の施しようがなかった。

そのあと、侯爵夫人がシーガー卿のそばに近寄って、剣を持っていないほうの手を取った。

「シーガー卿、この行為をなさったことであなたを咎める方もいらっしゃるでしょうが、わたしは咎めはしません。この極悪人は、無辜《むこ》の者を何百人も狂気と死に追いやったのです。わが愛するヒューにも、同じようなことをしました。それに、なにはともあれ、この男はほとんど苦しまずに死んだのです。わたしはあなたを咎めはしません、卿。ほんとうにありがとう」

「ありがとうございます、マイ・レディ。しかし、わたしは義務を果たしたにすぎません」妙にくぐもった声だった。「そのような命令を受けていたのです、マイ・レディ」

そして、風船がしぼむようにゆっくりと、シーガー卿が床に崩れ落ちていった。

その瞬間、ダーシー卿とパトリック神父が同時に、サー・ギョーームの放った弾丸がシーガー卿に命中したのにちがいないと気がついた。いまこのときまで、シーガー卿はそんなそぶりはまったく見せていなかったのだが。

シーガー卿は良心というものを持ちあわせていなかったが、おのれの意志のみに基づいて他人を殺すことはできず、自己防衛すらできないようにされていた。彼の意志決定者は、サー・ジェイムズだった。シーガー卿は以前から王のエージェントを務めており、サー・ジェイムズの命令によってのみ、なんの呵責もなく人殺しができるような――それ以外のときはまったく無害な人間であるような――処置をされていたのだ。それを決定する意志は彼には与えられず、サー・ジェイムズのみに委ねられていた。

サー・ジェイムズが、床に倒れたシーガー卿をじっと見つめながら言った。

「だが……どうして、彼はあんなことができたのだ？　わたしはなにも言わなかったのに」

「いや、言った」疲れた声でダーシー卿は言った。「あの船の上で。逆賊をやっつけてくれと、あなたは言っただろう。さっき、あなたはサー・ギョーームを逆賊と呼び、彼はそれに反応したのだ。サー・ギョーームが拳銃を取りだす前に、彼は剣をなかば抜いていた。サー・ギョーームがなんの行動も起こさなかったとしても、シーガー卿は冷徹に彼を殺していただろう。彼はガス灯のようなものだったのだよ、サー・ジェイムズ。あなたが彼に点火し――火を消すのを忘れたのだ」

ノルマンディ公リチャードが、倒れている男を見おろす。奇妙にも、シーガー卿の表情はまったく変わっていなかった。生きているあいだも、表情を変えることはめったにない男だった。そしていま、表情が永遠に失われてしまったのだ。

「彼の容態はいかがでしょう、尊師？」公爵が問いかけた。

「亡くなっています、閣下」

「彼の魂に神のお慈悲があらんことを」公爵リチャードが言った。

沈黙がおりたなか、八人の男とひとりの女が十字を切った。

青い死体

The Muddle of the Woad

仕事場のドアを開いたとき、ケント公の上級《マスター》家具職人ウォルター・ゴトベッドの全身に、痛みと誇りが鬩《せめ》ぎあいながらエネルギーを送りこんできた。その痛みは、誇りと同じく、精神的なものだ。マスター・ウォルターはすでに九十歳を超えているのだが、いまなお、その筋張った肉体には力がみなぎり、緻密に動くその両手はしっかりとしていた。長細い骨張った鼻にきちんと眼鏡をのせれば、いまもまだ、クローゼットから煙草入れに至るまで、あらゆる物品の図面を正確に引くことができる。つぎの三位一体《トリニティ》祭の主日《しゅじつ》、すなわち一九六四年五月二十四日は、ウォルターが公爵のマスター家具職人に任じられて五十年めにあたる記念日だ。彼はいま、ふたりめの公爵に仕えている。先代の公爵が逝去したのは一九二七年。まもなく、三人めの公爵に仕えることになるだろう。ケント公の血筋は長命だが、質のよい木材を使って仕事をする男は、その大元である巨木の力と不老性をわが身に吸収して、さらに長く生きるのだ。

仕事場には多様な木の香が満ちていた――ヒマラヤスギ《シダー》のぴりっとした香り、オークの芳醇な香り、シロマツ《プレーン・パイン》の強い香り、林檎の木の甘やかな香り。そして、窓を通して入ってくる朝の日射しが、仕事場を埋めつくす、さまざまな作業段階にあるキャビネットやデスク、椅子やテーブルを明るく照らしだしていた。ここはマスター・ウォルターの世界、この空間にこそ、彼の仕事と人生があるのだった。

マスター・ウォルターの後ろに、三人の男たちがつづいていた。ひとりは中堅職人《ジャーニーマン》のヘンリー・ラヴェンダーで、あとのふたりは、見習い工のトム・ウィルダースピンとハリー・ヴェナブルだった。彼らがマスターを追ってなかに入ったところで、四人はそろって、仕事場のひと隅にある作業台のほうへまっすぐに歩いていった。その作業台には、クルミ《ウォールナット》材でつくられ磨きあげられた、壮麗な作品が置かれていた。

その二歩手前で、マスター・ウォルターが立ちどまる。

「どのように見える、ヘンリー？」そちらに目を向けずに、マスター・ウォルターは問いかけた。

ジャーニーマン・ヘンリーは、まだ四十歳にもなっていないが、すでに木彫工としての風格を備えていた。その男が満足げにうなずいて、言う。

「とても美しいです、マスター・ウォルター。とても美しい」それはお世辞ではなく、本心からのことばだった。

「亡き公爵の奥方様がおよろこびになるんじゃないか?」老人は言った。「およろこびになるどころじゃないでしょう、マスター。うーん、ちょっと塵がついてますね。昨夜以後についたものでしょう。おい、トム! レモン・オイルをちょっぴり垂らしたきれいな布を持ってきて、磨きなおしてくれ」見習い工のトムが指示に従って駆けだすと、ヘンリー・ラヴェンダーはことばをつづけた。「亡き公爵の奥方様はあなたの仕事ぶりを高く評価なさるでしょう、マスター。これは、あなたが公爵のためにおつくりになった作品のなかで最良のものです」

「うん。ひとつ、おまえが心に銘記しておかねばならないことを言っておこう、ヘンリー——そこの若いふたりもよく頭にたたきこんでおくように。木の美しさを生みだすのは、意匠を凝らした彫り込みではなく、木材そのものでな。彫刻を施すのも、たしかに悪くはない。彫刻に文句をつけるつもりは、それが適切に施されているかぎりは、毛頭ないのだ。だが、木の美しさは、それ自体にある。このような、なんの意匠も装飾もない、素のままの状態が、木というものは、改良を加える余地のない神の創造物であることを示している。おまえたちが望みうるのは、神自身が生みだされた美を引きだすことがすべてなのだ。さあ、その布をこっちによこせ、トム。わしがみずから、仕上げの磨きをかけるとしよう」

オイルが染みこんで、かすかにレモンの香りがする布で、広い平らな面を磨きながら、マスター・ウォルターがつづける。

「必要なのは職人としての緻密な技能でな、若者たちよ。隣りあう部品をきっちりと組みあわせて、膠《にかわ》でしっかりと接着し、ずれや隙間ができないよう、ねじで固定する——そうすることで、良い作品ができあがる。木目が合うようにして、丹念に部材を選び、やすりとサンドペーパーで面を完璧に磨きあげて、仕上げをし、ワックスかワニスかシェラック（ラックカイガラムシを原料とする塗料の一種）を用いて、つるっとなめらかにする——そうすることで、良い作品ができあがる。そして、デザイン——そう、デザイン——それが芸術品に仕立て上げるのだ！

　これでよし。さあ、トム、おまえが前側を持て。ハリー、おまえは後ろ側を。階段をのぼらねばならんが、おまえたちはどちらも力の強い若者だから、さほど重くは感じないだろう。そもそも、指物《さしもの》師や家具職人は強い筋肉を持っておらねば仕事にならんし、これはおまえたちにとっていい運動になるだろう」

　見習い工のふたりが、命じられたとおり、指示された側に手をかけて、持ちあげようとした。彼らは前にこれを運んだことがあり、どれくらいの重さがあるかは知っていた。持ちあげようと力をこめる。

　が、美しく磨きあげられたウォールナット材のしろものは、ほとんど動かなかった。

「おいおい！　どうした？」マスター・ウォルターは言った。「それでは落としてしまうぞ！」

「重いんです、マスター」トムが言った。「なかになにか入ってます」

「なかになにか？　そんなはずはないだろう？」マスター・ウォルターは手をのばして、蓋を持ちあげた。そして、それを落としてしまいそうになった。「なんたることか！」

四人が内部にあるものを見て、ぎょっとし、黙りこむ。

「死人」ややあって、ジャーニーマン・ヘンリーが言った。

それは明らかだった。死体以外のなにものでもない。眼瞼がくぼみ、肌は蠟のようだ。どこからどう見ても、その男は死んでいた。

恐怖をさらに募らせたのは、その死体が——頭のてっぺんから爪先まで——素っ裸で、そのうえ、全身がインディゴ・ブルーのような濃い青に塗られていることだった。

マスター・ウォルターはようやく息をつけるようになった。怒りが湧きあがってきて、驚きと恐怖の感情が消え去っていた。

「なんにせよ、この死体はここにあるべきものではない！　この男はまちがっておる！大まちがいもいいところだ！」

「たぶん、この男の落ち度ではありませんよ、マスター・ウォルター」ジャーニーマン・ヘンリーが口をはさんだ。「自分でここに入ったはずはないでしょうし」

「それはそうだ」マスター・ウォルターは落ち着きを取りもどして、言った。「うん、そんなわけはない。だとしても、なんと異様なところで死体を見つけたものか！」

見習い工のトムが、思わずにやっと笑いそうになり、懸命に感情を抑えて、それを押し殺した。

棺のなかほど、死体を見つけるのにふさわしい場所があるだろうか？


どれほど仕事熱心な男でも、ときには休暇を楽しむものであり、ノルマンディ公爵リチャード閣下の主任犯罪捜査官ダーシー卿もその例外ではなかった。もちろん、彼は仕事を楽しんでいて、それだけでなく、ほかのなによりも仕事を愛してもいた。その明敏な知性が、そういう仕事に本質的についてまわる問題に絶えず惹きつけられ、それを解決することによろこびを見いだすからだ。だが、同じ方向にばかり使われている脳があっという間に活力を失うことは、彼にもわかっていたし——たまに心を自由に遊ばせてやるのは楽しいことだ。

それに加え、故郷のイングランドに帰れたといううれしさもあった。フランスはいいところだ。そこは帝国の重要な一部であり、閣下のもとで仕事ができるのはよろこばしい。だが、イングランドは故郷であり、年に一度、イングランドに帰ってくると、なんというか……ほっとするのだ。イングランドとフランスが過去八百年、ひとつの国として存続してきたのはたしかだが、いまもまだ両者の土地柄は微妙に異なっていて、イングランド男がフランスに行くと、なんとなく外国にいるような気分にさせられるのだ。まあ、その逆も言えるのだろうが。

　ダーシー卿は舞踏室《ボール・ルーム》の外れに立って、そこに群れているひとびとを見まわした。一曲が終わって、オーケストラが次曲の演奏に取りかかろうとしているところで、フロアを埋めつくしているひとびとは、おしゃべりをしながら、つぎのダンスの始まりを待っていた。ダーシー卿は、ずっと手に持ったままでいたグラスから、ウィスキーの水割りをひとくち飲んだ。この種の催しは、自分も楽しみはしても、二週間もすると飽きてくるものだが、本業のほうは、五十週ほどぶっとおしにでもならないかぎり、いらいらさせられることはない。とはいっても、そのどちらもが、一方からの息抜きになるのはたしかだが。

　ダートムーア男爵は礼儀正しく、チェスの名手で、ときにはおもしろい話もする好漢だ。ダートムーア夫人は、晩餐会や舞踏会に招待するひとびとを取捨選択するコツを心得ている。しかし、永遠にダートムーア邸に滞在するわけにはいかないし、ロンドンの社交界はその街に住んでいるのではない人間にとって、人生のすべてではないのだ。

　ふと気がつくと、ダーシー卿は、五月の二十二日にはルーアンに戻ることにするのがよさそうだと考えていた。

「ダーシー卿、おじゃまして申しわけありませんが、ちょっとご用件が」

　ダーシー卿は、女性の声がしたほうをふりかえって、笑みを浮かべた。

「はい？」

「いっしょに来ていただけますか？」

「もちろんです、マイ・レディ」

彼は女性のあとにつづいたが、彼女の態度に不安がにじみ、身のこなしにぎくしゃくした感じがあるのを見てとって、なにか尋常ならざることが起きたのにちがいないと察しをつけた。

読書室のドアの前に着いたところで、彼女が足をとめる。

「ダーシー卿、こちらに……ひとりの紳士がいらっしゃって、あなたとお話しになりたいとのことです。この読書室のなかにです」

「ひとりの紳士？　どなたでしょう、マイ・レディ？」

「わたくしは――」ダートムーア夫人が身をこわばらせ、ひとつ深呼吸をする。「それをお教えする許可を与えられておりません。紳士が自己紹介をなさるでしょう」

「わかりました」

ダーシー卿は目立たないように両手を背後へまわし、緑色の燕尾服の上着の裾で隠されている小型拳銃を右手で抜きだした。罠のにおいがするわけではないが、用心しなくてもいいという根拠もない。

ダートムーア夫人がドアを開く。

「ダーシー卿、こ……こちらに」

「お通ししなさい、マイ・レディ」室内から声が聞こえた。

ダーシー卿は、上着の背の内側に拳銃を隠し持ったまま入室した。背後で、ドアの閉じられる音がした。

その紳士はドアに背を向けて立ち、窓の外にひろがる、街灯に照らされたロンドンの街をながめていた。

「ダーシー卿」その男が、ふりかえることなく口を開いた。「余はつねにきみを信頼できる男として遇してきたというのに、そのきみがいま、大逆罪なる究極の罪を犯す間際にあるとは」

だが、ダーシー卿は男の後ろ姿を一瞥しただけで、それがだれであるかを察したので、すでに拳銃をホルスターにおさめ、床に片膝をついていた。

「陛下もご承知のごとく、わたしは大逆罪を犯すくらいなら、死を選ぶでしょう」

男がふりかえり、ダーシー卿はこのとき初めて、国王陛下の顔をじかに拝見することになった。それは、イングランド、フランス、スコットランド、アイルランド、ニュー・イングランド、ニュー・フランスを治める王であり、信仰の擁護者であり、なんだかんだであるジョン四世だった。

ジョン四世は、弟にあたるノルマンディ公リチャードにとてもよく似ていて――背の高い、ブロンドのハンサムという、プランタジネットの家系に共通する特徴を備えていた。ただし、公爵リチャードより十歳も年長ということで、異なる点も見てとれた。国王はダーシー卿より二、三歳若いのだが、顔に刻まれたしわのせいで、実際より老けて見えるのだ。

「立ってよろしい、卿」陛下が言って、笑みを浮かべる。「きみはさっき、その手に銃を持っていたのではないか？」

「仰せのとおりです、陛下」すらりと立ちあがりながら、ダーシー卿は言った。「申しわけございません」

「なんでもない。きみほどの能力を備えた男であれば、当然そうするであろうと予想しただけのことだ。まあ、すわりたまえ。じゃまが入ることはないだろう。ダートムーア夫人がそのようにはからってくれるはずだ。では、話を始めよう。ひとつ問題が生じたのだ、ダーシー卿」

ダーシー卿がすわると、国王は向かいあう椅子に腰をおろした。

「当座は、卿」国王が言った。「地位のちがいは忘れることにしよう。これまでに入手したすべての情報をきみに与えるので、それがすむまで口をはさまないように。そのあと、思いつくままに質問をしてくれればよい」

「はい、陛下」

「よろしい。ひとつ、仕事を頼みたい。きみが休暇中なのは知っているし、お楽しみのじゃまをするのは心苦しいのだが――この案件を調べてもらう必要があるのだ。聖古代アルビオン協会（アルビオンはイングランドの古名）と呼ばれる組織の活動については、きみも知っているね？」

それは質問ではなく、断言だった。ダーシー卿はもとより、王の正義を執行する当局の者はみな、アルビオン協会のことはよく知っていた。それは、たんなる秘密結社を超えるもので、〈キリスト教会〉をまっこうから拒否する異教徒の集団だった。世評によれば、彼らは黒魔術を信奉し、自然崇拝の儀式をおこない、ローマ帝国以前に起源を持つドルイド教の直系組織であると主張している。寛容な時代だった十九世紀が過ぎると、アルビオン協会は非合法化されて、活動を禁じられた。それは、キリスト教が勝利したのちも、すべての世紀を通じてひそかに生きのび、おおらかな気風の十九世紀になって、ついに表に出てきたにすぎないと言う者もいる。また、ある者は、古来からというのは嘘で、一八二〇年代のいつかに、風変わりで、おそらくはいささか常軌を逸したところのあったサー・エドワード・フィネリーが創設したものだと言う。おそらくは、そのどちらも部分的には真実なのだろう。

それが非合法化されたのは、人身御供《ひとみごくう》の唱道を公言したときだった。アルビオン協会は、人間の生命を〝犠牲の十字架〟にささげることはもはや永遠にあってはならないという

〈教会〉の教えを拒絶し、国難のときには王みずからが臣民のために犠牲となって生命をささげるべきだと主張した。征服王ウィリアムの息子、ウィリアム二世がその目的のために、臣下のひとりの放った〝流れ矢〟を受けて死んだことが、アルビオン協会は古来からのものであるという話に重みを加えていた。赤顔王《ルーファス》と呼ばれたウィリアム二世は、彼自身が異教徒であり、進んで命をささげたと信じられていたが――現代の英仏帝国《アングロ・フレンチ》においてそのような行為がなされることはまずありそうになかった。

本来、犠牲となる人間は進んで、どころか、よろこんで命を捨てねばならないというのが、彼らの信仰における教義のひとつであり、たんなる暗殺は意味がなく、なんの実効性もない。だが、帝国とポーランド王国の緊張関係の強まりが、その信条に変化をもたらした。アルビオン協会は、いまこそが国難のときであり、王は死なねばならぬ、王はそうするのか否か、と言いたてるようになった。だが、この感情に訴える主張は、ポーランド王カジミェシュ九世の工作員たちがひそかにアルビオン協会の会員たちに浸透させたものであることを示す証拠があるのだ。

「アルビオン協会が」ジョン王が言った。「帝国政府に深刻な脅威をおよぼすことになるとは思えない。イングランドにそう多数の狂信者がいるわけではないからね。だが、国王とて、一般のひとびとと同じ人間であり、一匹狼の暗殺者に――とりわけ狂信的な暗殺者に襲われて、傷つくことはありうる。わたしは、自分が帝国にとって唯一無二の存在とは考えていない。もし自分の死がひとびとに利益をもたらすのであれば、きょう断頭台にのぼってもよい。もっとも、本心を言えば、いましばらくは生きていたいものだと思ってはいるが。

付け加えておくならば、わが配下のエージェントたちもアルビオン協会の内部に首尾よく浸透している。これまでのところ、わたしを始末しようというくわだてが実際に準備されていることを示す報告は入っていない。ところが、いま、新たな事態が発生した。

この朝、まもなく七時になろうというころに、ケント公爵が逝去した。これは予想外のことではなかった。彼はまだ六十二歳だったが、このところ体調がすぐれず、三週間前から急激に体調が悪化していたのだ。最高の治療師《ヒーラー》たちが呼ばれていたが、その神父たちは、観念して死を受けいれている人物には〈教会〉も手の施しようがないと言っていたそうだ。ちょうど七時になったとき、公爵のマスター家具職人が作業場に入り、公爵のために用意されていた棺のそばに歩み寄った。彼はそれを開き、すでにそこに入れられていた死体を発見した――それは、ケント公の主任捜査官であるキャンバートン卿の死体だった。

彼は刺殺されており――なんと、全身が青く染められていたのだ！」

ダーシー卿の目が、いぶかしげに細められた。

「キャンバートン卿が殺害されたのがいつであったかは」王がつづけた。「まだ確認されていない。死体に防腐の呪文がかけられている可能性があるのだ。その姿がケント州で最後に目撃されたのは三週間前、彼が休暇でスコットランドへ向かうときだった。ほんとうにそこに到着したかどうかは、もうまもなくテレソンで報告が入るはずだが、いまのところはわかっていない。わたしの知っている事実は、これがすべてだ。なにか質問はあるかね、ダーシー卿？」

「ございません、陛下」

王に尋ねても意味はない。答えを得るには、実際にケント州カンタベリーに行って調べるようにしたほうがいいだろう。

「弟のリチャードは」王が言った。「きみの能力を高く評価し、きみの詳細な経歴を伝えてきてくれている。わたしは彼の判断力に全幅の信頼をおいており、それは、去る一月にきみが〝大西洋の呪い〟を解決したことによって完全に裏づけられた。わたしの直属のエージェントたちはその数ヵ月前から調査を進め、なにもつかむことができなかったのに、きみはわずか二日間で事件の核心に迫ったのだ。それゆえ、わたしはきみを騎士団最高法院の特別捜査官に任じよう」上着の内ポケットから書類を取りだして、ダーシー卿に手渡す。「わたしがここに来たのは内密でね」王がつづけた。「というのは、この案件に個人的関心を持っていることをだれにも知られたくないからだ。世間一般に対しては、これは——通常どおり——大法官による決定ということにしておく。カンタベリーにおもむき、だれが、なぜ、キャンバートン卿を殺害したのか突きとめてもらいたい。わたしはなんのデータも持ちあわせていない。きみが必要なデータを集めるようにしてくれ」

「光栄に存じます」とダーシー卿は応じ、任命書をポケットに押しこんだ。「かしこまりました」

「よろしい。カンタベリー行きの列車が、一時間と――」王が腕時計を見る。「――七分後に出る。それに間に合わせられるかね？」

「もちろんです、陛下」

「けっこう。大司教の館に滞在できるよう、手配をしておいた――そのほうが気楽だろうし、公爵家のひとびとのなかにいるより動きやすいだろうと考えてね。大司教は、わたしがこの案件に関心を持っていることを知っている。サー・トマス・ルソーもだ。それ以外の者はだれも知らない」

ダーシー卿は片方の眉をあげてみせた。

「サー・トマス・ルソーですと、陛下？　あの理論魔術師の？」

王が、みごとに不意を衝いてやったぞといいたげに、にやっと笑う。

「まさにその男だ。彼はアルビオン協会の会員であり――わがエージェントでもあるのだよ」

「完璧ですね、陛下」感嘆の笑みを浮かべて、ダーシー卿は言った。「まさか科学者が会員と密偵の両方であるとは、だれも考えないでしょう」

「同感。なにか質問はあるかね、卿？」

「いいえ。ですが、ひとつ要望があります。わたしの理解するところでは、サー・トマスは実務的な魔術師ではなく――」

「しかり」王が言った。「理論のみだ。彼は、当人が〝主観的調和理論〟と名づけたものを――その意味はさておき――完成しようとしている。主観的代数学の記号論を確立し、その理論の実践はほかの魔術師たちに委ねているのだ」

ダーシー卿はうなずいた。

「そのとおりです、陛下。法魔術学の専門家とはとても呼べない人物というわけで。マスター・ショーン・オロックリンの助力を得るべきでしょう。われわれはうまく協力して仕事をしてきました。彼はいまルーアンにおります。カンタベリーに来るようにと、彼に通知してよろしいでしょうか？」

陛下の笑みがさらにひろがる。

「やはりな。その要望が来るだろうと予想していたのだよ。先刻、テレソンでドーヴァーにメッセージを送っておいた。すでにそこから、信頼できるエージェントが専用船でカレーに向かっている。彼がテレソンでルーアンと連絡をとり、その船がカレーでマスター・ショーンを乗せて、ドーヴァーに戻ってくるという手はずだ。ドーヴァーからカンタベリーへは、列車で行ける。天候はよい。彼はあすのうちに現地に到着するだろう」

「陛下」ダーシー卿は言った。「帝国の王冠があなたの頭を飾っているかぎり、帝国が滅びることはありえません」

「うまいことをいうな、卿。感謝する」

国王が椅子から立ちあがり、ダーシー卿もそうした。王が本来の王たる姿に立ちかえり、ふたりはもはや男と男として口をきくことは許されず、国王と臣下としての関係に復帰したことが示された。

「汝に白紙委任状《カルト・ブランシュ》を与えるが、卿、やむにやまれぬ場合でないかぎり、これ以後、余と直接的接触をとってはならない。仕事を終えたならば、完全かつ詳細な報告書を――余の限定のものとして――提出してもらいたい。汝が必要とするであろう手配はすべて、大司教を通じておこなうように」

「心得ました、陛下」

「ひきとってよろしい、ダーシー卿」

「さがらせていただきます、陛下」

ダーシー卿は片膝をついて、頭をさげた。身を起こしたときには、国王はすでに背を向けて、また窓の外に目をやっていた――ダーシー卿があとずさりで部屋を出なくてもいいようにするためだった。

ダーシーはきびすを返し、ドアに足を向けた。ドアの把手に手を触れたとき、ふたたび王の声が聞こえてきた。

「あとひとつ、ダーシー」

ダーシーはふりむいて、そちらに目をむけたが、王は背中を向けたままだった。

「陛下？」

「気をつけるように。きみが殺されては困る。わたしはきみのような男を必要としているのだ」

「はい、陛下」

「幸運を、ダーシー」

「ありがとうございます、陛下」

ダーシー卿はドアを開け、物思いにふける国王を残して、立ち去った。


ぼんやりと鐘の音が聞こえる。ボーン、ボーン、ボーン。そして、しばしの中断。そのあいだに、ダーシー卿はまたうとうとと眠りこむのだが、中断はほんの数秒にすぎず、またつづけて三つ鐘が鳴る。こんどは、さっきよりは多少、目が覚めるのだが、またもや数秒の中断のあいだに、心地よい眠りが訪れてくる。つづけて三つの鐘の音が三度くりかえされたとき、あれはお告げの祈り《アンジェラス》の鐘だと気がついた。午前六時。自分はちょうど五時間、眠っていたということだ。

最後にあたる九つめの鐘が鳴っているあいだに、ダーシー卿は急いで祈りのことばをつぶやいて、また目を閉じ、九時まで眠っておこうと決めた。

だが、もちろん、もう眠れはしなかった。

まあ、ひとはなんにでも慣れるものだ。眠気のさめやらぬなかで、彼は思った。あのばかでかい鐘の音にもいずれは慣れるだろう。

とはいうものの、カンタベリー大聖堂の鐘楼にぶらさがっている青銅の巨鐘とは直線距離にして百ヤードと離れておらず、その鐘の音はこの部屋の壁をゆるがすほど大きいのだ。

彼はまた枕から頭を起こして、ベッドの上にすわり、大司教が手配してくれた、なじみはないが快適な寝室をぐるりと見まわした。つぎに、窓の外へ目をやる。なにはともあれ、予想をたがえず、天候はよかった。

ベッドの上掛けをはねのけ、足をベッドからおろして、スリッパを履き、呼び鈴の紐を引く。深紅色の——その色の地に、黄金の竜が刺繡されている——絹のガウンの紐を結ぼうとしているとき、若い修練士がドアを開けた。

「お呼びでございますか、卿？」

「ポットのカフェと、適量のクリームを頼む、ブラザー」

「かしこまりました」と修練士。

ダーシー卿がシャワーとひげ剃りをすませたときには、すでにカフェが用意されていて、ベネディクト会の聖職衣を着たあの若い修練士がそのそばに立っていた。

「ほかになにかご用はございますか?」

「いや、ブラザー、それだけでいい。ありがとう」

「どういたしまして、卿」修練士はきびきびと歩み去った。

ベネディクト会の修練期間はあんなふうなものなのだ、とダーシー卿は思った。その期間に、下層階級の出の若者は紳士らしいふるまいを学び、高貴な生まれの若者は謙遜を学ぶ。いまここを立ち去ったあの若者が小農のせがれなのか、貴族の次男や三男なのか、そのところはわからない。いずれにせよ、学ぶことができていなければ、ここまで修練期間をやり通せはしなかっただろう。

ダーシー卿は腰をおろし、カフェを飲みながら、考えた。まだ情報はろくすっぽ得られていない。大司教は、長身で肩幅が広く、たてがみを思わせるみごとな白髪と、やさしげで血色のよい顔をした人物だった。彼の持っている情報は、ダーシー卿がすでに国王から入手したものと変わりがなかった。エディンバラ侯の主任捜査官サー・アンガス・マクレディとは、すでにテレソンで連絡をつけていた。それで、キャンバートン卿がほんとうにスコットランドに行ったことは確認できた。だが、それは休暇をとるためではなかった。彼はサー・アンガスに、そこを訪れた理由を知らせてはいなかったが、なんらかの捜査をおこなうためであっただろうとのことだった。サー・アンガスは、どういう捜査だったかを調べてみると約束した。

「はい、ダーシー卿」と彼は言った。「その仕事をやりましょう。だれにもしゃべらず、あなたに直接、報告します」

キャンバートン卿が殺害されたのは、捜査のためにスコットランドに行ったことが原因だったのかどうかは、まだ未解決の問題だった。スコットランドには聖古代アルビオン協会の会員はわずかしかおらず、また、その地で殺人がおこなわれたとも考えにくい。死体をエディンバラからカンタベリーへ運ぶのはひどくむずかしいし、もし危険を冒してまでそうするのであれば、カンタベリーで死体が発見されるようにすることに、なにか途方もなく大きな利点がなくてはならないだろう。その可能性は無視できない、とダーシー卿は考えた。だが、その蓋然性を高める証拠が出てこないかぎり、殺害場所はカンタベリーかその近辺と見なしておくようにしよう。

地元の憲兵たちは、キャンバートン卿が殺害されたのは死体が発見された場所ではないことを確認していた。外科医の検視によれば、刺し傷は深く、刺殺がおこなわれた際に大量の出血があったはずだが、公爵の棺のなかに血痕はまったくなかったとのことだ。ではあっても、みずから家具職人の仕事場へ足を運んで、捜査をしなくてはならないだろう。大司教を通じての憲兵隊の報告だけでは不十分だ。

死体そのものの検分は、マスター・ショーンの到着を待つしかないだろう。それを青く染めたことに魔術がからんでいるのは、たしかであるように感じられるのだ。

それまでのあいだに、公爵の城に出向いて、いくつか質問をしておくとしよう。だが、まずは朝食をとるのが、ものの順番というものだ。


紳士が仕事場のドアを開けて入ってくると、マスター・ウォルター・ゴトベッドはおじぎをして、自分のひたいに軽く手をあてがった。

「ようこそ。どのようなご用件でしょう？」

「マスター家具職人のウォルター・ゴトベッドさんですね？」ダーシー卿は問いかけた。

「はい。なんなりとお申しつけを」老人が丁寧に応じた。

「わたしはダーシー卿、騎士団最高法院の特別捜査官に任じられた者です。少し時間を拝借してもよろしいでしょうか、マスター・ウォルター？」

「ええ、はい。よろしゅうございます」老人の目に痛ましげな光が宿る。「キャンバートン卿のことでおいでになったのでしょう。さあ、どうぞこちらへ、卿。はい、キャンバートン卿はお気の毒に。あんなふうに殺されてしまったとは、なんと恐ろしいことでしょう。こちらがわたしのオフィスでして、ここならじゃまは入りません。その椅子におかけになってはいかがでしょう？　あ、ちょっとお待ちを、卿。椅子に鉋屑《かんなくず》がついていますので、はらっておきます。鉋屑というのは、どこにでもつくものでして。さてと、卿、なにをお話しすればよいのでしょう？」

「キャンバートン卿の死体はここ、あなたの仕事場で発見されたのですね？」

「はい、さようで。申しあげるのははばかられますが、恐ろしい思いもしました。あんな恐ろしいことが起こるとは。わたしどもが死体を見つけたのは、公爵様の棺のなかだったのです。ヒーラーのみなさんによれば、公爵様のご容態はあまり思わしくないとのことでしたので、奥方様がわたしに、特別にすばらしい棺をつくるようにとお命じになりまして、わたしはそれを製作いたしました。そして、きのうの朝、わたしどもがここに入りましたところ、キャンバートン卿の死体が、あそこ、つまり棺のなかという、あってはならないところにあったのです。全身が青に染められていました。全身がです。そのせいで、最初はキャンバートン卿だとは見分けがつきませんでした」

「目に快いものではなかったでしょうね」ぼそっとダーシー卿は言った。「そのあとのいきさつを話してください」

マスター・ウォルターは、うんざりさせられるほど微に入り細にわたり説明した。

「彼がどうやってここに入ったかは見当がつかないと？」長い話が終わったところで、ダーシー卿は問いかけた。

「まったくです、卿。まったくわかりません。バートラム隊長も同じことをお訊きになりました。〝彼はどうやってここに入ったのだ？〟と。ですが、わたしどもにはわかりません。夜のあいだ、窓とドアはすべて、しっかりと戸締まりがされておりましたし、裏口にはかんぬきがかけられておりました。鍵を持っているのは、わたしとジャーニーマンのヘンリー・ラヴェンダーだけで、どちらも前の夜はここには一度も来ておりません。バートラム隊長は、見習いのだれかが悪質ないたずらで死体をあそこに入れたのだろうと推測され——バートラム隊長が死体の身元を判別なさる前のことです——彼らのどちらかがこの地の医大かどこかから盗みだした死体であろうとお考えになりました。ですが、ここの若い職人たちはなにも知らないと誓って申しあげましたし、わたしは彼らを信じております。善良な若者ばかりで、わたしに悪ふざけなどするはずはありません。バートラム隊長にもそのように申しあげました」

「なるほど」ダーシー脚は言った。「これはたんなる事実確認ですが、あなたとジャーニーマンのヘンリー、それと見習い工たちは、日曜日の夜はどこにいました？」

マスター・ウォルターが親指を立てて天井を示す。

「わたしと若い職人たちはここの二階にいました。そこにわたしの住まいがありまして、若い職人たちにもひと部屋を割り当てています。ベイリー夫人が毎日やってきて、掃除と食事の世話をしてくださっております。わたしは十八年前、妻に先立たれましてね——妻よ、安らかに眠りたまえ」控えめに十字を切った。

「では、二階からこの仕事場におりてくることができた？」

マスター・ウォルターがオフィスの壁のほうを指さす。

「あの梯子がわたしの寝室に通じています。ご覧のとおり、天井にはねあげ戸がありますでしょう。ですが、あれはもうかれこれ十年ほど使われておりません。脚が若いころのようには動いてくれなくなりまして、もう梯子を使おうという気にもなれないのですよ。わたしどもはみな、建物の外にある階段を使っております」

「あなたに気づかれずに梯子を使うことはできるでしょうか、マスター・ウォルター？」

老人がきっぱりと首をふる。

「わたしに気づかれずにというのはむりです、卿。わたしが下にいれば、姿が見えるでしょうし、上にいれば、音が聞こえるでしょう。はねあげ戸を開くには、その上に置かれているベッドを動かさなくてはなりませんし。それに、わたしは眠りがとても浅いのです。九十を超える歳ともなると、若いころのようにぐっすり眠ることはできなくなるものでして」

「きのうの朝、二階からおりてきたときは、ここの錠とかんぬきはすべてかけられていたのですね？」

「まちがいございません、卿。すべて、きっちりとかけられておりました」

「ジャーニーマン・ヘンリーがもうひとつの鍵を持っているとおっしゃいましたね。彼は日曜日の夜はどこにいましたか？」

「自宅です。ヘンリーは結婚していて、かわいらしい奥さんがいます――結婚する前の旧姓はトリヴァー。上級《マスター》パン職人、ベン・トリヴァーの娘たちのひとりでして。ヘンリーとその妻の住まいは城門の外にあります。もし彼が城内に入ってきたら、門衛に見られていたでしょう。彼もその妻もあの夜は城内に入っていないと言っておりますし、わたしはふたりを信じています。そもそも、ヘンリーには、若い職人たちと同様、あんなことをする理由がございませんでしょう」

「錠とかんぬきには防御呪文がかけられていましたか？」ダーシー卿は問いかけた。

「ええ、はい、卿。当然です。それなしではすまされませんので。ありきたりの呪文です。効力を維持するために毎年、五ソヴリンを支払っておりますが、それに見合う価値はございます」

「もちろん、免許持ちの魔術師に依頼してでしょうね？　もぐりの魔術師や魔女ではなく？」

老人が仰天したような顔になる。

「いえ、まさか！　とんでもございません！　わたしは法律をきっちり守っております！マスター・ティモシーは、ちゃんと免許を受けた、まっとうな魔術師でして。そもそも、いま例にお挙げになった魔術師や魔女たちの魔術は、そうたいしたものではないでしょう。黒魔術を使うような異端の者が、まっとうな魔術師や白魔術師より強力であるはずはありません。言うなれば、悪魔は神より強力ではないのと同じことでして――」老人がまた十字を切る。「――わたしがそのような考えを持ったことは一度もございません」

「もちろんそうでしょう、マスター・ウォルター」なだめるようにダーシー卿は言った。

「そのような質問をするのはわたしの仕事の一部ということをご理解ください。つまり、あの夜、ここの戸締まりは完全であったということですね？」

「おっしゃるとおり、卿、完全でした。考えてみれば、もしあのときに公爵様がお亡くなりにならなければ、キャンバートン卿の死体はこの朝までそのまま棺のなかにあったでしょう。なにしろ、きのうは祝日でしたので、公爵様のご逝去がなければ、わたしどもが仕事場に入ることにはならなかったでしょうから」

「祝日？」ダーシー卿はいぶかしむように老人を見つめた。「どうして、五月の十八日が祝日なのです？」

「カンタベリーだけの祝日でして、卿。感謝をささげるための特別な日となっております。一五八九年――いや九八年でしたか、よく憶えておりませんのですが――暗殺者の一団が内通者の手引きで城内に忍びこみました。暗殺者は五人。公爵とその一族を皆殺しにするたくらみでした。しかし、そのたくらみが露見して、城内の捜索がおこなわれ、彼らはなにもできずにいるうちに全員が捕らえられました。そして、このすぐ先にある中庭で縛り首にされました」マスター・ウォルターは仕事場の表側を指さした。「それ以来、その日が記念の祝日とされて、毎年、公爵の命が救われたことに感謝をささげることになったのです——もっとも、かの公爵はその数年後に亡くなられたのですが。その祝日には、教会と大聖堂において特別なミサがおこなわれ、衛兵が集合して城内を巡邏し、公爵様の近衛隊が盛装をして観兵式と部隊別の行進をおこない、中庭で暗殺者を模した五体の人形が縛り首にされ、夜には花火が打ちあげられます。それはもう、じつに華々しいものでして、卿」

「きっとそうでしょうね」ダーシー卿は言った。マスター・ウォルターの長い話を聞いて、その歴史的事実が記憶によみがえっていた。「きのうも、例年どおりに行事が進められたのですか？」

「いえ、それが、そうではありませんでした。公爵様の近衛隊長が、主君のご家族が喪に服されているときにはふさわしくないと考えまして。大司教様も同意されました。現公爵がご逝去され、まだ埋葬もおこなわれていないときに、四世紀ほど前の公爵が命を救われたことに感謝をささげるのは適切ではないであろうと。その代わりに、近衛隊が召集され、公爵未亡人の前で、五分間の黙禱と送別の敬礼がおこなわれました」

「なるほど。それが適切なやりかただったでしょうね」ダーシー卿は同感を示した。「つまり、もし公爵が逝去なさっていなければ、あなたはこの朝まで、仕事場に入ることはなかっただろうと。きのうの朝、この仕事場の錠を解く前、最後に戸締まりをしたのはいつでしたか？」

「土曜日の晩です、卿。といっても、わたしが戸締まりをしたのではありません。ヘンリーがやりました。わたしはちょっと疲れていたので、早めに上にあがりましてね。夜になって、ヘンリーがいつもどおり戸締まりをしました」

「そのときには、棺は空《から》だった？」ダーシー卿は問いかけた。

「そうです、卿。わたしは、僭越な言いかたになりますが、あの棺に特別な誇りをいだいております。特別な誇りをです。念には念を入れて、サテンの内張りに鉋屑がただのひとかけらもつかないように心がけておりました」

「わかりました。では、土曜日の夜に戸締まりをしたのは何時ごろのことでしょう？」

「それはヘンリーにお尋ねになるのがよろしかろうと。ヘンリー！」

呼ばれたジャーニーマンが、すぐに姿を見せた。たがいの紹介がおこなわれたあと、ダーシー卿は同じ質問をくりかえした。

「わたしが戸締まりをしたのは八時半でございます、卿。まだ外は明るかったですね。見習い工たちを二階に行かせ、きっちりと戸締まりをしました」

「そして、日曜日にはだれもここに入らなかった？」ダーシー卿はふたりを順に見やった。

「はい、そうです」とマスター・ウォルター。

「だれひとり《ノット・ア・ソウル》、入っておりません」とヘンリー・ラヴェンダー。

「たぶん、魂《ソウル》のある人間はね」そっけなくダーシー卿は言った。「しかし、死体は入ったのだ」

ダーシー卿が駅のプラットフォームで待っていると、十一時二十二分になったとき、ドーヴァーからの列車が到着し、ノルマンディ公のお仕着せ《リヴァリー》を身につけた、ずんぐりした小柄なアイルランド男が、シンボルで飾られた大きな旅 行 鞄《カーペットバッグ》を手に客車から降りてきて、周囲を見まわした。ダーシー卿は彼に声をかけた。

「マスター・ショーン！　こっちだ！」

「あ！　そこにおいででしたか、卿！　またお目にかかれてうれしいです。休暇をお楽しみでした？　つまりその、どんなふうになさっていたのかと思いまして」

「正直、退屈しかけていたところでね、ショーン。おたがい、脳みそから蜘蛛の巣をはらいのける必要がありそうだが、このちょっとした事件がその役に立ってくれるだろう。さあ、こっちへ。馬車を待たせてあるんだ」

馬車に乗りこむと、ダーシー卿は、馬たちの蹄と車輪の音にかろうじてかき消されない程度の小声で話しだした。マスター・ショーン・オロックリンが傾聴するなか、ダーシー卿は、公爵の死とキャンバートン卿の殺害死体発見の日からこれまでの経緯のすべてを、あますところなく説明していったが、この任務が国王からじきじきに命じられたものであることだけは伏せておいた。

「仕事場の戸締まりを自分で調べてみた」話を締めくくって、彼は言った。「裏口のは単純な差しかけ式かんぬきで、魔術師でないかぎり、外部から外すことはできない。窓もすべて、同様だ。鍵を使うのは表口のみ。そこにかけられている呪文を、きみに調べてもらいたい。あそこの男たちはみな、戸締まりについて真実を語っていて、殺人にはなんの関わりも持っていないというのが、わたしの得た感触だ」

「そこの戸締まりに呪文をかけた魔術師の名前はつかめていますか、卿？」

「マスター・ティモシー・ヴィドー」

「ははあ。名簿をあたって調べてみましょう」考えこむような顔になって、マスター・ショーンが言う。「公爵の死には疑わしい点はなにもないように思えるのですが、いかがでしょう？」

「わたしは、殺人事件の直近にあった死はすべて疑ってみるのが習慣になってるのでね。だが、まずはキャンバートン卿の死体を検分しなくてはならない。死体はいま、憲兵隊本部の死体置場に安置されている」

「できれば、死体置場へ行く前に薬屋に立ち寄りたいので、そのように御者に指示していただけますか？　入手しておきたいものがありまして」

「いいとも」

ダーシー卿は御者に指示を送り、まもなく馬車が小さな店の前で停止した。マスター・ショーンが店に入り、数分後、小さな瓶を持って出てくる。乾燥させた木の葉がいくつか入っているように見えた。原型をとどめている葉は、鏃《やじり》に似たかたちをしている。

「ドルイド教の魔法か、マスター・ショーン？」ダーシー卿は問いかけた。

マスター・ショーンが一瞬、びっくりした顔をし、すぐににやっと笑う。

「あなたならそう来るだろうと予期していてしかるべきでしたね。それにしても、どうしてわかったのです？」

「死体が青く染められていたという話は、戦闘におもむく者が全身を青に染めたという、古代ブリトンの風習を思い起こさせる。きみが薬種商の店に入り、タイセイ（青色の染料として使われる植物で、日本の藍に相当する）の葉としか思えない鏃状の乾燥葉が詰められた瓶を買って出てきたのを見て、きみがわたしと同じ方向で考えていたことがわかったというわけだ。きみはその葉を使って、相似性の分析をするつもりなのだろう」

「図星です、卿」

数分後、馬車が憲兵隊本部の玄関前で停止し、そのあとまもなく、ダーシー卿とマスター・ショーンは死体置場に入っていった。ふたりがキャンバートン卿の遺体を検分しているあいだ、ひとりの憲兵隊員がかたわらに立っていた。

「この状態で発見されたのですか、卿？　素っ裸で？」マスター・ショーンが問いかけた。

「そのように聞いている」とダーシー卿は答えた。

マスター・ショーンがシンボルだらけの旅行鞄を開き、あれこれと物品を取りだし始める。彼が仕事に用いるべき材料を選びだす作業に没頭しているあいだに、カンタベリー市の憲兵隊長バートラム・ライトリーが入ってきた。隊長はマスター・ショーンのじゃまはしなかった。仕事中の魔術師をあえてわずらわせるような者はいないだろう。

バートラム隊長は血色のいい丸顔の男で、愛嬌のある蛙のような顔つきをしていた。

「こちらにおいでと知らされたのですが、卿」隊長がそっと声をかけてくる。「かたづけてしまわねばならない仕事があって、オフィスを離れるのが遅くなってしまいました。なにかお力になれることはございますか？」

「当座はないですが、バートラム隊長、この案件を解決するには、いずれお力を借りる必要が出てくるのはたしかでしょう」

「ちょっと失礼」マスター・ショーンが、仕事道具から顔をあげずに声をかけてきた。

「外科医に死体の検分をさせたのでしょうね、バートラム隊長？」

「もちろんさせました、マスター・ショーン。彼とお話しなさりたい？」

「いえ、当座は不要です。彼の所見の概要をお聞きするだけでけっこう」

「えー、デル博士の見立てはこのようなものです。遺体の死後経過時間は四十八ないし七十二時間で――言うまでもなく、防腐呪文がかけられていたとすれば、経過時間は増える。

その時間差がどれほどかは、当然ながら判断できない。致命傷は背中の刺傷。凶器は長いナイフ、もしくは短剣。それが左の肩甲骨のすぐ下、肋骨のあいだに突き刺され、心臓をつらぬいた。ほぼ即死」

「出血に関して、なにかおっしゃっていましたか？」

「はい。傷口から大量の出血があったにちがいないとおっしゃっていました。大量の出血と」

「ははあ。やはりね。この傷口をご覧ください、卿」

ダーシー卿はそばに寄った。

「死体に防腐呪文がかけられていたのはたしかです。もう、それは——効力が切れて——消え失せていますが、呪文によって死滅した微生物の痕跡が表面に残っています。内部に生き残っているものはありません。とにかく、この死体は血液が凝固したのちに洗浄され、洗浄ののちに青く染められたということです。ご覧のとおり、傷口がきれいになり、傷口のなかにまで染料が入りこんでいます。では、この青い染料がほんとうにタイセイなのかどうか、たしかめてみましょう」

「タイセイ？」バートラム隊長が言った。

「はい、タイセイです」とマスター・ショーン。「〝相似の法則〟を適用することで、ある物質がどのようなものであるかを確認できます。死体の染料は、この葉を原料とする染料と完全な相似を備えているかもしれません。もしそうであれば、反応が得られるでしょう。じつのところ、このようなことはすべて、広範な〝換喩《かんゆ》の法則〟の支配下にあります――すなわち、結果はその原因に相似し、シンボルはそれに象徴《シンボル》されるものに相似するということです。そして、その逆も真なりというわけで」

そのあと、彼はなにやらわけのわからないことばを口のなかでつぶやき、親指でタイセイの葉の表面をこすった。

「はてさて」小声で言う。「どうなることか」

タイセイの葉を青く染まった死体の腹部に置いたかと思うと、またすぐにそこから持ちあげた。木の葉の、肌に触れた側が青くなった。死体の腹部の、木の葉に触れたところが完全に青みを失って、白くなっていた。その白い部分は、木の葉と同じかたちだった。

「タイセイ」満足した声でマスター・ショーンが言った。「まちがいなくタイセイです」

マスター・ショーンが仕事の道具を旅行鞄に詰めこんでいる。ほんの半時間ほどで、必要としていたデータを手に入れたのだ。彼が両手についた埃をはらう。

「外に出ましょうか、卿？」

ダーシー卿がうなずき、ふたりは死体置場の出入口へ足を向けた。ドアのそばに、五十代なかばの小柄な男が立っていた。ごま塩頭で、細面、目は淡い青で、鼻は鷹のくちばしのような奇妙なかたちをしている。その足もとの床に、マスター・ショーンのものとよく似た、シンボルの描かれた旅行鞄が置かれていた。

「こんにちは、ご同輩」甲高い声で男が言った。「わたしはマスター・ティモシー・ヴィドー」小さくおじぎをする。「こんにちは、卿。どうか、ご気分を害されませんよう。どうしても、あなたがたの検分作業を拝見したかったのです。法魔術はわたしの専門分野ではないのですが、以前から興味がございまして」

「わたしはショーン・オロックリン」ずんぐりした小柄なアイルランド人魔術師が言った。

「こちらはわが上司のダーシー卿です」

「はい、存じあげております。バートラム隊長に教えていただきましたので。恐ろしいことではございませんか？　キャンバートン卿があんなふうに殺されるというのは」

しゃべりながら、ほかのふたりに歩調を合わせて歩きだし、街路へと向かう。

「あなたはお仕事のなかで相似分析をずいぶんよくお使いのようですね、マスター・ショーン？　それは、わたしにはまったくなじみのない技法でして。防御呪文、忌避呪文、修復——といったようなものがわたしの専門なのです。つまり、家を守るための仕事というわけで。あなたのお仕事のようなわくわくさせられるものではないですが、わたしは気に入っております。なんであれ、満足感が得られればじゅうぶんということです。ただ、ご同輩がどんな仕事をなさっているのか、知りたいと思いましてね」

「では、マスター・ショーンの仕事ぶりを見るために出向いてこられたと、マスター・ティモシー?」ダーシー卿は、頭のなかで考えていることはおくびにも出さず、淡々とした口調で尋ねた。

「いえ、ちがいます、卿。バートラム隊長に頼まれて、やってきたのです」マスター・ショーンに目をやって、くくっと笑う。「この話を聞いたら、きっと笑いたくなりますよ。彼は、憲兵隊兵舎の厨房が全兵士の食材をまかなえるほど大きな食品保存装置を購入するとしたら、どれほどの費用がかかるかを知りたがったんです!」

マスター・ショーンが小さく笑って、応じる。

「言ってはなんですが、隊長にその費用を教えたら、彼は旧式の氷室を使いつづけることに決めるでしょうね。その話からすると、あなたはこの土地の販売代理人をしておられる?」

「はい。ただ、残念ながら、まだろくに儲かっていないのですよ。売れたのはひとつだけで、もうそれ以上は売れそうにありません。値段が高すぎましてね。ささやかな手数料は入りましたが、大きな利益が見こめるのは保守業務のほうなんです。それの呪文は六カ月かそこらごとに強化しなくてはいけませんので」

マスター・ショーンが愛想のいい笑みを向ける。

「それは興味深い。その呪文はきっと、興味深い構成になってるんでしょうね」

マスター・ティモシーが笑みを返した。

「ええ、じつに興味深いもので。そのことをあなたと論じあいたいところなんですが……」

マスター・ショーンの顔つきが、真剣に耳をかたむけるような感じに変わる。

「……あいにく、マスター・サイモンはその手法のすべてを秘密にしておりまして」

「そうではないかと思っていましたよ」ため息をついて、マスター・ショーンが言った。

「横やりを入れるようだが、なんの話をしているのか教えてもらえるかね?」ダーシー卿は尋ねた。

「おっと、失礼しました、卿」マスター・ショーンがあわてて言った。「業界の内輪話でしてね。ロンドンのマスター・サイモンが、食物を腐敗から守るための新たな基本理論を考案しましてね。個々の食品に——たとえば、大手ワイン商が個々のワイン樽にそうしているように——呪文をかけるのではなく、特別な構成の呪文をかけて、そのなかにおさめられたものを腐敗から守るというやりかたを創出したのです。物品にではなく、空間に、魔法が施された性質を持たせるという発想ですね。ただ、その手法による防腐処置は、まだとても高くつきます」

「そういうことか」ダーシー卿は言った。

マスター・ショーンがその声の響きを聞きつけて、言う。

「いまは業界の話をしている場合ではないですよ、マスター・ティモシー。ええと……ダーシー卿、わたしはあそこの戸締まりのぐあいを調べに行くことにしましょうか？　マスター・ティモシー、もし一時間ほど体が空いているようなら、つきあってもらえませんか」

「戸締まり？」とマスター・ティモシー。

マスター・ショーンが、家具職人の仕事場の戸締まりのことを説明した。

「いいですとも、マスター・ショーン」とマスター・ティモシー。「力になれるのなら、なんでもよろこんでやらせてもらいましょう」

「いい思いつきだ」ダーシー卿は言った。「データが得られしだい、大司教様の館に来てくれ。きみの助力に感謝するよ、マスター・ティモシー」

「いいえ、お力添えできて光栄です」鷹のような鼻をした小柄な魔術師が言った。


館の静かな居間で、大司教がダーシー卿に、ひとりの痩せた男を紹介しようとしていた。男は顔色が悪く、淡い茶色の髪をオールバックにしているために、高いひたいがあらわになっている。灰色を帯びた青い目と、人好きのする笑みの持ち主だ。

「ダーシー卿」大司教が言った。「サー・トマス・ルソーをご紹介しましょう」

「お会いできて光栄です」サー・トマスが笑みを浮かべて言った。

「こちらこそ光栄です」とダーシー卿は応じた。「あなたの一般向け解説書『シンボリズム、数学および魔術』を、興味津々で読ませていただきました。残念ながら、専門的なご著作はわたしの手にあまりますが」

「それは、どうもありがとうございます」

「ご用の向きがないようなら」大司教が言った。「わたしはこれにて失礼し、あとはおふたかたにお任せしましょう。ちょっと急を要する用件がありますので」

「どうぞ、大司教様」ダーシー卿は言った。

大司教が立ち去って、ドアが閉じられたところで、ダーシー卿は、腰かけるようにとサー・トマスに手をふった。

「われわれがここで会っていることはだれも知らないのでしょうね？」彼は言った。

「もちろんですよ」とサー・トマス。唇をゆがめて笑い、片方の眉をかすかにあげてみせる。「国王の特別捜査官と会ったことをアルビオン協会の中枢部が知ったら、わたしは喉を掻き切られるはめにはならなくても、二重スパイとしての役割を果たせなくなってしまいますからね。大聖堂の地下納骨所からこの館の地下室に通じているトンネルを使って、やってきたのです」

「大聖堂に入るところを見られたかもしれませんね」

「それは、彼らも気にかけないでしょう」軽く片手をふって、サー・トマスが言った。

「アルビオン協会が非合法化されて以来、会員たちはうわべを繕うことを求められているのです。たとえキリスト教を信じていなくても、教会から身を遠ざけるのは無用な関心を招くだけということで」また唇をゆがめて笑う。「まあ、そんなものでしょう？　わたしは、異端のドルイド教を信仰し、狂信者のささやかな集会でキリスト教の信仰を声に出して非難する男と見なされている。そんな男が、うわべを繕うことを求められて、それができるのであれば、彼ら異端の者たちが――そのほんとうの活動を隠蔽するために――キリスト教を信仰しているふりをすることができないわけがない。両者のちがいは、法の内側と外側のどちらに身を置いているかというだけのことでしょう」

「わたしの考えでは」ダーシー卿は言った。「そのちがいは、国王と国家の側か、それに敵対する側のどちらかということでしょう」

「いやいや」サー・トマスがきっぱりと首をふった。「それはあなたの考えちがいです、卿。聖古代アルビオン協会は、あなたやわたしと同様、国王と国家を強く支持していま す」

ダーシー卿はベルトのパウチに手を入れて、陶器のパイプと煙草の包みを取りだし、火皿に葉を詰め始めた。

「わかりやすく説明してもらえますか、サー・トマス。ここはどうしても、アルビオン協会のことを――その活動と理論の両方を――詳しく語ってもらわねば」

「では、理論から、卿。アルビオン協会は、ブリトンを中心とするこの島々には、ある神が――全人類に平和と充足をもたらす、ひとつの神が――おいでになると信じているひとびとの集まりでして。それをもたらすためには、もともとこの島々に住んでいたひとびとの――シーザーの侵攻があった紀元前五五年当時にこの島々に住んでいたケルト人の――風習と信仰に立ちかえらねばならないということです」

「ケルト人はほんとうに、この島々の先住民でしたかね？」ダーシー卿は疑問をさしはさんだ。

「しばしご辛抱を、卿」サー・トマスが丁寧に応じた。「わたしは、アルビオン協会が公式に信じていることをご説明しようとしているのです。人間の行動は、なにがほんとうに真実なのかではなく、その個人がなにを信じているのかをもとに判断しなくてはいけないでしょう」

ダーシー卿はパイプに火をつけながら、うなずいた。

「お詫びします。つづけてください」

「ありがとうございます。彼らの教義については、汎神論に基づくものと言えるでしょう。神はたんなる三位一体《さんみいったい》ではなく、無限に存在する。彼らの信念では、キリスト教の見解はまちがってはいないが、限定されている。神はひとつ――それは正しい。ただし、それは三位一体をはるかに超える存在である。それは、無限にある神がひとつになったものである。彼らの信念では、キリスト教の三位一体説は誤りであり――同時に正しくもある。その言説はこのようなものです。イングランドの浜辺には三つの砂粒があるだけだが――」彼は両手を大きくひろげた。「――世界には、木に、岩に、動物に、ありとあらゆるもののすべてに、精霊が満ちあふれている……いまは適切な語が思いつかないので、〝精霊〟と呼んでおきましょう。さらにまた、それぞれの精霊は知性を宿し――われわれはたいていの場合、それらの知性を推しはかることができないが、知性を宿しているのはたしかである。それぞれが個としてあり、〝善〟から〝悪〟に至る連続的領域のどこかに属している。強力なものもあれば、そうでないものもある。なかには、木の精《ドリュアス》のように、人間が肉体と結びついているのと同様、特定の物体に固定的に結びついているものもある。そうでないものは〝自由霊〟で――それらは〝幽霊〟や〝悪霊〟、あるいは〝天使〟と呼ばれたりもする。それらの一部は――ではなく、その大半は――直接的、もしくは別の精霊を通じて間接的に、制御することができる。なだめたり、抱きこんだり、脅したりすることができる。

そして、古代ブリトン人は、それらの精霊をなだめたり、抱きこんだりして――どう表現するかはご自由ですが――制御するための秘密を知っていた。ドルイド教のブラザーフッド――つまり、アルビオン協会の中枢部もまた、そうであるように思われます。少なくとも、彼らは下位の会員たちにそう語っています。その大半は、自称するところによれば、

〈血族〉で——スコットランド、アイルランド、ウェールズ、ブルターニュ、オークニー諸島、マン島といった土地の出身者です。彼らは純粋なケルト人――というか、そうであると主張しています。ただし、アングロ・サクソン人やノルマン人やフランク人の末裔が会員として認められることも、ときにはあります。それ以外の種族が入会を許可されることはありません。

彼らは国家のためにならないとお考えにならないように。彼らは国家のためと思っているのです。われわれはいつか、この世界を統べることになっている。イギリス諸島の王は、いつかこの地球全体を支配する帝国の統治者となるべく運命づけられている。そして、その王とはいかなる存在か？　彼は守護者、魔法の盾、〝悪霊〟の大群が世界を覆って民衆の人生を惨めなものにするのを妨げる護符なのです。王は嵐を静まらせ、地震を防ぎ、疫病の発生と蔓延を妨げ、臣民をあらゆる危害から守る。

彼らは王のため、国家のためと思っている――ただし、その方法は、あなたやわたしが考えるのとはいささか異なっているのです」

「興味深い」考えながらダーシー卿は言った。「彼らは嵐や寒気といったものがイギリスを襲うことをどのように説明しているのでしょう？」

「それは、国王陛下の過ちによるものということです」とサー・トマス。「国王が正しく身を処さなければ、言い換えるなら、古代の信仰に従わず、ドルイド教の教義を守ろうとしなければ、〝悪魔〟が防御を突破してくるのだと」

「なるほど。そして、その教義のひとつに、国王は、ブラザーフッドが必要と感じたときにみずからの命をささげねばならないというものがあるのですね？」

「それはちょっとちがいます、卿」とサー・トマス。「〝彼らが必要と感じたとき〟ではなく——危険が迫ったときにかぎってです。もしくは、七年ごと。どちらが先に来るかということです」

「王以外の人身御供は？」

サー・トマスが顔をしかめた。

「わたしの知るかぎりでは、人間が生け贄にされたことはありません。ですが、彼らの集会には必ず、なにかの動物の儀式的殺害が含まれます。どんな動物になるかは、季節や、集会の目的によって、そのつど変わります」

「それはすべて完全な非合法行為ですね」ダーシー卿は言った。

「まさしく」とサー・トマス。「わたしの得た資料類と報告書はすべて、大司教様のお手元にあります。必要な証拠がそろいしだい、彼らを一網打尽にすることができるでしょう。彼らの教義の有害さは度を超えています」

「なかなか熱の入ったお話しぶりですね、サー・トマス」

「当然です。迷信は、下層階級のひとびとに心の混乱を引き起こす大きな要因となります。

彼らは毎日、魔術師が科学的手法を用いるのを見ていても、迷信と科学の区別がつけられないために、ありとあらゆる愚かなものごとを信じるようになってしまう。そうであるからこそ、われわれはえせ魔術師、悪しき魔法使い、魔女、黒魔術師、そして不法結社の活動を防止しなくてはならないのです。ひとびとは病気になると、しかるべきヒーラーのもとへではなく、魔女のところへ出かけていく。魔女は黴《かび》の生えたパンを傷口に押しつけて、意味のない呪文を唱えたり、心臓の悪い患者にジギタリスだのなんだの、その疾患とはシンボル的に無関係なハーブを煎じたティーを飲ませたりする。はっきりと申しあげますが、その種の行為は撲滅されねばならないのです！」

理論魔術師は、斜に構えたような態度をかなぐり捨てていた。この案件にひどく思い入れが強いらしい、とダーシー卿は思った。もちろん、免許を持つヒーラーたちも、ときには各種のハーブや薬物を使いはするが、通常は〈魔術の法〉に適う科学的で厳密な手法を用いるものであり、たいていの場合、〃ヒーリング技法〃の象徴である〃手当て療法〃を採用する。聖職者のヒーラーではなく、〈教会〉に属してもいない人間を信用して健康を委ね、痛みや病を取り除いてもらおうとするのは、みずからの生命を放棄するようなものなのだ。

「アルビオン協会を壊滅させる必要があることに疑いの余地はないですが、サー・トマス」ダーシー卿は言った。「あなたにはまだ、暗殺決行の時が迫っていることを国王陛下におなぜになる意図はないということですね。なんにせよ、わたしとしては彼らを一網打尽にするのを待ってはいられません。わたしはキャンバートン卿殺害事件にのみ目を向けていますので」

サー・トマスが立ちあがり、両手を上着のポケットにつっこんで、壁に飾られているタペストリーをむっつりと見つめる。

「キャンバートン卿の死を耳にしてからずっと、あのことが気にかかっておりましてね」

「あのこととは？」

「タイセイの染料――たしか、染料はタイセイですよね、卿？」

「そうです」

「それがアルビオン協会を指し示しているのは明らかです。その中枢部には〝タレント〟を持つ者が何人かおり――訓練はろくにされず、用い方も誤ってはいますが、彼らが〝タレント〟を持っていることはたしかです。この世に〝タレント〟の誤用を見せつけられることほど嘆かわしいものはない。それは犯罪行為なのです！」

ダーシー卿は同意のしるしに、うなずいてみせた。サー・トマスが怒る理由はよくわかる。理論魔術師は、自身は目立つほどの〝タレント〟は持ちあわせていないものだ。彼は仮説を立て、ほかのだれかに実験をおこなわせる。実験を提案し、訓練を受けた実践魔術師にそれを実行させる。それでもなお、サー・トマス・ルソーは、自分自身が実験をすることができればと痛切に願っているのだ。そんなわけで、自身は持ちあわせていない〝ダレント〟を他者が誤用するのを見せつけられるのは、彼にすればきわめつきの苦痛であるにちがいない、とダーシー卿は思った。

「困ったことに」サー・トマスがつづけた。「わたしはなんの手がかりも持ちあわせておりません。キャンバートン卿を殺害しようというたくらみがあったことも知らなかったのです。アルビオン協会がなぜ彼の死を望むようになったのか、さっぱりわかりません。もちろん、それはなんの意味もないとか、そのような理由は存在しなかったとかと申しあげるつもりはありませんが」

「では、彼はアルビオン協会の活動を捜査していたのではなかった？」

「ええ、わたしの知るかぎりでは。もっとも、アルビオン協会と関わりを持つ人物の個人的活動を捜査していたということはありえますが」

ダーシー卿は、パイプの火皿から立ちのぼる煙をながめながら考えた。

「では、キャンバートン卿がなにかを明るみに出そうとしていたために、その仮想の人物はアルビオン協会の人的あるいは物的資源を利用して、彼を排除したのかもしれないと？」

「それはありえます」とサー・トマス。「ですが、その場合、その人物は中枢部にいるかなり高位の者でなくてはならないでしょう。それに、高位の人物であっても、個人的動機で人殺しをするとは思えません」

「必ずしも個人的動機とはかぎらない。たとえば、キャンバートンはこの街のだれかがポーランドの工作員であることを突きとめたが、そのだれかがアルビオン協会とつながりを持つことは知らなかったとしたら？」

「それはありえますね」サー・トマスがくりかえした。見つめていたタペストリーから目を離し、ダーシー卿のほうへ向きなおる。「その場合、その人物はほかのポーランド工作員たちと組んで、キャンバートン卿を始末しようとしたかもしれない。しかし、その線を追っても、収穫はないでしょう。わたしは何カ月かこの仕事をしてきましたが、中枢部のだれかが実際にポーランド工作員であることを示す証拠はまったくつかめなかった。しかも、中枢部を構成する七名のなかに、いまだに身元を特定できない者が少なくとも三名はいるのです」

「ずっと姿を隠している？」

「ある意味では。集会のとき、会員たちは、修道院の慣習と同様、白のガウンと白の頭巾を着用し、一方、中枢部の者たちは緑のガウンと頭巾を着用します。それらの頭巾は、両目の部分に穴が開けられているだけで、頭部をすっぽりと覆い隠します。おそらく、彼らの素性はだれも知らないでしょう。わたしはそのうちの四名の身元を確認し、五人めについてもおおよそのところは突きとめています」

「それなら、身元を特定できない者が少なくとも三名はいるとおっしゃったのは、なぜです？　なぜ多めになさったのか？」

サー・トマスが笑みを返す。

「彼らは抜け目のない連中でして、卿。集会には、つねに七名の緑のガウンの人物が現われます。しかし、中枢部の実数はもっと多く、ことによると一ダースにおよぶかもしれません。どの集会でも、中枢部の者のなかで、緑のガウンを着用するのは七名で、ほかは白のガウンを着用します。彼らは交代でガウンを替えることによって、中枢部ではない会員たちに、マスターだれそれは集会でふつうの白のガウンを着ているのを見たから、中枢部のメンバーではない、と思わせるように仕向けているのです」

「のみこめました。つまり、ある集会に全会員が参加することはけっしてないというわけだ」ダーシー卿は言った。「そうしておかないと、消去法によって、いつかはそのごまかしが露見してしまうでしょう」

「そのとおりです、卿。会員は、日付と時刻、場所を通知されるだけなのです」

「集会は通常、どこで開かれます？」

「森のなかで。近辺に小さな森がいくつかありまして。安全このうえないところです。集会のときは、憲兵隊がやってきたらすぐに警報が出せるように、周囲に見張りが配置されます。一般市民はそばに寄りつかず、集会のことを王国の法執行官にしゃべることはけっしてありません。彼らはアルビオン協会を死ぬほど恐れていますので」

「つねに七名とおっしゃいましたね。なぜ七名なのでしょう?」

サー・トマスが冷ややかに笑う。

「それもやはり迷信です。七は神秘数と考えられています。魔術師なら、たとえ見習いの者でも、普遍的なシンボル数は五しかないと断言するでしょう」

「わたしもそのように理解しています」ダーシー卿は言った。「無生物界には五を忌避する傾向があると」

「そのとおりです、卿。五面体の水晶は存在しない。五種ある正多面体のひとつである五角十二面体も、自然発生はしない。難解な数学を持ちだして退屈させるつもりはありませんが、わたしが先ごろ発見した定理が正しければ、数的宇宙における仮説的〝基本的立方体〟には――名称はほかのなにかでもよいのですが――五の集合体はありえません。そのような集合体から成る宇宙は、ほんの一瞬で崩壊してしまうでしょう」彼は笑みを浮かべた。「言うまでもなく、そのような〝立方体〟は、もし存在するとしても、どこまでも仮説上のものです。というのも、それらはきわめて小さく、もっとも強力な顕微鏡を用いてすら観察することができないからです。数学的な線分の上に数学的な点を見つけだそうとするようなものでして。このような記号的抽象論は議論としてはとてもうまくまとまりますが、実際に物質として存在するかどうかはおおいに疑わしいのです」

「わかりました。しかし、生物界には――？」

「生物には五をかたちづくるものがあります。海星《ヒトデ》。多種の花々。ひとの手足の指。五というのは、とても有力な数字として取り扱われており、その証拠に、魔術の流派の多数が五角星形《ペンタクル》もしくは五芒星形《ペンタグラム》と呼ばれる図形を用いています。六もまたよく用いられる数字で、魔力《ヘックス》という語は、ソロモン王が紋章にした六芒星《ヘキサゴン》に由来します。しかし、それはヘキサゴンに相当する六角形が、自然界において生物と無生物を問わず、存在するからです。雪の結晶や、蜜蜂の巣の構造といったようなものがそうです。五ほど強力ではないですが、有力ではあります。しかしながら、七という数字にはほとんど価値がありません。その有用性は無に等しいほど限定されたものです。『使徒ヨハネの黙示録』では、七は完全数という象徴的な意味を担っており――」そこで、サー・トマスは苦笑いして、だしぬけにことばを切った。「失礼しました、卿。気をつけていないと、ついつい衒学《げんがく》的な話になってしまうきらいがありまして」

「なんでもないですよ。興味津々でお聞きしていました」とダーシー卿は応じた。「それはともあれ、わたしの頭にある疑問はこのようなものです。キャンバートン卿が奇怪な儀式の生け贄であった可能性はあるのか？」

「それは……わたしには……わかりません」サー・トマスが考えこみながら、ゆっくりと答えた。しばらく眉根を寄せて思案したのち、口を開く。「可能性はあると思われます。

しかし、そうであったとすれば、キャンバートン卿自身が中枢部の一員だったことになりますね」

「どうしてです？」

「生け贄は、みずから進んで死ななくてはならない。そうでなければ、生け贄としての価値はないのです。たしかに、このところ——ポーランド工作員の画策によって——国王の場合は例外にしようという声が出てはいます。しかし、その声はそれほど強く支持されてはいません。支持者の大半は狂信者に惑わされているだけで——本来はとても誠実なひとびとです。カジミェシュ九世はひとびとの信条を変えさせようとしているのでしょうが、それは彼が期待しているほどかんたんなことではありません。もしあのポーランド国王が、婚儀というのは、花嫁が銃を突きつけられ、意に反して結婚を承諾するのが正しく神聖な儀式なのだと聞かされたら、愕然として、だれがそんな話を信じるものかと言うでしょう。にもかかわらず、彼は、ドルイドの教義を非ドルイド教徒に信じこませるのはいともたやすいと考えているらしい。あのポーランド国王はけっしてばかではないにせよ、盲点がいろいろとあるのでしょうね」

「では、キャンバートン卿が」ダーシー卿は問いかけた。「中枢部の一員だった可能性はあるでしょうか？」

「本音を言えば、そうだったとは思いませんが、可能性はあるでしょう。それについては、わたしの書いた報告書をお読みになるのがよろしかろうと存じます。大司教様がその写しのすべてをお持ちになっておられます」

「名案ですね、サー・トマス」とダーシー卿は応じて、椅子から立ちあがった。「既知の会員のリストと、疑わしい人物のリストを手に入れたいと思っていますので」

彼は腕時計に目をやった。亡きケント公の家族と会う予定の時刻まで、まだ二時間半ある。じゅうぶんな時間だろう。

「どうぞこちらへ、卿。ご家族の皆様とサー・アンドルーがお目にかかります」お仕着せ姿の執事が言った。

ダーシー卿は執事に案内されて長い廊下を歩き、亡き公爵の家族が待っている部屋に向かった。

公爵とその夫人、そしてその息子とは、社交の場で会ったことがある。だが、娘のレディ・アンと、公爵夫人の兄にあたるサー・アンドルー・キャンベル＝マクドナルドとは会ったことがない。

亡き公爵自身は、人情味はあるが、きまじめで、ユーモアはあまり解さなかったものの、厳格でも非情でもなかった。帝国の全土で、とりわけその領地において、尊敬され、敬愛される人物だった。

ケント公未亡人のマーガレットは、夫より二十数歳若く、一九四四年に結婚したときはまだ二十一歳だった。故サー・オースティン・キャンベル＝マクドナルドのふたりめの子であり、唯一の娘でもある。快活で、知性が高く、いまでもまだ、じつにきりっと美しい女性であり、この二十年というもの、物静かで背後に控えていることの多い夫の前に出て、活発に動き、人生を楽しんできた。陽気なパーティ、うまいワイン、うまい料理が好きという女性だ。ロンドンの有名な賭博クラブ、〈ウォーデン〉の数少ない女性会員のひとりでもある。

それなのに、その身辺に醜聞が立つことはいっさいなかった。彼女は、不道徳なふるまいではないかと疑われたり、彼女自身や家族のつらよごしになったりするような状況を、注意深く避けていたのだ。

夫妻のあいだには、子どもがふたりいる。息子は十九歳のクウェンティン卿で、公爵家の跡取りだ。娘は十六歳のレディ・アンで、まだ学生だが、ダーシー卿の耳に入ったところでは、すでに美しいお嬢さんになっているらしい。ふたりはそろって、母親譲りの快活さを示しているが、行儀はきわめてよいという。

ケント公未亡人の兄サー・アンドルーは、世評によれば、おおらかで機知に富む魅力的な人物で、かれこれ二十五年近く、新世界の北の大陸、ニュー・イングランドで暮らしていたのだが、五年ほど前、まもなく六十歳になろうというころにイングランドに帰ってきたとのことだ。

公爵未亡人は、紋織物《ブロケード》の椅子に腰かけていた。きりっと美しい女性で、みごとに成熟した容姿の持ち主だが、詰めもので胸を盛りあげすぎているようなことはなく、豊かなとび色の髪に白髪は一本も見当たらない。表情に張りつめた感じが現われてはいるものの、目は澄みきっていた。

そのかたわらに、息子のクウェンティン卿が胸を張り、陰鬱な顔つきで立っている。ケント公爵位の法定相続人である彼は、すでに〝閣下〟や〝公爵〟の敬称で呼ばれてもよい身になっているが、国王によって地位が認定されないかぎり、所領である州の統治者とは見なされない。

うやうやしく、そこから少し離れて立っているのが、サー・アンドルー・キャンベル＝マクドナルドだった。

ダーシー卿はおじぎをした。

「奥方様、サー・アンドルー、このたびはかような状況でのお目通りとなりましたことを残念に思っております。ご承知のごとく、わたしは長らく公爵様の崇拝者でありました」

「痛み入ります、卿」と公爵未亡人が応じた。

「なおいっそう残念なことに」ダーシー卿はつづけた。「わたしがこちらに参りましたのは、個人の資格として亡き公爵様に弔意をささげるためだけでなく、捜査官としての務めを果たすためでもあるのです」

　若きクウェンティン卿が、軽く咳払いをした。

「弁解なさることはありません、卿。あなたの職務は理解しております」

「ありがとうございます、閣下。では、始めさせていただきます。みなさんが最後にキャンバートン卿を目撃なさったのはいつのことか、お聞かせください」

「三週間ほど前」とクウェンティン卿。「四月の下旬。彼が休暇でスコットランドに向かったときです」

　公爵未亡人がうなずく。

「土曜日でした。二十五日だったはずです」

「そうです」若き公爵が同意した。「四月の二十五日。それ以後、わたしたちはだれも彼の姿を見かけていません。生きている彼には、という意味です。憲兵隊長に依頼されて、遺体の身元確認はしましたした」

「わかりました。キャンバートン卿を亡き者にしたいという動機を持っていた人間に心当たりのある方は、おいででしょうか？」

　クウェンティン卿が目をしばたたく。が、なにも言えずにいるうちに、その母親が口を開いた。

「まったく思い当たりません。キャンバートン卿はとてもすばらしい方でしたので」

クウェンティン卿の表情に落ち着きが戻る。

「そう、そのとおりです。彼の命を奪おうという動機を持つ人間がいたとは思えません」

「申しあげにくいことですが」サー・アンドルーが口をはさんだ。「たしか、キャンバートン卿は多数の犯罪者を逮捕して、王立裁判所に送付したとか。聞くところでは、彼は一度ならず、暴力の危機にさらされたそうです。彼の捜査で犯罪が発覚して、刑務所送りになり、服役期間を終えて出てきた者が、彼の命を脅かしたらしい。そういう人間のだれかが彼をつけ狙っていた可能性があるのではないでしょうか？」

「その可能性はおおいにありますね」ダーシー卿は同意した。その線に関しては、すでにバートラム隊長と話しあっていた。国王の法執行官の死が捜査対象になった場合は、その線を探るのが定石になっている。「それはかなり真相に迫る解釈でしょう。しかし、わたしとしては、当然ながら、あらゆる方向性を探らねばなりません」

「もしかすると、あなたは」公爵未亡人が冷ややかな声で言った。「ケント家のだれかがこの恐ろしい犯罪に加担していたとほのめかしてらっしゃる？」

「なにもほのめかしてはおりません、奥方様」とダーシー卿は応じた。「わたしの仕事は、なにかをほのめかすことではありません。事実を明るみに出すことが、わたしの職務なのです。すべての事実が白日のもとにさらされたときには、ほのめかしや当てこすりは無用のものとなるでしょう。真実こそが、それがどういうものであるにせよ、つねに正しい方向を指し示すのです」

「おっしゃるとおりですね」穏やかに未亡人が言った。「どうかお許しを、卿。わたくしは疲労困憊しておりまして」

「妹の非礼を許してやってください、卿」よどみなくサー・アンドルーが言った。「最良の体調とはとても言えない状態でして」

「自分のことは自分で言えます、アンドルー」と未亡人が言い、しばし目を閉じたのち、「ええ、兄の言ったとおりです、卿」とつづけた。「このところ、思わしくない状態がつづいております」

「お許しを願うのはこちらのほうです、奥方様」ものやわらかにダーシー卿は言った。「つらい思いをなさってらっしゃるときに、お心を乱させるようなことはしたくありません。この場でのわたしの職務は、ひとまず終わりにしたいと存じます。なにか、わたしが個人的にお役に立てることはございますでしょうか？」

　未亡人がまた目を閉じる。

「親切なお申し出に感謝しますが、当座はなにもございません、卿。クウェンティン？」

「当座はなにもございません」クウェンティン卿が同じことを言った。「もしなにかお力を借りたいことができましたら、こちらからお知らせしますので」

「では、奥方様のお許しを得て、退出させていただきます。重ねて、お詫び申しあげます」

執事に案内されて、広大な玄関へと廊下を歩いていく途中、かたわらの戸口からひとりの少女がだしぬけに歩み出てきて、ダーシー卿の前に立ちふさがった。すぐに、だれと見分けがついた。彼女は母親にとてもよく似ていたのだ。

「ダーシー卿？」若々しい澄んだ声で、彼女が言った。「わたくしはレディ・アン」

彼女が片手をさしだしてくる。

ダーシー卿はかすかな笑みを返して、おじぎをした。うら若きご婦人の手にキスをするのは、近ごろはちょっぴり古風なことと見なされるだろうが、十六歳になったレディ・アンは、自分はもうすっかりおとなになったと感じていて、それをしてほしいと思っているらしい。

が、彼女の手を取ったとき、片手がさしだされたのには別の理由があったことがわかった。ダーシー卿は彼女の手の甲に唇を押しあて、

「光栄です、マイ・レディ」と言いながら、彼女の手のなかにある折りたたまれた紙片を、器用に掌に丸めこんだ。

「あなたをきちんとお迎えできなくてごめんなさい、卿」落ち着いた声で彼女が言った。「体調がすぐれなくて。ずっとひどい頭痛がつづいているんです」

「なんでもありませんよ、マイ・レディ。きっと、お加減もすぐによくなるでしょう」

「ありがとう、卿。では、また――」

彼女がかたわらを通りすぎていく。ダーシー卿はふりかえらずに歩きつづけたが、あの部屋に残っている三人のうちのだれかがドアを開けて、自分とレディ・アンのやりとりを観察していたにちがいないと思っていた。

公爵の宮殿の表門を出たところで、彼はようやく折りたたまれた紙片を開いて、目を通した。

こう記されていた。

〝ダーシー卿、あなたにお話ししなくてはならないことがあります。六時に、大聖堂の聖トマス廟《びょう》のそばで、お待ちします。お願いです！〟

署名は、〝ケント家のアン〟となっていた。

五時半になった。ダーシー卿は大司教の館にある自分の部屋で椅子に腰かけて、マスター・ショーンの報告に耳をかたむけていた。

「あなたのご指示どおり、マスター・ティモシーとともに、あの家具職人の仕事場の錠とかんぬきを調べてみました。ちゃんとした呪文がかけられていましたよ、卿。それ相応のしっかりした仕事がされていました。もちろん、わたしなら、どれでも開けることができたでしょうが、とにかく、開けるにはやりかたを心得た魔術師がいなくてはならないというわけです。そこらの泥棒にはやってのけられませんし、アマチュアの魔術師でもむりです」

「で、どんな状態だったんだ?」ダーシー卿は尋ねた。

「マスター・ティモシーとわたしに判断できるかぎりでは、破られた呪文はひとつもなかったですね。もちろん、だからといって、手がつけられなかったとはなりません。有能な錠前職人なら、痕跡を残さずに錠を解いて施錠しなおせるのと同様、有能な魔術師なら、痕跡を残さずに、呪文を解き、またかけなおすということができるでしょう。といっても、一流の魔術師でなくてはいけないでしょうが」

「そうか」ダーシー卿は考えこむような顔になった。「ギルドの登録簿はあたってみたのか、ショーン?」

マスター・ショーンが笑みを浮かべる。

「真っ先にやりましたよ、卿。魔術師ギルドの登録簿を調べたところでは、カンタベリーには、その仕事をやってのけるのに必要な技能を持つ者はたったひとり——むろん、わたしは別としてですが」

「きみは別というのはわかりきったことだよ、ショーン」笑みを返して、ダーシー卿は言った。「たったひとり? となると、明らかに、あの——」

「そのとおりです、卿。ほかでもないマスター・ティモシーがそうです」

ダーシー卿は満足げにうなずき、パイプをたたいて、火皿の燃えがらを落とした。

「いい仕事をしてくれた。またあとで会おう、マスター・ショーン。わたしはいまから、ちょっとした捜査のために出かけなくてはならない。もっと事実をいろいろとつかむ必要があるのでね」

「それをつかむのに、どこへお出かけになるつもりなんです？」

「教会だよ、マスター・ショーン。教会」

ダーシー卿は歩み去り、マスター・ショーンはけげんな面持ちでその後ろ姿を見つめた。あれはどういう意味なのか？

「たぶん」マスター・ショーンは冗談半分に、ひとりごとをつぶやいた。「全能の神に、だれが犯人なのか教えてくださいとお願いに行ったんだろう」


大聖堂には、ほとんどひと気がなかった。宝石がちりばめられた壮麗な聖トマス・ベケット廟で祈りをささげている女性がふたりいて、ほかの廟にも二、三の人影があるだけだった。夕暮れの日射しが残ってはいるものの、古風な教会はすでに薄闇に包まれていた。ステンドグラスを通してほぼ水平に射しこむ陽光が、向かい側の壁面を照らしてはいるが、床のあたりはかなり暗くなっている。

廟に近づいていくと、ひざまずいて祈っているふたりの女性のひとりがレディ・アンで待った。そちらへ歩いていく。

あることがわかってきた。ダーシー卿はその二、三ヤード手前で立ちどまって、待った。少女が祈りを終えて立ちあがり、まわりに目をやって、ダーシー卿を目に留め、まっすぐそちらへ歩いていく。

「来てくださってありがとう、卿」小声で彼女が言った。「お会いするのにこんなやりかたしかできなくて、ごめんなさい。家族の者はみんな、わたしをあなたに引きあわせないほうがよいと考えているんです。わたしのことを、英雄崇拝のおばかさんだと思いこんでいて。でも、ほんとうはそうじゃありません——もちろん、あなたのことはとてもすばらしいお方だと思っていますけど」大きな灰色の目でこちらを見あげる。「あのね、ダーシー卿、あなたのことはなんでも知ってるんですよ。レディ・イヴォンヌが学友なんです。彼女、あなたは帝国随一の捜査官だと言っていました」

「そうなるように努力はしていますがね、マイ・レディ」とダーシー卿は応じた。

ルーアン侯の令嬢イヴォンヌとはほんの数語、ことばを交わしたことがあるだけだが、どうやら彼女はいかにも女学生らしく、この自分にのぼせあがっているようだ——そしてレディ・アンのまなざしからして、その症状が彼女にも伝染しているように見えた。

「キャンバートン卿殺人事件の解決が早まるのは、だれにとってもよいことなんでしょう？」レディ・アンが問いかけた。「あなたをお助けくださいますようにと、聖トマスにお願いしました。聖トマスは当然、殺人事件の真相をご存じなのではないでしょうか？」

「ええ、そうだと思いたいですね、マイ・レディ」とダーシー卿は応じた。「この事件を解決するには、わたしが聖トマスに特別な執り成しをお願いする必要があると感じてらっしゃる?」

レディ・アンがびっくりしたように目をしばたいたが――すぐ、この背の高い男が鉄灰色の目をおもしろそうに輝かせていることに気づいて、笑みを返してきた。

「そうは思いません。お祈りというのは、そのようなことのためにするものではないでしょう。それに、あなたがほんとうに必要となさらないかぎり、聖トマスがあなたをお助けになることはないでしょうし」

「赤面の至りで、マイ・レディ」まったく赤面することなく、ダーシー卿は言った。「これは請けあいますが、聖トマスとわたしのあいだに職業的嫉妬というものは存在しません。わたしは正義のために働いているということで、天は、わたしがお願いするかどうかにかかわらず、助力をしてくださることがしばしばでして」

急にまじめな顔になって、彼女が言う。

「天があなたのお仕事に干渉なさることもあるのでは? つまりその、神のお慈悲ということで?」

「たぶん、ときには」大まじめにダーシー卿は答えた。「しかし、それは〝干渉〟と呼ぶべきではないでしょう。それより、〝憐れみの啓示〟と呼ぶほうがふさわしい――その意味はおわかりですね、マイ・レディ」

彼女がうなずく。

「理解したと思います。はい、よく理解しました。そのことばをお聞きしてよかったと思っています、卿」

ダーシー卿の脳裏をある思いがよぎった。レディ・アンはだれかに――罰を受けさせたくないと願っているだれかに――疑いをかけているのではないだろうか。いや、必ずしもそうとはかぎらないのでは？　たんに、彼女は情け深いというだけのことか？

答えはいずれわかるだろう。ダーシー卿は自戒した。いずれ、いずれわかるだろう。

「あなたとお話ししたいと思ったのは」レディ・アンが小声でつづけた。「わたくしが手がかりをひとつ、見つけたように思ったからなんです」

ダーシー卿には、彼女が〝手がかり〟の語を強調して言ったように聞こえた。

「ほんとうですか、マイ・レディ？　詳しく話してください」

「あの、じつのところ、手がかりはふたつでした」彼女がさらに声を落とし、陰謀をささやくような調子で話しだす。「ひとつめは、わたくしが目撃したものです。前の月曜日、十一日の夜、キャンバートン卿がスコットランドから帰ってきて、わたくしはその姿を目にしたのです」

「それは、なによりありがたい情報です！」ダーシー卿は勢いこみはしたものの、やはりささやき声で言った。「いつ、どこででしょう？」

「お城、つまり住まいで。かなり遅い――真夜中に近い時刻でした。そのすぐあと、零時を告げる鐘が鳴りましたから。その夜は眠れませんでした。父の容態がひどく悪くて、わたくしは――」彼女がことばを切り、唾を飲んで、涙を押しもどす。「心配で、眠れなかったのです。それで、窓の外を見ていたら――わたくしの部屋は三階にあるので――彼が横手の出入口から入ってくるのが目にとまりました。そこにはガス灯があって、夜間はずっと点灯されています。彼の顔がはっきりと見えました」

「彼が城に帰ったあと、なにをしたかはおわかりでしょうか？」

「わかりません。問題になるようなことをとは思えなかったので。そのまま部屋にいて、いつの間にか眠りこんでいました」

「そのあと、生きているキャンバートン卿を目撃なさったことはありますか？」

「ありません。そういえば、遺体を見たこともないですね。青く染められていたというのは、ほんとうなのですか？」

「はい、そのとおりです」ひと呼吸おいて、彼はつづけた。「もうひとつの手がかりというのはどういうものでしょう、マイ・レディ？」

「あのう、これになにか意味があるかどうかはわかりませんので、判断はあなたにお任せします。前の月曜日の夜、城に帰ってきたとき、キャンバートン卿は緑色の外套のようなものを腕にかけていました。ほかのなによりもそれに目を引かれたのは、彼はそのとき濃い青の外套を着ていたので、なぜ外套が二着も必要なのかしらと不思議に感じたからなんです」

ダーシー卿の目がわずかに細められた。

「そして――？」

「そして、きのう……わたくしがあまりすぐれない気分ですごしていたことはご理解いただけますね、卿。父とわたくしはとても仲がよかったので――」またちょっとことばを切って、懸命に涙を押しかえす。「それはさておき、きのう、廊下を歩いていたときのことです。そのとき、わたくしはしばらく、ひとりになりたいと思っていました。そこは西棟の廊下でした。お客様専用の棟で、その日はお客様はいらっしゃいませんでした。それなのに、煙のにおいが――木や石炭の燃えるにおいではなく、なにか妙なにおいがしてきたのです。煙の出どころをたどっていくと、客室のひとつに行きあたりました。だれかが暖炉の火を熾《おこ》していて、きのうもきょうと同じく、とても暖かくてよい日和でしたので、これはおかしなことだと思いました。燃え残りの灰は完全にかきまぜられていましたが、まだそこから煙が立ちのぼっていました。布が燃えたようなにおいのする煙だったので、これもまたおかしなことだと思って、火かき棒でちょっとつついてみたところ――こんなものが見つかったのです！」

見得《みえ》を切るような大げさな身ぶりで、ベルトのパウチからなにかを取りだし、親指と人さし指でつまんで、ダーシー卿のほうへ掲げてみせる。

「城の召使いのなかに、キャンバートン殺人事件にまつわる重要な事実を知っている者がいるはずなのです！」

彼女がさしだしたのは、周囲が焦げた緑色の小さな布切れだった。


マスター・ショーン・オロックリンが、大きな箱を小脇にかかえ、アイルランド人らしい丸顔に晴れやかな笑みを浮かべて、ダーシー卿の部屋に入ってくる。

「見つけてきました、卿！」得意げに彼が言った。「一軒の服地屋に、これがひと箱、置いてあったんです。ほぼ同じ色合いでしょう」

「これならうまくいくだろうと？」ダーシー卿は問いかけた。

「はい、卿」手近のテーブルに、マスター・ショーンが箱を置く。「ちょいと手間はかかるでしょうが、お望みの結果が得られるでしょう。それはそうと、途中で大聖堂の病院に立ち寄って、公爵様の検視をなさったヒーラーと話をしてきましてね。その神父様と手伝いをした外科医は同意見でした。公爵様は自然死で、毒物の痕跡はないとのことです」

「おおいにけっこう！　巧妙な殺人より自然死のほうが、わたしの仮説にうまく当てはまる」彼はマスター・ショーンがテーブルに置いた箱を指さした。「よし、その糸屑を見てみよう」

　マスター・ショーンがすぐさま箱を開く。そのなかには、細い緑色の繊維屑が縁のところまでぎっしりと詰まっていた。全部で数ポンドほどになるだろう。

「これがその糸屑でして。もとの布地の一部を切り刻んだ、細いリネンの屑です。なんの変哲もない糸屑ですが、われわれの目的に適うものは、これしかないというわけで」魔術師が周囲を見まわし、目当ての装置がそこに置かれていることに気がついた。「おや！　回転樽はあなたがすでにご手配ずみでしたか」

「ああ。大司教がご親切にも、われわれのためにと、桶屋に指示してつくらせてくださってね」

　それは、容量が十二ガロンほどの小さな樽で、片側の木枠にL字型のハンドル《クランク》がついており、そのクランクをまわすと樽が回転する仕組みになっていた。樽の反対側の部分はきっちりと蓋がされている。

　マスター・ショーンがクローゼットのほうへ足を運び、シンボルだらけの大きな旅行鞄を取りだした。それをテーブルに置き、なかからさまざまな物品を取りだしていく。

「さて、この過程にはかなり長い時間を要します、卿。この世でもっとも単純、といったようなものではまったくありませんので。マスター・ティモシーは、布地を織目もわからなくなるほど細かく切り刻む作業に協力したことを誇らしく思っていたようですが、あれはこの魔術のなかのいちばん単純な部分で、これからすることとは比較になりません。あの場合、彼が用いねばならなかったのは〝関連性の法則〟だけでした。一枚の布の切断された部分はたがいに強い関連性を有しているので、あの作業によってそれを断ち切ったのです。

そんなわけで、ご覧のとおり、この糸屑にはもとの布地との直接的関連性はまったくありません。この場合、用いねばならないのは〝代喩の法則〟――すなわち、一部は全体を表し、その逆も真という法則です。さて、どうなりますことやら。この樽は完全に乾燥しておりますね？」

しゃべっているあいだも、彼は作業をつづけていて、いまからかける呪文に必要な器具や材料をつぎつぎに取りだしていた。

ダーシー卿にとって、マスター・ショーンの仕事ぶりを観察し、段階を踏んでの詳しい説明に耳をかたむけるのは、つねに楽しいことだった。これまでも数かぎりなく傾聴してきたが、そのつど、なにか新たに学ぶこと、将来的に参考にするために記憶にとどめておくべきことが、必ずあった。

もちろん、ダーシー卿自身が魔術を用いられるようになるわけではない。彼にはそんな〝タレント〟もなければ、そもそもそんな意向もない。ではあっても、仕事にほんの少しでも関係する知識を持つのは、有用なことなのだ。

「さて、ご承知のごとく、卿」マスター・ショーンが話をつづけた。「毛糸を琥珀でこすってやると、繊維や紙の屑がくっついてきますし、ガラス棒で絹をこすってやっても、同じことになりますね。これもよく似た操作なのですが、力の加減と集中が必要になります。そこがむずかしい点でして。では、しばらくのあいだ、いっさい音を立てないようお願いします、卿」

マスター・ショーンが満足できるところまで実験の準備を完了するには、一時間近くが必要だった。糸屑と焦げた布切れに粉末をふりかけ、呪文を唱え、魔法の杖で宙にシンボルを描いていく。その間ずっと、ダーシー卿は物音ひとつ立てず、すわっていた。仕事中の魔術師をじゃまするのは、危険なことなのだ。

ようやく、マスター・ショーンが箱の中身を樽に移し、その糸屑のなかに緑色の布切れを置いた。樽に蓋をし、低い声でなにかを言いながら、ふたたび杖で宙にシンボルを描く。

そうしてから、彼が口を開いた。

「さて、ここからが退屈な部分になります、卿。この糸屑はかなり細かく切り刻まれてはいますが、それでも、少なくとも一時間半ほどは樽を回転させてやらねばならないでしょう。これは蓋然性の問題でしてね。布切れの焦げた断面は、かつてそこにつながっていた繊維にもっとも類似した糸屑を見つけだそうとします。その糸屑は、それにつながっていた糸屑を見つけだそうとし、さらにまたその糸屑は、という調子です。さて、物質は細かく分割するにつれ、分割されたものは似たり寄ったりになっていくという法則があります。純粋な物質、一例を挙げるならば、塩を究極の粒にまで分割すれば、すべての粒が同じものになるという学説が立てられています。気体の場合——いや、それはこの場ではどうでもよろしい。要するに、細かく切り刻まずに半インチ長の緑色の糸を使うと何トンもの量になり、それを詰めた大きな樽をまわすとなると、何日もかかるということです。数学的な説明で退屈させるつもりはありませんが、とにかく、これには時間がかかりますので——」

ダーシー卿は笑みを浮かべ、片手をあげて制した。

「いくらでも待つよ、親愛なるショーン。わたしはきみを高く評価しているんだ」

思いだせば、先ごろ、自分が国王に同じようなことを言われたのだった。ダーシー卿は呼び鈴の紐を引いた。

ドアをノックする音がし、ダーシー卿が「どうぞ」と応じると、修練士のローブをまとった若い男がおずおずと入ってきた。

「平修道士《ブラザー》のダニエルだね？」

「は、はい、そうです」

「ブラザー・ダニエル、こちらはマスター・ショーンだ。マスター・ショーン、修練指導者から、このブラザー・ダニエルがささいな規律違反を犯したという知らせを受けてね。

その罰として、彼は単調な仕事を二時間することになった。きみは免許を持つ魔術師で、そういうことをさせる特権を持っているから、もしこのブラザーにやる気があるようなら、きみが彼に罰を与えても不当な処置とはならないだろう。きみの気持ちはどうかね、ブラザー・ダニエル？」

「なんでもやらせていただきます、卿」若者がへりくだって言った。

「おおいにけっこう。きみにブラザー・ダニエルを預けて、わたしはちょっと出かけてくる。二時間後には戻るだろう。それだけあれば、時間はじゅうぶんだね？」

「じゅうぶんですよ。さあ、ブラザー、そのストゥールにすわってくれ。このクランクをひたすらまわしつづけるだけでいい――ゆっくり、やさしく、ただし着実にだ。ほら、こんなふうに。よし、それでいい。いまからは、おしゃべりはいっさい禁じる。では、卿、またのちほど」

ひきかえしてきたとき、ダーシー卿はサー・トマス・ルソーを伴っていた。ブラザー・ダニエルが礼を言われて、作業から解放される。

「準備万端か、マスター・ショーン？」ダーシー卿は尋ねた。

「万端ですとも、卿。それでは、見てみましょうか？」

ダーシー卿とサー・トマスが興味津々で見守るなか、マスター・ショーンが樽の端を開く。

　ずんぐりした小柄な魔術師は、両手に薄い革手袋をはめていた。

「水気を含ませてはいけませんのでね」と言いながら、木の樽の端からなかへ両手を差し入れていく。「金属部分に触れてもいけません。もし触れたら、すべてがおじゃんになりますので。さあ、出ておいで……ゆっくり……ゆっくり……ほうら！」

　手が抜きだされていくあいだにも、微細な糸屑が、彼のつかんだ布を覆っている、もろい蜘蛛の巣のようなものから離れて、宙に漂っていった。彼がつかんでいるものは、いまはもう、ばらばらの糸屑のかたまりではなかった。それは、構造と形態を備えていた。毛羽のようにやわらかい緑色のリネンでできた長いガウンで、頭巾がついている。頭巾の前面に、のぞき窓があって、かぶっている人間がそれを通して向こうを見ることができるようになっていた。

　再構成されたそのガウンを、丸顔の小柄なアイルランド人魔術師がテーブルに置く。ダーシー卿とサー・トマスは、手を触れないようにして、それを見つめた。

「疑問の余地がない」しばらくしてサー・トマスが言った。「あの布切れは、アルビオン協会の七名が身にまとう衣装の一部であったということです」魔術師に目を向ける。「水際だったお仕事ですね、マスター魔術師。これほどみごとな再構成を目の当たりにしようとは、いまだに信じられない気分です。たいていの場合、手に取ろうとすると崩壊してしまうものですからね。これはどうして、こんなに強いのでしょう?」

「いや、やわらかな薄紙のようなものですよ。さいわい、このところ、乾燥した天候がつづいておりましたのでね。もし湿気の多い天候だと——」マスター・ショーンが笑みを浮かべる。「——湿気た薄紙のように、ぐしゃっとなってしまうでしょう」

「うまい喩えですね、マスター・ショーン」サー・トマスが笑みを返した。

「ありがとうございます、サー・トマス」マスター・ショーンが巻き尺をのばして、再構成されたガウンの寸法を慎重に計り、手帳に数字を書きつける。そうしながら、彼はダーシー卿に目を向けた。「こんなものでよろしいでしょうね? もう、これが必要になることはないでしょう?」

「ないと思う。これ自体が証拠品とはならないし、どのみち、法廷に持ちだす前に崩れてしまうだろう」

「おっしゃるとおりです、卿」

彼はそのもろい頭巾つきガウンの、あの布切れが生地の一部を成していた左肩のところをつまみあげ、もとは糸屑が入っていた箱のなかへ、そのほとんどをおろしていった。そうしてから、手袋をした親指と人さし指で布切れの部分をつまんだまま、銀色の杖をガウンの本体に軽く当てた。驚くほどあっけなく、ガウンがぐしゃっと崩れて、かたちのない糸屑のかたまりに戻り、マスター・ショーンの指のあいだにあの布切れだけが残った。

「後始末はわたしがしておきます、卿」彼が言った。

それから三日が過ぎて、二十二日の金曜日になると、ダーシー卿はいらだちを覚えるようになってきた。国王陛下に送ることになる報告書の草稿に加筆し、その吟味もすませているのだが、それでもやはり、気に入らなかった。新たなものがなにもないのだ。新たな手がかりもなければ、新たな情報もない。エディンバラのサー・アンガス・マクレディからの報告を、それが来ればさまざまな事実が明らかになるだろうと期待して、待っているのだが、まだなんの知らせもなかった。

ケント公爵の亡骸《なきがら》は、前日の木曜日に埋葬され、大司教の主催する鎮魂ミサが執りおこなわれた。帝国の貴族の半数ほどが、国王とともに参列した。ダーシー卿は、ミサの参加者の顔がよく見えるようにと、大司教に依頼して、聖壇の聖歌隊席にすわらせてもらった。そのひとびとの顔は、ほとんどなにも教えてはくれなかった。

サー・トマス・ルソーが、キャンバートン卿もしくはサー・アンドルー・キャンベル＝マクドナルドのどちらか、あるいはその両方が、アルビオン協会の会員であることを強く示唆する情報をもたらしてくれていた。だが、それでなにかが明らかになるわけではなかった。そのどちらか、あるいは両方が、公爵自身がアルビオン協会に送りこんだエージェントである可能性がきわめて高いのだ。

「問題は、ショーンよ」とダーシー卿がずんぐりした小柄な魔術師に語りかけたのは、木曜日の午後のことだった。「月曜日からずっと同じ状況がつづいていることでね。だれが、なぜ、キャンバートン卿を殺害したのか？　データはたっぷりと得られたが、それらはどれも、これまでのところ、説明のつかないデータばかりだ。キャンバートン卿の死体が公爵の棺のなかに入れられたのは、なぜなのか？　殺害されてから発見されるまでのあいだ、その死体はどこにあったのか？

キャンバートン卿が緑色の外套のようなものを携えていたのは、なぜなのか？　それは、月曜日に燃やされたガウンと同じものだったのか？　もしそうであれば、なぜその何者かは、月曜日の午後になるまで待ってから、それを燃やしたのか？　再構成された緑のガウンは、キャンバートン卿とサー・アンドルーのどちらにもぴったりと合うだろう。あのふたりはそろって、背が高いからね。ケント家には、あれがぴったりと合う人間はだれもいないはずだ。いちばん背が高いのはクウェンティン卿だが、その彼でも身長が六インチは不足しているから、あのガウンを着たら、裾を踏んづけて転んでしまうだろう。

疑惑が深まるばかりでね、ショーン。証拠の指し示す方向が気にくわないんだ」

「話についていけないんですが、卿」とマスター・ショーン。

「よく考えてみろ。きみは街に出かけていたから、ひとびとの噂話が耳に入っていただろう。カンタベリー・ヘラルド紙の社説も読んだはずだ。世間のひとびとは、キャンバートン卿はアルビオン協会に殺されたのだと信じこんでいる。手がかりのタイセイは、いわゆるそこらのふつうのひとびとのために浪費されるようなものではない。

そして、この事件はなにをもたらしたのか？　アルビオン協会の会員たちは、恐れおののいている。彼らの大半は、長い目で見れば、無害なひとびとだ。彼らは非合法結社に属することで、林檎を盗んだ腕白少年のような気分を味わっているにすぎない。だが、いま、キリスト教徒たちは異端者に対抗すべく武器を持って立ちあがり、なんらかの対策が講じられることを要求している。ここだけにとどまらず、イングランド、スコットランド、ウェールズのすべての土地でだ。

キャンバートン卿は、進んでであろうがそうでなかろうが、生け贄として殺されたのではない。もし生け贄であれば、その死体は別のどこか――おそらくは、儀式がおこなわれる森のなかに、埋められていただろう。

彼は、カンタベリー城を取り巻く城壁の内側のどこかで殺害されたのにちがいない。それは殺人であり――生け贄ではなかった。では、死体がタイセイで染められていたのはなぜなのか？」

「防腐呪文としてでしょう、卿」マスター・ショーンが言った。「古代ブリトン人はシンボリズムをよく理解していて、タイセイの木の鏃状の葉は防御の力として使えるだろうと考えていました。それで、彼らは戦闘におもむく際、タイセイで全身を染めたのです。もちろん、彼らは防御の呪文はそんなやりかたでは功を奏しないことは知りませんでした。彼らは——」

「きみはタイセイを防御の呪文として、つまり死体の腐敗を防ぐ防腐の呪文として、用いることがあるのか？」ダーシー卿は口をさしはさんだ。

「それは……ないです。もっと有効な呪文がいろいろとありますからね。タイセイを用いて呪文をかけるにはかなり長い時間を要しますし、全身を完全に染めなくてはなりません。しかも、その呪文はたいして効果を発揮しないのです」

「では、なぜそんなものが使われたのか？」

「あっ！　なにをおっしゃりたいかわかりましたよ、卿！」マスター・ショーンのアイルランド人らしい丸顔が、にわかに笑み崩れた。「そうであったにちがいない！　あの死体は、埋められるのではなく、発見されねばならなかった！　タイセイが用いられたのは、聖古代アルビオン協会に嫌疑を向けさせ、ほかのだれかが怪しまれないようにするためだった。あるいは、もしかすると、この殺人はそもそも、アルビオン協会を窮地に追いやることが目的だったとか？」

「どちらの仮説もいい点を衝いてるが、マスター・ショーン、いずれにしても、まだデータが足りない。事実が必要なんだ、ショーン。事実が！」

そして、それから二十四時間がたったいまも、新たな事実が明るみに出ることはなかった。ダーシー卿はインク瓶にペンを浸し、とうにわかっている事実を書き記していた。

ドアが開き、マスター・ショーンが入ってきて、そのすぐあとに、ダーシー卿の頼んだ軽いランチョンのトレイを持って、若い修練士がつづいた。ダーシー卿は書類をかたわらへ押しやり、空いたところにトレイを置いてくれるようにと指示した。マスター・ショーンが片手に封筒を掲げていた。

「速達便でして、卿。エディンバラのサー・アンガス・マクレディからです」

ダーシー卿は勢いよく封筒に手をのばした。

そのあとに起こったことは、特にだれの落ち度でもなかった。たまたま三人がテーブルの周囲に集まり、それぞれがなにかをしようとしていたにすぎない。若い修練士がトレイを置こうとしたときに、マスター・ショーンがダーシー卿に封筒を渡そうと手をのばしたために、修練士はトレイをよけなくてはならなくなった。トレイの角がインク瓶の首に当たり、そのために、縦長のインク瓶があっけなくひっくりかえって、ダーシー卿が執筆中だった草稿全体にインクがぶちまけられてしまったのだ。

一瞬、茫然自失の沈黙が降り、修練士が謝罪のことばを並べたてて、その沈黙を破った。ダーシー卿はゆっくりと息を吸ってから、その若者に、損害はなにもない、これはきみの落ち度ではないのだから、自分はまったく怒ってはいないと、穏やかに語り聞かせた。そして、ランチョンを運んできてくれたことに礼を言って、ひきとらせた。

「よごしたことを気にしないように、ブラザー」マスター・ショーンが言った。「わたしがきれいにしておくから」

修練士が立ち去ると、ダーシー卿はインクまみれになった草稿の束をうらめしげに見つめ、そのあと、マスター・ショーンから手渡された封筒に目を移した。

「ショーンよ」穏やかに彼は言った。「知ってのとおり、わたしは神経質でも激しやすいたちでもない。しかし、もしこの封筒のなかによき知らせや有益な情報が入っていなかったら、まちがいなく逆上して、床に身を投げだし、絨毯を嚙み破るだろうよ」

「それはまったくむりからぬことでしょう」とマスター・ショーン。卿がそんなまねをするはずはないことが、彼にはよくわかっていた。「どうぞ、あの安楽椅子におすわりを、卿。このちょっとした惨事は、わたしがかたづけておきます」

ダーシー卿は、窓辺に置かれている大きな椅子に腰かけた。マスター・ショーンがトレイを運んできて、卿のかたわらの小テーブルに置く。ダーシー卿はサンドイッチをぱくつき、カップのカフェを飲みながら、エディンバラから届いた報告書を読んでいった。

スコットランドにおけるキャンバートン卿の活動は、目立つほどおおっぴらなものではなかったが、べつにこそこそとおこなわれていたわけでもなかった。彼はいくつかの場所におもむき、いくつかの質問をし、ある種の記録に目を通していた。サー・アンガスは、その足跡をたどり、キャンバートン卿がなにをつかんだかをつかんではいたものの、故人となった卿がその情報をもとになにをしようとしていたのか、どのような仮説に基づいて捜査をしていたのか、あるいはまた、当のキャンバートン卿がその情報になにかの意味を見いだしたのかどうか、そのあたりのところはわからないと、率直に吐露していた。

キャンバートン卿が訪れた場所はいろいろとあったが、そのなかに現地の公文書館と教会の結婚登記所が含まれていた。その調査対象は、現在のケント公未亡人マーガレット・キャンベル＝マクドナルドだった。

彼女は、まだ十九歳でしかなかった一九四一年に、チェスター・ローウェルという、芳しからざる前歴のある男との結婚という過去があった。その父親は横領罪で服役したことがあり、最終的には不可解な状況で溺死していた。チェスターの弟イアンは、無免許で魔術をおこなった罪で逮捕されたことが二度あったが、二度とも〝証拠不十分〟で釈放された。その後、非合法魔術がらみの信用詐欺事件で六年間、服役し、一九五九年に刑期を終えて放免されている。チェスター・ローウェル自身は、いかさまのカードゲームやダイスで荒稼ぎをする、悪辣きわまる賭博師だった。

マーガレットは、結婚してわずか三週間後、チェスター・ローウェルのもとを去って、実家に帰っていた。ローウェルには、その別離は気にするようなものではなかったらしい。妻を取りもどそうとはしなかったのだ。その六カ月後、彼はある嫌疑をかけられ、スペインに高飛びした。スコットランドの当局は、グラスゴーのある銀行から六千ソヴリンの大金が消えた事件に彼が関与したものとにらんでいた。しかしながら、スペインに逃げてアラゴン王の庇護下にある男の引き渡しを要求できるほど、強固な証拠はなかった。一九四二年、アラゴン王国の当局から、イギリス人《イングレス》チェスター・ローウェルがカードゲーム中の口論がもとで射殺されたとの通知があった。スコットランドの当局は死体の身元確認のために、ローウェルと面識のあった捜査官を派遣し、それをもって、彼を対象とする事件の捜査は〝決着した〟。

そうだったのか！　ダーシー卿は思った。マーガレット・ケントは二度、未亡人になったわけだ。

ローウェルとの短い結婚生活で子どもが生まれることはなかった。そして一九四四年、八カ月にわたって求愛を受けたのち、彼女はケント公夫人となった。サー・アンガス・マクレディによれば、公爵が当時、彼女の最初の結婚のことを知っていたかどうかは不明だが、おそらくは最後まで知らなかっただろうとのことだった。

キャンバートン卿は、サー・アンドルー・キャンベル＝マクドナルドの経歴についても調査していた。その過去には怪しい点はなにもなく、スコットランドでは評判のよい男だった。一九三九年、サー・アンドルーはニュー・イングランドに渡り、しばらくのあいだ帝国軍に在籍していた。その間、赤い肌の先住民との三度の戦闘において誉れ高い働きをし、すぐれた軍歴を持つ大尉として除隊した。一九五七年、彼の暮らす小村が赤い肌の先住民に襲撃され、大虐殺ののち、すべてが焼きはらわれた。それからしばらく、サー・アンドルーはその襲撃のなかで殺されたものと考えられていたが、一九五九年になって、イングランドに帰ってきた。無一文に近いありさまで、そのささやかな幸運は、襲撃を受けたときの壊滅的な結果として、消え去っていたらしい。彼はケント公から下級の地位と年金を与えられ、この五年間、妹と義理の兄とともに暮らしてきたとのことだ。

ダーシー卿は書簡をわきに置き、考えこみながらカフェを飲みほした。そのようすは、さっき怒りにまかせて絨毯を噛み破ろうとしていた男のようには、まったく見えなかった。「魔術師に関してだけは、なんの記載もないぞ」彼はみずからに語りかけた。「この状況のどこに魔術師が当てはまるのか？　そもそも、その魔術師は何者なのか？　姿を見せている魔術師はマスター・ティモシー・ヴィドーのみであり、彼がキャンバートン卿や公爵家に強いつながりを持っているようには思えない。サー・トマスはサー・アンドルーがアルビオン協会の会員かもしれないと疑っているが、だからといって、サー・アンドルーが魔術のことを知っているとはかぎらない」

それだけでなく、サー・アンドルーがもし中枢部の一員であったとしても、こんな下劣なやりかたでアルビオン協会に注目を向けさせようとすることはないにちがいない。

「ほら、あなたの報告書です、卿」マスター・ショーンが声をかけた。

　ダーシー卿が物思いから覚めると、マスター・ショーンが草稿の束を手に持って、そばに立っているのが見えた。このずんぐりした小柄なアイルランド人魔術師が部屋の向こう端でなにかをやっていることはおぼろげに意識していたが、いまやっと、なにをやっていたかがわかった。ほんの少し湿気が残っているだけで、草稿の上にぶちまけられたインクの痕跡はまったくなく、ダーシー卿の明瞭で流麗な手書きの文字がすべてそのまま残っていたのだ。これは〝意志による弁別〟の問題であるにすぎなかったのだろう、とダーシー卿は思った。手書きの文字は、意志によって紙に記されたのに対し、こぼれたインクは、事故によってぶちまけられたものだ。すなわち、排除の呪文を使えば、両者を弁別することは可能というわけだ。

「ありがとう、ショーンよ。いつものことだが、きみの仕事は早くて正確だね」

「もし新製品の消えないインクを使っておられたら、もっと手間がかかっていたでしょう」謙遜口調でマスター・ショーンが言った。

「そんなものが？」ダーシー卿は手に持った草稿に気をとられていたので、うわの空で言った。

「はい、卿。消えないように、インク自体に呪文がかけられているんです。そのインクは、書類や銀行為替手形といった書き換えられたくないものに使うにはいいのですが、こぼしてしまうと、消しとるのが大変やっかいなしろものでして。マスター・ティモシーの話では、二週間ほど前、公爵の書斎の絨毯についていた染みを消したときは、たっぷり二時間かかったとのことです」

「それはそうだろう」あいかわらず草稿をながめながら、ダーシー卿は言った。

と、突然、彼が一瞬、身を凍りつかせたように見えた。そのあと、ゆっくりとこうべをめぐらして、マスター・ショーンを見あげる。

「マスター・ティモシーは、それは正確には何日のことだと言っていた?」

「ええと……いえ、卿、彼は日付までは言っていませんでした」

ダーシー卿は草稿をわきに置いて、椅子から立ちあがった。

「いっしょに来てくれ、マスター・ショーン。マスター・ティモシー・ヴィドーに尋ねなくてはならない重要な質問ができた――とても重要な質問が」

「インクのことですか?」当惑顔でマスター・ショーンが問いかけた。

「そう、インクのことで。それと、彼がカンタベリーでひとつだけ販売したという、例の高価なもののこともだ」彼はクローゼットから青の外套を取りだして、肩にはおった。

「さあ行くぞ、マスター・ショーン」

「これで」それから四十五分ほどがたったころ、ダーシー卿は言った。マスター・ショーンと連れだって、カンタベリー城の幕壁《カーテンウォール》(城壁の外側に張りめぐらされる防御壁)の大門を通りぬけようとしていたところだった。「その作業は五月十一日の午後におこなわれたことが判明した。あとまだ、ひとつふたつ、ちょっとした証拠が必要だし、それをつかめば、わたしの仮説の欠落部分が埋まるだろう」

ふたりは、マスター・ウォルター・ゴトベッドの仕事場に直行した。

マスター・ウォルターはいまは不在です、とジャーニーマン・ヘンリー・ラヴェンダーが言った。街のある紳士に注文品のテーブルを届けるために、荷車にそれをのせて、驢馬《ろば》に引かせ、若い職人トム・ウィルダースピンとともに出かけていったとのことだった。

「まったく問題ない」ダーシー卿は言った。「きみに手伝ってもらえばいいことだ。ここにマメモドキの木材はあるかね？」

「マメモドキですか？　ええと、少しはあると思います。あれはあまりお客のお求めがなく、そのうえ、とても値の張る木材でして」

「よければ、どれくらいあるか見に行ってもらえないか、ヘンリー君？　わたしはなんとしても、そこのところを知りたいのでね」

「もちろんです。承知しました」ジャーニーマン家具職人が、仕事場の裏手にある広大な部屋へ入っていく。

その姿が見えなくなると、ダーシー卿はすぐさま仕事場の裏口へ駆け寄った。そこの戸締まりは、単純なかんぬきになっていた。外からそのドアを開くすべはない。ダーシー卿は、足もとに散らばっている大鋸屑《おがくず》や鉋屑や木切れを見まわして、目当てのものを見つけだした。木切れを一個、拾いあげてから、ドアのかんぬきを持ちあげて、かんぬきとドアのあいだに木切れをさしこんでやる。これで、ドアが閉じられたとき、かんぬきは左右の腕木から浮いた状態で固定されることになった。そのあと、彼は長い紐を取りだして、木切れに巻きつけた。ドアを引き開け、外に出て、紐の両端をドアの下にくぐらせる。そして、ドアを閉じた。

内側では、マスター・ショーンがじっくりと観察していた。紐が外側からダーシー卿にひっぱられて、張りつめる。突然、木切れがかんぬきとドアのあいだからもぎ離された。そして、支えるものを失ったかんぬきが鈍い音を立てて、腕木に落ちた。ドアの戸締まりができたのだ。

マスター・ショーンがすばやく、またかんぬきを持ちあげてドアを開き、ダーシー卿が入ってくる。ふたりとも、なにも言わなかったが、どちらの顔にも満足げな笑みが浮かんでいた。

二、三分後、ジャーニーマン・ヘンリーがひきかえしてきた。どうやら、ドアのかんぬきが落ちたときのこもった音は聞こえなかったらしい。

「マメモドキ材はたいしてありませんでした」悲しげに彼が言った。「切れはし程度のものと申しますか、六インチ幅で厚みが八分の三インチ、長さが三フィートのものが、二本あるだけです。数年前、マスター・ウォルターがやった仕事の残りものでして。ロンドンかリヴァプールの材木商に発注して、取り寄せなくてはいけないでしょう」

手近の作業台に二枚の板材を置く。未加工の状態でも、木材が備えている濃淡の縞模様がはっきりと見てとれた。

「いやいや、これだけあればじゅうぶんだ」ダーシー卿は言った。「わたしの頭にあるのは、煙草の貯蔵箱でね。適度な湿気が保て――簡素でいてエレガントなものがほしい。彫り物は不要だ。木の美しさを表現してほしいんだ」

ヘンリー・ラヴェンダーが目を輝かせる。

「それがよろしいかと、卿！　ぜったいです！　特にこれというデザインのご要望はございますか？」

「それはきみとマスター・ウォルターに任せよう。煙草が二ポンドほど入れば、それでけっこう」

二、三分後、値段と配送日の取り決めができたところで、ダーシー卿は言った。

「おっと、そうだ、ヘンリー君……先だっての火曜日、わたしが質問をしたとき、きみはひとつ言い忘れたことがあると思うんだが」

「はあ？」ジャーニーマン・ヘンリーが驚き、とまどい、いくぶん怯えたようすをみせた。

「きみは、土曜日の夜、八時半に、きっちり戸締まりをしたと言った。だが、ひとりきりではなかったことを言いそびれただろう。きみが戸締まりをする直前、ある紳士がやってきたのではないかね。彼はきみに、なにかを取ってきてくれと頼んだ。そして、きみといっしょに表口から外に出て、きみが戸締まりをするあいだ、そばに立っていた。そうだったのではないか、ヘンリー君？」

「おっしゃるとおりです、卿」家具職人がかしこまって言った。「どうしておわかりになったのです？」

「そういうことがあったとしか考えられないからだよ」

「まさしく、そのとおりのことがございました。おいでになったのはクウェンティン卿です。つまりその、新たな公爵様ですが、当時はまだクウェンティン卿でしたので。卿は文鎮に使うチーク材をお求めになりました。研磨ずみのものが一個あるのをご存じで、それを買いたいとおっしゃったので、お売りしました。でも、わたしはそれがまちがったことだとは思ってもいなかったのです、卿！」

「きみはなにもまちがったことはしていないよ、ヘンリー君――そんなことがあったのをわたしに言い忘れただけで。べつに重大なことではないが、もっと早くそのことを言うべきだったね」

「まことに申しわけございませんでした。あのことはなんとも思っていなかったもので」

「それはそうだろう。だが、今後、国王の法執行官に質問を受けた際は、細部までしっかりと思いだすように。つぎは、もっと重要なことになるかもしれないんだ」

「肝に銘じておきます」

「よろしい。では、これにて、ヘンリー君。煙草入れが届くのを楽しみにしているよ」

仕事場をあとにし、おおぜいのひとでにぎわう中庭を通って、大門のほうへ歩いていく途中、マスター・ショーンが口を開いた。

「もしあそこにマメモドキがなかったら、どうなさったんです、卿？　どうやって、彼を仕事場から追いはらうおつもりだったんですか？」

「チーク材を探しに行かせただろうね」さらりとダーシー卿は言ってのけた。「いまから、スコットランドにテレソンをかけなくてはならない。二十四時間後には最終報告を書きあげることができると思う」


部屋にいる人間は六名。ケント公未亡人マーガレットは、顔色が悪く、やつれてはいるが、それでも威厳を漂わせて、この応接室の女主人であることを示していた。ケント公の相続人クウェンティンは、陰鬱な顔つきをし、警戒の色を目に浮かべて、暖炉のそばに立っている。サー・アンドルー・キャンベル＝マクドナルドは、足を少し開いたいかめしい姿勢で窓辺に立ち、上着のポケットに両手をつっこんでいた。レディ・アンは、サー・アンドルーのそばにある背もたれがまっすぐな小ぶりの椅子に腰かけている。そして、彼らに向かいあうかたちで、ダーシー卿とマスター・ショーンがそこにいた。

「喪に服しておられるときに、このようなやりかたでお集まりいただいたことに対し、重ねてお詫び申しあげます」とダーシー卿は切りだした。「王国の職務として解決せねばならない、ささいな案件がございまして。そのささいな案件とは、故意の謀殺というものです。さる五月十一日、キャンバートン卿が、きわめて興味深い情報を得たのち、秘密裏にスコットランドから帰還しました。その情報は、しかるべき観点から見るならば、しごく容易に脅迫の材料にできるものでした。キャンバートン卿は、そのようなものを発見したために、殺害されることになったのです。その死体は、土曜日の深更もしくは日曜日の未明まで隠されており、その時点に至って、亡き公爵様のために製作された棺のなかへ移されました。

その情報は、醜聞の種という程度のものではなく、巧妙に用いれば公爵家を破滅させられるほどのものでした。もし何者かが、公爵夫人の前夫がまだ生きていることを証明する情報を明るみに出せば、彼女は公爵夫人の称号を失って、エディンバラのマーガレット・ローウェルという身分に戻ってしまい――その子どもたちは非嫡出児となり、そのため、ケント公爵の領地や統治権の相続を主張することは不可能となってしまうでしょう」

彼が話しているあいだに、公爵未亡人は手近の椅子のほうへ歩いていき、そっとそこに腰かけていた。その顔にはまだなんの感情も現われていない。

クウェンティン卿は身じろぎもしていなかった。

レディ・アンは、頬に平手打ちをくらったような顔になっている。

サー・アンドルーはわずかに姿勢を変えただけだった。

「話を先に進める前に、わが同僚をご紹介したいと存じます。彼を入室させてくれ、マスター・ショーン」

ずんぐりした小柄な魔術師がドアを開け、角張った顔と砂色の髪の男が入ってくる。

「紳士淑女の皆様」ダーシー卿は言った。「私服憲兵隊長、マスター・アレグザンダー・グレンキャノンをご紹介します」

マスター・アレグザンダーが、無言のままの四人に向かっておじぎをした。「奥方様、クウェンティン様、レディ・アン、光栄に存じます」そのあと、彼は目をあげて、サー・アンドルーをまっすぐに見つめた。「おはよう、ローウェル」

サー・アンドルーと名乗っていた男は、笑みを浮かべただけで、平然としていた。

「おはよう、グレンキャノン。そうか、おれは罠にかかったんだな？」

「好きなように考えればいいさ、ローウェル」

「いや、そうは思わんね」それまで〝サー・アンドルー〟と自称していた男、ローウェルがふいに動きだし、レディ・アンの椅子の背後にまわりこんだ。ポケットにつっこんだままの手を、少女のわき腹に押しつける。「国王の法執行官がふたりもいる前で発砲するのは気がひけるが、よけいなまねをすると、この娘は死ぬことになる。同じことを二度も言わせるんじゃないぞ」

　何度も窮地をくぐりぬけてきた男とあって、その声は冷静そのものだった。

「レディ・アン」ダーシー卿は落ち着いた声で呼びかけた。「彼の言うとおりにしなさい。言うとおりに。わかりましたね？　われわれもそうしなくてはなりません」

　ローウェルがこのような出方をすることを予測していなかった自分に腹が立ったが、なんにせよ、ここはよく考えねば、それも急いで考えねばならないところだった。ローウェルがポケットに銃をひそませているのかどうかも判然としないが、銃があるものと想定しなくてはならない。そうではないとするわけにはいかない。

「ありがとうよ、卿」ねじくれた笑みを浮かべて、ローウェルが言った。「まさか、卿の忠告を受けつけないほど愚かなやつはいないだろうな」

「さて、つぎはどうする？」ダーシー卿は問いかけた。

「レディ・アンを連れて、おさらばする。ドアを抜け、中庭を横切り、門を通って城外に出る。いまから二十四時間、だれもこの部屋を出てはならない。それだけあれば、おれは安全なところまで逃げられるはずだ。その時点で、レディ・アンは返してやる——無傷でだ。もしさわいだり追跡したりすれば……うん、まあ、そんなことはしないだろうな？」

ねじくれた笑みが大きくひろがる。「よし、ドアのそばから離れろ。さあ、アン——おじさんといっしょにピクニックに出かけよう」

レディ・アンが椅子から立ちあがり、ローウェルに連れられてドアを抜け、部屋を出ていく。その間、ローウェルはほかの面々からかたときも目を離さなかった。部屋を出たところで、彼がドアを閉じる。

「おさらばしてしまう前に、このドアが開かれる音が聞こえたら、ただではすまないぞ」

ドアの向こうから声が届いた。遠ざかっていく足音が廊下にこだまする。

その部屋にはもうひとつのドアがあった。ダーシー卿はそこへ足を向けた。

クウェンティン卿と公爵未亡人が同時に呼びかける。

「だめ！　あの男の好きにさせて！」

「アンが殺されてしまうぞ！」

ダーシー卿はふたりを無視した。

「マスター・ショーン！　マスター・アレグザンダー！　おふたりを静かにさせ、わたしが戻ってくるまで、部屋を出させないようにしておいてくれ」

そう言い置いて、彼はそのドアを通りぬけた。

ダーシー卿は、カンタベリー城を隅々まで知りつくしていた。帝国各地にある大きな城の図面をひとつひとつ実際に見て、研究したことがあるからだ。彼は廊下を駆けぬけ、石の階段を一段飛ばしでのぼっていった。階段からつぎの階段へとどんどんのぼっていき、石造りの巨城の屋上を取り巻く銃眼付き胸壁をめざす。

屋上に達したところで、彼はひと息ついた。胸壁の上から、向こうをのぞきこむ。六十フィートほど下方の中庭を、ローウェルとレディ・アンが歩いていく姿が見えた——そこにいるおおぜいのひとびとの目を引くことがないように、ゆっくりと歩いている。まだ中庭の四分の一ほどを通過しただけだ。

ダーシー卿は幕壁のほうへ走った。

そこまでの距離は六フィートほどしかなかった。より厚みのある幕壁の上を通る通路は、両側とも銃眼付きの壁になっていて、下からこちらの姿を見られることはない。彼は腰をかがめ、巨大な表門の上にそびえる塔をめざして通路を走った。制止する者はいなかった。胸壁や幕壁を巡邏する兵士はいない。この城は、もう何世紀も攻撃を受けたことがないのだ。

門塔のなかには、大きな落とし門があった。もし攻撃を受ければ、このばかでかい鉄の格子門がすみやかに落とされるようになっているのだ。いまそれは、大門のはるか地底へとのびる井戸に垂らされた釣り合い重りによって、そこに引きあげられ、所定の位置に固定されていた。

ダーシー卿は、いま逃走犯がどこにいるかをたしかめるために、壁の向こうをのぞきこむようなことはしなかった。こちらのほうが先行しているはずであり、そうであれば、もしローウェルが——たまたま——上を見あげたら、自分は見つかってしまうだろう。そんな危険を冒すわけにはいかない。

階段を使ってはいられない。彼は、落とし門と釣り合い重りをつなぐ鎖が垂れさがっている穴のところに行き、鎖をたぐりながら、六十フィート下方の板石をめざしてくだっていった。

日中は、下にある詰所に衛兵は配されておらず、ダーシー卿はそのことをおおいにありがたく思った。好奇心の強い兵士たちの質問に答えたり、黙らせたりしている時間はないのだ。

レディ・アンのではなく、自分の命がこの日で失われるのではないかと思ったときが何度もあった。鎖にはきちんと油が塗られ、いつでも使えるようにされていた。平和な時代が何世紀もつづいたあとも、昔の規則と慣習がよく守られているのだろう。脚を鎖に巻きつけ、手でしっかりと握るようにしていても、何度か手が滑って、掌と腿やふくらはぎに焼けるような痛みがきた。直径八インチのでかい輪をつないでつくられた鎖は、一本の鉄の棒のように堅固で、下方に垂れさがる巨大な釣り合い重りにひっぱられて、ぴんと張りつめていた。

地上に達すると、まだ下方へつづく釣り合い重りの垂れさがっている井戸のなかへ、鎖が没していくのがわかった。ダーシー卿は両足を大きくふって、ひらりと板石の上に飛びおりた。

それから、用心しながら、重いオーク材のドアを少しだけ開いてみた。

ローウェルと少女は、すでにここを通りぬけたのだろうか？　巨大な落とし門をひっぱりあげている鎖は二本あり、ダーシー卿が使ったのは、ローウェルから見て門の左側にあたるほうだった。ローウェルは銃を右手に持っていたのだから――

そのとき、ふたりがドアの前を通りかかった。レディ・アンが先で、そのすぐ後ろにローウェルがつづいている。ダーシー卿はドアを開け放って、ふたりのあいだに身を躍らせた。

ローウェルに体当たりして、跳ね飛ばし、少女に向けられていた銃口をそらすと、その直後、発砲の轟音がとどろいた。

ふたりの男がもつれあって敷石の上に倒れこみ、ひとびとが逃げ惑うなか、銃をわがものにすべく、転げまわって格闘する。

衛兵たちがそれぞれの詰所から飛びだし、とっくみあう男たちの周囲に駆けつけてきた。間に合わなかった。銃がふたたび火を噴いたのだ。

一瞬、ふたりが倒れたまま動きをとめる。

と、ゆっくりとダーシー卿が、銃を手にして立ちあがった。

ローウェルはまだ意識があったが、左のわき腹に赤い染みが大きくひろがっていた。「おれが死ぬ前に、必ずおまえを殺してやる、ダーシー」ささやくようなかすれ声で、彼が言った。「必ずおまえを殺してやる、ダーシー。必ずおまえを殺してやるぞ」

ダーシー卿はそれにはとりあわず、周囲を取り巻いている衛兵たちに顔を向けた。「わたしは騎士団最高法院の特命を受けた特別捜査官、ダーシー卿だ。この男は謀殺の科《とが》によって身柄を拘束された。この男を収監し、ただちにヒーラーを呼び寄せるように」

ダーシー卿がレディ・アンを伴って宮殿にひきかえすと、公爵未亡人とクウェンティン卿はまだ部屋のなかで待っていた。

「ああ、ママ！　ママ！　ダーシー卿が命を救ってくださったの！　彼、すばらしかったわ！　ママにも見せてあげたかった！」

公爵未亡人がダーシー卿を見つめる。

「あなたに感謝します、卿。娘の命を救ってくださったのですね。でも、あなたは破滅ももたらした。わたしたち全員の破滅を……。いえ、わたくしに話させてください」なにかを言おうとしたダーシー卿を制して、彼女がつづけた。「すでに、ことが露見してしまったのです。わたくしがご説明申しあげるほうがよろしいでしょう。

そう、わたくしは、前の夫は死んだものと考えていました。五年前、彼が姿を現わしたとき、わたくしがどんな気持ちになったかはご推察いただけますね。わたくしになにができたでしょう？　選択の余地はありませんでした。彼を、わたくしの亡くなった兄アンドルーに成りすまさせるしかなかったのです。この地のひとびとはみな、そのどちらにも面識がありませんでしたから、それはたやすいことでした。夫の公爵ですら、そのことは知りませんでした。彼に打ち明けることはできなかったのです。

　チェスターが過度な要求をすることはありませんでした。脅迫者はよく、絞れるだけ絞りとろうとするものですが、彼はそんなことはしようとしなかった。夫に与えられたそこそこの地位とそこそこの年金に満足し、礼儀正しくふるまっていました。彼は――」

　彼女が急に口をつぐみ、真っ青な顔になっている息子に目を向けた。

「ご……ごめんなさい、クウェンティン」そっと彼女が言った。「ほんとうにごめんなさい。あなたがどんな思いをしていることか――」

　クウェンティン卿が母親のことばをさえぎった。

「それはつまり、母上、おじのアン……あの男が、あなたを脅迫していたということですか？」

「ええ、そうなの」

「そして、父上はそれを知らなかった？　父上はだれにも脅迫されてはいなかったのですか？」

「もちろんよ！　どうしてそんなことが？　だれが――」

「たぶん」ダーシー卿は穏やかに口をさしはさんだ。「五月十一日の夜のできごとについて、あなたがどう考えているかを説明なさるのがよかろうかと」

「口論の声が聞こえました」困惑したような顔で、クウェンティン卿が言う。「父上の書斎から。どたばたともみあうような音も聞こえました。ドアごしでは、なにが起こったのかよくわからなかったので、ノックをしたのですが、そのときには書斎は静まりかえっていました。ぼくはドアを開けて、なかに入りました。父上が気を失って、床に倒れていました。そのそばに、キャンバートン卿が――死んで――倒れていて、その心臓に、父上のデスクに置かれていたペーパーナイフが刺さっていたのです」

「そして、あなたは、キャンバートン卿の手のなかに、一家の秘密を暴露する書類の束があることを発見した」

「はい」

「それだけでなく、そのもみあいのなかで、消えないインクの瓶がひっくりかえり、キャンバートン卿の体にインクが撒き散らされていることにも気がついた」

「はい、そうです。顔全体に撒き散らされていました。でも、どうしてそのことがおわかりに？」

「そういうことを突きとめるのが、わたしの仕事でして」ダーシー卿は言った。「そのあとのことは、わたしがご説明しましょう。あなたはすぐ、こう考えた。キャンバートン卿が、見つけてきた強力な証拠を突きつけて、父を脅迫していたのだと」

「はい。〝脅迫〟ということばがドアごしに聞こえたので」

「それで、あなたはこう考えた。父がペーパーナイフでキャンバートン卿を刺し、そのあと、自分も体が衰弱していたためにその場に倒れた。一家の名誉を守り、父が絞首刑になるのを防ぐために、なんらかの手を打たねばならないのはたしかだ。

死体の始末をしなくてはいけない。だが、どこに？　そのとき、以前に購入した食品保存装置のことが頭に浮かんだ」

クウェンティン卿がうなずいた。

「はい。父上がその費用を出してくれまして。母上へのプレゼントとしてでした。母上はスナックが好きで、昼間は時間に関係なく召しあがることがときにあるので、そのつど厨房から取り寄せるより、食べものの詰まった保存容器が部屋にあるほうが好都合だろうと考えたのです」

「やはり、そうでしたか」ダーシー卿は言った。「そこで、あなたはキャンバートン卿の死体をそのなかに入れた。マスター・ティモシーの説明によれば、その木製容器に保存の呪文をかけておけば、扉が閉じられているかぎり、なかのものが腐ることはないとか。キャンバートン卿はまだスコットランドにいると思われているので、彼の不在を怪しむ者はいないだろう。お父上はその夜以降、完全に意識を回復されることはなかったので、なにも語られなかったというわけです。

　じつのところ、公爵はおそらく、たしかなことはなにもご存じなかった。わたしの推察では、公爵はおそらく、悪辣な脅迫の真偽を確認させるためにスコットランドへ派遣したキャンバートン卿が帰還し、それが事実であることを告げたとたん、倒れたのでしょう。その部屋には、公爵に呼びつけられたローウェルも居合わせていた。公爵が倒れたとき、キャンバートン卿の注意が一瞬、そちらにそれた。ローウェルがペーパーナイフをつかみあげて、彼を刺した。ローウェルには、公爵はなにも語ろうとはしなくても、宣誓をして国王の法執行官となったキャンバートン卿は自分を逮捕せざるをえないことがわかっていたのでしょう。

　しかも、ローウェルは聖古代アルビオン協会の会員だった。キャンバートン卿はそのことも突きとめていた。ローウェルはおそらく、街のどこかに別名で下宿部屋を借りていて、そこに会員として必要な物品を隠していた。キャンバートン卿はその部屋も突きとめ、ローウェルがそこに置いていた緑のガウンを持ち帰っていた。いずれローウェルが自供すれば、その秘密の下宿部屋がどこにあるかが明らかになるでしょう。

　そのあと、ローウェルは床に倒れている公爵とキャンバートン卿を放置し、緑のガウンを持って立ち去った。

彼はあなたのノックの音を聞いたかもしれないし、聞かなかったかもしれません、クウェンティン卿。聞いていないだろうとわたしは思っていますが、いずれにしても、それは重要なことではありません。あなたが部屋をきれいにするのに、どれくらいの時間がかかりましたか？」

「えっと……ぼくはまず、父上をベッドに寝かせました。それから、床の血を拭きとりましたが、こぼれたインクの染みは消し去ることはできませんでした。そのあと、キャンバートン卿の死体を地下室へ運んでいき、保存容器に入れました。そこに置いて、母上の誕生日が来るのを待っていたのです――誕生日は来週です。びっくりさせるプレゼントになるはずだったのに――」そこで彼は口をつぐんだ。

「実際に書斎におられた時間はどれくらいでしょう？」ダーシー卿は質問をくりかえした。

「たぶん、二十分くらい」

「その二十分間にローウェルがなにをしていたかはわかりませんが、戻ってみると、死体が消えて、部屋がかたづいていたので、さぞ驚いたことでしょう」

「そうでしょうね」とクウェンティン卿。「ぼくは憲兵隊長のサー・バートラムと、ヒーラーのジョゼフ神父を呼んでいました。ぼくたちはみな、父の部屋にいたのですが、そのとき……彼が……戻ってきたのです。たしかに、驚いたようすでした。でも、それは父上の容態が悪いことを知って、動転したのだろうと、ぼくは考えていたのです」

「ごもっとも」ダーシー卿は言った。「それはさておき、あなたは、キャンバートン卿の死体をどうするか決断しなくてはならなかった。永遠に保存容器に入れておくわけにはいかないでしょう」

「はい。城の外のどこか遠いところへ運びだそうと思いました。遠く離れた場所で発見されれば、つながりが見いだされることはないだろうというわけで」

「ただし、まだ青いインクの染みという問題が残っていた」ダーシー卿は言った。「それを消し去ることはできなかった。あなたは床の絨毯についた染みを消すために、やむなく魔術師のマスター・ティモシーを呼んだ。もし同じ染みが死体についていることが判明したら、マスター・ティモシーが疑念をいだくかもしれない。そこで、あなたは隠蔽工作をした。死体をタイセイで染めたのです」

「はい。そうすれば、たぶんアルビオン協会に矛先が向けられて、ぼくたちに目が向けられることはないだろうと思いまして」

「なるほど。そして、それはほぼ成功した。保存容器とタイセイが用いられたとなれば、魔術師の仕業であるようにしか思われませんからね。

ところが、そんなとき、先日の月曜日が迫ってきた。そのカンタベリーの祝日には、十六世紀に公爵が命を救われたことを祝う儀式が執りおこなわれる。その儀式のひとつに、城内を兵士が捜索するというものがある。そのときに、キャンバートン卿の死体が発見されてしまうだろう」

「それなのに、死体を外へ運びだす方法が見つからなかったのです」とクウェンティン卿。

「そういうことには不慣れなもので。ぼくはだんだんと不安になってきましたが、だれにも見られずに死体を城外へ運びだすことはできないと思いました」

「しかし、その日は隠しておく必要があった。それで、あなたは土曜日の夜、マスター・ウォルターの仕事場の戸締まりができないように細工をしておき、死体を棺に入れた。儀式が終わるまでそうしておき、終わったら、また保存容器に戻せばいいと考えて。

ところが——さまざまな意味合いで——不幸なことに、お父上が月曜日の早朝にご逝去された。そして、キャンバートン卿の死体が発見された」

「そのとおりです」

「ローウェルはきっと、発見された死体がタイセイで青く染められていたことを聞いて、恐慌を来《きた》したでしょう。それは自分との——とりわけ、アルビオン協会の会員であることが露見すれば——つながりを示すものになるにちがいない。そこで彼は、アルビオン協会に結びつく証拠を抹消しようと考え、その午後、緑のガウンを暖炉で燃やした。だが、ガウンは燃えつきていなかったのです」

公爵未亡人が口を開く。

「あなたは殺人犯を突きとめました。わが息子が一家の名誉を守ろうと努力したことも明らかになさった。でも、それは不幸な結末を招いただけのことです。わたくしの前の夫、チェスター・ローウェルは、いまも生きています。わたくしの子どもたちは非嫡出児となり、わたくしたちは無一文の身となるでしょう」

私服憲兵隊長アレグザンダー・グレンキャノンが、小さく咳払いをした。

「失礼ながら、奥方様、よろこばしいことに、それは思いちがいでございます。わたしは何十年も前から、あの盗人だらけのローウェル一家を知っております。一九四二年に、チェスター・ローウェルの死体の身元確認のために、スペインのサラゴサにおもむいたのは、このわたしでございまして。ミサの際に確認しましたが、あれはまちがいなく彼でした。サー・アンドルーに成りすましていたのは、容貌の酷似するその弟、一九五九年に刑期を終えて刑務所を出てきた、イアン・ローウェルなのです。彼も兄のチェスター同様、カードゲームの名手でしたが、悪党ぶりも似たり寄ったりでございました」

公爵未亡人は息をのんだだけだった。

「成りすますのはむずかしいことではなかったでしょう、奥方様」ダーシー卿は言った。「チェスターは奥方様との結婚生活について――それも、おそらくは相当に親密な事柄まで――洗いざらいイアンにしゃべっていたにちがいありません。奥方様が実際に彼の姿を目にしてらっしゃった期間は、結婚前を含めてもたった二カ月のことです。弟は彼に酷似していたとなると、四半世紀もたったときに、これはチェスターではないと見分けるのはむりだったのではないでしょうか？　奥方様は、彼にイアンという弟がいることをご存じなかったのですから、なおのことです」

「それは真実？　ほんとうに真実なのですね？　ああ、神様、ありがとうございます！」

「真実です、奥方様、なにからなにまで」ダーシー卿は言った。「神に感謝なさってしかるべきでしょうね。さきほどおっしゃったように、イアン・ローウェルには絞れるだけ絞りとろうという気はなかった。そんなことをすれば、奥方様を自暴自棄に——彼を殺してしまおうとお考えになるほど自暴自棄に——させてしまうかもしれないと思ったからでしょう。奪えるだけカネを奪い、奥方様の手の届かないところに逃げれば、その事態は避けられたでしょうが、それは彼が望んでいることではなかった。

　彼がほしかったのは、カネではなかったのです。ほしかったのは、身の安全、つまり、だれが考えても彼を見つけられるとは思えない土地でひっそりと暮らすことでした。隠れ蓑が、カモフラージュが、必要だったのです。

　じつのところ、彼は聖古代アルビオン協会で、かなり高い地位にあり——あの協会の指導者たちは、会員たちのおさめた会費の使途を説明する義務がないので、それはかなりカネになる地位でもありました。それに加え、彼はポーランド王カジミェシュから工作資金をもらっていたと信じるべき根拠もあります——もっとも、その工作は見せかけだったのではないでしょうか。なぜなら、彼には、会員たちの宗教的信条を堕落させるのはカジミェシュ王が考えるほど容易なことではないとわかっていたはずだからです。そうであったにもかかわらず、イアン・ローウェルはポーランドから大金をせしめるだけではすませず、脚色だらけの報告をカジミェシュ王に送っていたのですが。

それはともあれ、かつては誉れ高い兵士であり、立派な紳士であるサー・アンドルー・キャンベル＝マクドナルドが、じつはポーランドのスパイで、聖古代アルビオン協会の高位の指導者ではないかという疑いをかける者がいるでしょうか？

ところが、ようやくその疑いをかける人物が出てきました。それが、亡き公爵様とキャンバートン卿でした。おふたりが彼を疑うようになった経緯は不明ですが、イアン・ローウェルが自白すれば、それも判明するでしょう。なんにせよ、その疑惑がついにローウェルの破滅をもたらしたのですが、それによって、おふたりの貴重な生命が失われることにもなったのです」

ドアをノックする音がした。ダーシー卿がドアを開いた。ベネディクト会の神父が立っていた。

「はい、神父様？」ダーシー卿は言った。

「ジョゼフ神父です。あなたがダーシー卿？」

「はい、そうです、神父様」

「さきほど、ヒーラーとして衛兵に呼ばれ、あなたが逮捕した犯人の容態を診ました。残念ながら、手の施しようがありませんでした。数分前、銃創がもとで息をひきとりました」

ダーシー卿はふりかえって、公爵一家を見つめた。一件落着。もう、醜聞が表ざたになることはない。そもそも、ありもしなかった醜聞を表ざたにする必要が、どこにあるというのか？

まもなく、サー・トマス・ルソーが仕事をすませるだろう。アルビオン協会は、その指導者たちが一網打尽になって、王国最高法廷で裁かれることになれば、ただちに無力化されるだろう。すべて、うまくいくはずだ。

「ご遺族の皆様にお悔やみをのべさせていただきたく存じますが」ジョゼフ神父が言った。

「少々お待ちください、神父様」公爵未亡人が明瞭な声で応じた。「あなたに懺悔したいことがございますので、二、三分、外でお待ちいただけますでしょうか？」

神父が、奇妙な気配が漂っていることを察したようだった。

「よろしゅうございます。お待ちしましょう」そう言って、彼はドアを閉じた。

未亡人はすべてを告白するつもりなのだ、とダーシー卿は思った。だが、神父への告解が口外されることはないので、心配は無用だろう。

みなの気持ちを代弁して、クウェンティン卿が冷ややかな口調で言った。

「この葬儀は心から楽しめるものとなるでしょう。家族を代表して、あなたに謝意を表します、卿」

「どういたしまして、閣下。さあ行こう、マスター・ショーン。ドーヴァー海峡を渡る旅が待っているぞ」

解説

——「仕事中の魔術師をあえてわずらわせるのは賢明でない」

作家
山口雅也

SFとミステリの融合を果たした佳作の好個の例として既に知られているランドル・ギャレットの長篇『魔術師が多すぎる』。それに先行する、名探偵ダーシー卿の活躍が描かれた初期中篇三本を纏めた作品集の新訳版が本書である。

本書で初めてギャレットの作——〈ダーシー卿シリーズ〉に接する読者も多いかと思われるので、先に本シリーズの特徴について言及しておこう。

まずは、その特異な舞台から。

本シリーズの舞台となるのは、架空の英仏帝国《アングロ・フレンチ》——イングランド、フランス、スコットランド、アイルランド、ニュー・イングランドおよびニュー・フランス帝国――である。国王はジョン四世で、彼はプランタジネット家の出であり、実は、十字軍の英雄、中世騎士の鑑《かがみ》と謳われたリチャード一世の末裔ということになっている。少しでも世界史を知っている方なら、この獅子心王《ザ・ライオンハート》がクロスボウの傷が元で志半ばにして落命したことはご存じだろう。ところがギャレットは、この英傑が一命を取り留め、その後も王として国を統治・版図を拡大して、現在の英仏にまたがる大帝国の礎を築いたというIFの歴史を作り上げてしまったわけである。これを日本史で仮想すれば、織田信長が本能寺の変を生き延び、見事天下を統一、その後東アジアにまたがる版図拡大も成し遂げ、一大東亜帝国を築いた――というような大胆な発想の世界観ということになる。

この舞台における時代の設定は、作品発表当時の「現代」である一九六〇～七〇年代の出来事ということになっている。しかし、我々が知っている実際のその時代とは、随分違う世界が描かれる。この世界では、十八世紀～十九世紀に社会を大変革した産業革命が起こらなかったようで、電気は普及しておらず、照明は燭台かランプかガス灯、自動車も飛行機もなく、移動手段は馬車や汽車、電話もない模様で、代わりにテレソンなる詳細不明の遠隔通信の手段があるのだが、それとて英仏間のように海峡によって隔てられている場合は「線が通じていない」ために使えない。シャーロック・ホームズが活躍したヴィクトリア朝に世界の雰囲気は似ているが、科学の発達度合いはそれ以前といった有様。

こう書いてくると、ギャレットが、現代にホームズ譚のような古き良き名探偵物語を再構築しようとしたものとも見えるが、作者は、このパラレル世界に、さらに深くてユニークなアイディアを投入していた。

ギャレットが描くパラレル世界の「現代」には、産業革命以降の科学技術に代わって、何と古《いにしえ》の《魔術》が科学的に理論体系づけられ、堂々と社会の中に根付いているというのだ。

英仏帝国は、プランタジネット家のジョン四世によって統治され、各領地は貴族たちによって治められている。教会も民衆に大きな影響力を及ぼし、「タレント」のある聖職者は、心の病を治療するヒーラーとしての役割を果たしたりもする。そして、それとは別の「タレント」を有する魔術師たちも、聖職者に匹敵するほどの確固たる社会的地位を得ているのだ。貴族たちは、魔術師の力を借りて、自らの財物や城の戸締りに、「封印」の魔術を施して守ろうとする。いっぽう、魔術は善の側ばかりでなくて悪の側にも存在する。犯罪に黒魔術が介在する場合は、官憲——憲兵隊などの手におえるものではない。そんな時、国王の弟君ノルマンディ公リチャード直属の特別捜査官ダーシー卿の出馬と相成るのだが、彼に魔術の「タレント」はなく、必ずアイルランド人の法魔術師マスター・ショーン・オロックリンが付き従っていくことになる。

読者である我々の住む世界とは別のパラレル世界を創造し、そこに、その世界ならではの《公理》——すなわち魔術を投入する。ここのところが、ギャレットの作品がミステリ史に独自の地位を築く、まさに画期的なアイディアだった。

ミステリに新たな《公理》を持ち込むとどうなるか。魔術が介入することによって、事件は我々の常識を遥かに超えた異常で複雑な謎を現出することになり、一方、捜査に魔術が用いられることによって、通常では到達不可能な意表を突く突破口が開けることにもなる。普通のミステリではややもするとマンネリになりがちな事件捜査の状況が、様々な未知の可能性を孕み、ここにダイナミックに変容を遂げることになるわけだ。

気の早い読者は、魔術で謎が生まれ魔術で解決するのなら何でもありで興を削ぐのではと気を回すかもしれないが、そこのところの心配はご無用。事件における魔術師マスター・ショーンは、言わば鑑識＋検死＋αのような役割を担う。彼は紋章の入った鞄から魔術の道具を取り出し、呪文を唱えながら密室の封印魔術を解き、弾丸がどの拳銃から発射されたのかを同定し、暖炉の燃えカスの端切れから、本来のコートを再現して見せ、必要とあらば防腐の魔術を施して死体を保存したりもする。いわば最新科学技術（時にその限界を超える）による鑑識や検死の役目を代行しているわけだ。かくして、作中「仕事中の魔術師をあえてわずらわせるのは賢明でない」という警句が繰り返されることになる。

その一方で、魔術の「タレント」を持たない捜査官ダーシー卿は、昔ながらの名探偵の手法で事件に臨む。この聡明なイングランド人は、観察を重ね、仮説を立て、マスター・

ショーンが見出した情報や証拠を繋ぎ合わせる役を担う。自分には魔術の「タレント」がないと嘆くダーシー卿に後年の作中でマスター・ショーンが言い返す――「あなたには、歴史上の名探偵の持っていたタレントがあるのです――一つの仮定から必然的結論へと、両者の懸隔を意識せずに、跳び移れる能力です」と。また別のところでは「彼はこの地球上で最も優れた推論派の探偵だよ」と手放しで絶賛している。そんなわけで、事件解決の決め手は、あくまでも読者の住む世界でも了解可能な推論によって齎《もたら》されるのだ。本シリーズがSFファンタジーに流れることなく、本格ミステリ読者をも満足させる所以である。

このような案配で、魔術師マスター・ショーンが魔術で集めた証拠・情報・手掛かりを、地球上で最も優れた探偵のダーシー卿が繋ぎ合わせ、仮説・推論を重ね、鮮やかな解決に至る――というコンビネーションの妙が生まれるところが、本シリーズの最大の魅力であり読みどころでもあると思う。

次に各作品の解題を記しておく。

「その眼は見た」……ご乱行で悪名高い伯爵が城内の寝室の中で射殺された状態で発見される。領内のあらゆる城の構造に通暁しているというダーシー卿は、早くも秘密の通路を発見する。一方、マスター・ショーンは、魔術によって、凶器の特定と現場に落ちていたボタンの出処を探り、黒魔術の使用が疑われる関係者のトランクの呪文を無効にして調べる。事件は錯綜するが、遂にダーシー卿は、被害者の眼球検査《アイ・テスト》をするようマスター・ションに提案する。これは、魔術によって、被害者が死の間際に見たものを網膜に再現できるというもの（D・アルジェントの映画《四匹の蠅》にも出てきましたね）だった。これでは魔術によって解決がついてしまうのかと思っていると、一転……ダーシー卿の推理によってさらに意外な犯人が明かされる。些細な事実から事件関係者の異常心理を暴き出して推論を展開するダーシー卿の探偵ぶりはなかなかのものだが、幕切れの一言がタイトルと繋がり、何とも言えぬ余韻を残すところも、この作品を好ましいものにしている。

「シェルブールの呪い」……埠頭で酒場の下働きの男の全裸死体が発見される。次いで、発作を起こした侯爵の失踪、国王の密命を帯びていたエージェントの行方不明と怪事件が続く。エージェントは隣国ポーランドが英仏帝国の船舶航行を妨害しようという《大西洋の呪い》事件を探っていた。英仏帝国は版図拡張主義はとっていなかったが、唯一領土的野心を抱く王が治めるポーランドとは敵対していた。こうした国際陰謀が絡むところはホームズなどヴィクトリア朝期の探偵小説にしばしば見られることで、いわば伝統のネタといったところ（ポーランド秘密警察との暗闘は他の作品でも続くことになる）。中盤で、聖職者のヒーラーが、事件関係者の悪魔憑きや多重人格、サイコパスなどを疑う場面も出てくるし、ポーランドの魔術師の暗躍なども疑われるが、最終盤になると、一気にスパイ・スリラーの様相を呈し、荒くれ者と戦うダーシー卿の鮮やかなアクション場面を楽しむこともできるという痛快篇。

「青い死体」……謎の魅力・面白さでは、これが一番だろう。公爵が亡くなり、マスター家具職人が棺を作り、仕事場には防御の呪文を施す。ところが、葬儀が近づき、棺の蓋を開けてみると、何と、そこには公爵とは別人の裸の死体があり、しかも全身をインディゴ・ブルーの濃い青色に染められているではないか。マスター・ショーンは魔術の〝相似の法則〟などを駆使して染料の成分を特定、その色が、国家に反逆し黒魔術を信奉する聖古代アルビオン協会を示すものではないかと疑う。この法魔術師が、暖炉の燃えさしの布から、元のコートを再生する魔術が愉快だ。大きな樽に布と多量の糸屑を入れ、蓋についたクランクで何時間も回転させる。この装置・やり方は、ただちに現代科学の遠心分離器を想起させるが、それとは真逆の結果を得ようというところが面白い。疑似素粒子論みたいなのを大真面目に披露しながら魔術を駆使するマスター・ショーンのお仕事シーンは、やはりこのシリーズの大きなお楽しみだろう。しかし、そうは言っても、事件解決の本筋はダーシー卿だ。今回のダーシー卿は、犯人の隠蔽工作を逆手にとって、まさにそこに犯人特定の証拠を見出すという素晴らしい推理の離れ業をやってのける。

以上の三篇を書いた後、ギャレットはいよいよダーシー卿シリーズの長篇を発表する。『魔術師が多すぎる』（一九六六年）がそれで、ロンドンで魔術師ばかりが集う大会が催される中、施錠した上に本人しか解けぬ呪文で封じられた二重密室の中で、法廷魔術師の刺殺体が発見される。タイトル通り被害者も容疑者も捜査者も魔術師だらけのいわばシリーズの集大成ともいうべき一篇。SFミステリのメルクマールとして復刊新訳の出版が待たれるところだ。

長篇はこの一作きりで、ギャレットは再び断続的に中短篇作品を発表している。私の知り得る限りのものを次に掲げておく。

①「想像力の問題」（《別冊奇想天外》一三号「SF　MYSTERY全集」）
②「重力の問題」（『SFミステリ傑作選』風見潤編　講談社文庫）
③「十六個の鍵」（《ハヤカワ・ミステリマガジン》二〇〇六年二月号）
④「イプスウィッチの瓶」（『SF九つの犯罪』アイザック・アシモフ編　新潮文庫）
⑤「苦い結末」（《SF宝石》一九八〇年二月号）
⑥“The Spell of War”（未訳）
⑦「ナポリ急行」（《SF宝石》一九八一年四月号）

これらのうち、⑤〜⑦は未読。他の既読作品については短くコメントをしておく。

「想像力の問題」は、シリーズにしては珍しい短篇作品。出版社の社長の首吊り死体が発見されるが、彼に自殺するような理由はない。一方関係者にはみなアリバイがある。ダーシー卿は現場の子細な観察から犯人のトリックを看破する。

「重力の問題」では、唯物論者の伯爵が塔から不審な墜落死を遂げる。破られた塔の窓を、時間を遡及して修復するマスター・ショーンの魔術が面白い。

「十六個の鍵」は、外務大臣が密室内で急死。彼の持っていた外交機密文書も消えていた。ダーシー卿は施錠専門の魔術師の手を借りながら、鍵が十六個も絡む難解なパズルめいた事件に挑み、コンピュータ（勿論彼らの世界には存在しない）にも援用される、ある単純明快な理論でもって鮮やかに謎を解く。ダーシー卿の推理の独創性ということでは、私は本作が一番かなと思っている。

「イプスウィッチの瓶」は、砂浜の足跡のない殺人を発端に、ダーシー卿とポーランドの秘密警察との攻防が描かれるスパイ・スリラー風味の一篇。さらに何とダーシー卿が「恋に陥る」というオマケまでついて、ダーシー卿版「ボヘミア国王の醜聞」（ホームズ唯一の恋愛譚）の趣もある。


以上、長篇上梓の後の中短篇にも見るべきものが多いので、今後、めでたく『魔術師が多すぎる』の復刊がなり、好評を得ることができたなら、本書に続くダーシー卿とマスター・ショーンの事件簿第二集が編まれてもいいのではないかと思っている。少し気が早いが、タイトルは『魔術師を呼べ！』とかではどうかな？

【収録作品初出】（いずれも《アナログ》掲載）
その眼は見た　The Eyes Have It　一九六四年一月号
シェルブールの呪い　A Case of Identity　一九六四年九月号
青い死体　The Muddle of the Woad　一九六五年六月号

本書は、一九七八年一月にハヤカワ・ミステリ文庫より刊行された『魔術師を探せ！』の新訳版です。

海外SFハンドブック

早川書房編集部・編

クラーク、ディックから、イーガン、チャン、『火星の人』、SF文庫二〇〇〇番『ソラリス』まで——主要作家必読書ガイド、年代別SF史、SF文庫総作品リストなど、この一冊で「海外SFのすべて」がわかるガイドブック最新版。不朽の名作から年間ベスト1の最新作までを紹介するあらたなる必携ガイドブック！

時の娘

The Daughter of Time

ジョセフィン・テイ
小泉喜美子訳

英国史上最も悪名高い王、リチャード三世——彼は本当に残虐非道を尽した悪人だったのか？　退屈な入院生活を送るグラント警部はつれづれなるままに歴史書をひもとき、純粋に文献のみからリチャード王の素顔を推理する。安楽椅子探偵ならぬベッド探偵登場！　探偵小説史上に燦然と輝く歴史ミステリ不朽の名作

ハヤカワ文庫

ホッグ連続殺人

The HOG Murders

ウィリアム・L・デアンドリア
真崎義博訳

雪に閉ざされた町は、殺人鬼の凶行に震え上がった。彼は被害者を選ばない。手口も選ばない。どんな状況でも確実に獲物をとらえ、事故や自殺を偽装した上で声明文をよこす。署名はＨＯＧ——この難事件に、天才犯罪研究家ベネデッティ教授が挑む！　アメリカ探偵作家クラブ賞に輝く傑作本格推理。解説／福井健太

ハヤカワ文庫

解錠師

The Lock Artist

スティーヴ・ハミルトン
越前敏弥訳

〔**アメリカ探偵作家クラブ賞最優秀長篇賞／英国推理作家協会賞スティール・ダガー賞受賞作**〕ある出来事をきっかけに八歳で言葉を失い、十七歳でプロの錠前破りとなったマイケル。だが彼の運命はひとつの計画を機に急転する。犯罪者の非情な世界に生きる少年の光と影をみずみずしく描き、全世界を感動させた傑作

ハヤカワ文庫

災厄の町〈新訳版〉

Calamity Town

エラリイ・クイーン
越前敏弥訳

三年前に失踪したジムがライツヴィルの町に戻ってきた。彼の帰りを待っていたノーラと式を挙げ、幸福な日々が始まったかに見えたが、ある日ノーラは夫の持ち物から妻の死を知らせる手紙を見つけた……奇怪な毒殺事件の真相にエラリイが見出した苦い結末とは？　巨匠の最高傑作が、新訳で登場！　解説／飯城勇三

ハヤカワ文庫

新訳で読む名作ミステリ

火刑法廷〔新訳版〕
ジョン・ディクスン・カー／加賀山卓朗訳
《ミステリマガジン》オールタイム・ベスト第二位！　本格黄金時代の巨匠、最大の傑作

ヒルダよ眠れ
アンドリュウ・ガーヴ／宇佐川晶子訳
今は死して横たわり、何も語らぬ妻。その真実の姿とは。世界に衝撃を与えたサスペンス

マルタの鷹〔改訳決定版〕
ダシール・ハメット／小鷹信光訳
私立探偵サム・スペードが改訳決定版で大復活！　ハードボイルド史上に残る不朽の名作

スイート・ホーム殺人事件〔新訳版〕
クレイグ・ライス／羽田詩津子訳
子どもだって探偵できます！　ほのぼのユーモアの本格ミステリが読みやすくなって登場

あなたに似た人〔新訳版〕Ⅰ Ⅱ
ロアルド・ダール／田口俊樹訳
短篇の名手が贈る、時代を超え、世界で読まれる傑作集！　初収録作品を加えた決定版！

訳者略歴　1948年生，1972年同志社大学卒，英米文学翻訳家　訳書『脱出山脈』ヤング，『不屈の弾道』コグリン＆デイヴィス，『瘢痕』エンゲル（以上早川書房刊）他多数

HM=Hayakawa Mystery
SF=Science Fiction
JA=Japanese Author
NV=Novel
NF=Nonfiction
FT=Fantasy

魔術師《まじゆつし》を探《さが》せ！
〔新訳版〕

〈HM52-3〉

二〇一五年 九 月 十五 日 発行
二〇一七年十二月二十五日 二刷
（定価はカバーに表示してあります）

著 者 ランドル・ギャレット
訳 者 公《く》手《で》成《しげ》幸《ゆき》
発行者 早川 浩
発行所 株式会社 早川書房

郵便番号 一〇一 - 〇〇四六
東京都千代田区神田多町二ノ二
電話 〇三 - 三二五二 - 三一一一（大代表）
振替 〇〇一六〇 - 三 - 四七七九九
http://www.hayakawa-online.co.jp

乱丁・落丁本は小社制作部宛お送り下さい。送料小社負担にてお取りかえいたします。

印刷・株式会社亨有堂印刷所　製本・株式会社明光社
Printed and bound in Japan
ISBN978-4-15-072753-6 C0197

本書は活字が大きく読みやすい〈トールサイズ〉です。

TOKYO
HAYAKAWA
BOOKS